Die Farbe der Alpen

Nach ihrem Studium zur Diplom-Kauffrau promovierte Christina Wermescher in England und arbeitete bei verschiedenen Unternehmen. Die Geburt ihres Sohnes bewog sie jedoch dazu, sich voll und ganz ihren Geschichten zu widmen. Christina Wermescher liebt es zu reisen – sowohl in ihren Büchern als auch in der Realität.

CHRISTINA WERMESCHER

Die Farbe der Alpen

ROMAN

emons:

Bibliografische Information der Deutschen Nationalbibliothek
Die Deutsche Nationalbibliothek verzeichnet diese Publikation
in der Deutschen Nationalbibliografie; detaillierte bibliografische
Daten sind im Internet über http://dnb.d-nb.de abrufbar.

© Emons Verlag GmbH
Alle Rechte vorbehalten
Umschlaggestaltung: Nina Schäfer, unter Verwendung der Motive
von shutterstock.com/FooTToo, shutterstock.com/Praew stock
Gestaltung Innenteil: DÜDE Satz und Grafik, Odenthal,
nach einem Layout von Nina Schäfer
Lektorat: Marit Obsen
Druck und Bindung: CPI – Clausen & Bosse, Leck
Printed in Germany 2024
ISBN 978-3-7408-2211-8
Roman
Originalausgabe

Unser Newsletter informiert Sie
regelmäßig über Neues von emons:
Kostenlos bestellen unter
www.emons-verlag.de

Für Mama

1

Die Kunstagentur ihrer Mutter war nicht besonders groß. Sie bestand lediglich aus einem Büro, einem Besprechungszimmer, einem Lagerraum und einer kleinen Kaffeeküche. Trotzdem fühlte Valerie sich, als beträte sie heilige Hallen. Sie würde all das hier für die nächsten Wochen übernehmen. Endlich konnte sie zeigen, was sie draufhatte und dass sie eine würdige Nachfolgerin wäre.

»Bist du sicher, dass du das hinkriegst?« Der skeptische Tonfall ihrer Mutter holte sie wieder auf den Boden der Tatsachen zurück.

Genervt rollte Valerie mit den Augen. »Natürlich bekomme ich das hin. Ich verkaufe seit fast zehn Jahren Gemälde.«

»Ja. Auf Kreuzfahrtschiffen.«

Valerie presste die Lippen aufeinander. Sie wollte sich nicht streiten. Nicht heute, am Tag von Mamas Abreise. Außerdem war sie solche Bemerkungen schon gewohnt. Dennoch schmerzte der abfällige Unterton.

»Kunst ist Kunst, und Kundschaft ist Kundschaft«, antwortete sie, bemüht, dabei nicht zu klingen wie ein trotziges Kind. »Deine Agentur ist bei mir in guten Händen. Kümmere du dich jetzt erst einmal um deine Gesundheit.« Damit spielte sie den Ball der Animositäten gekonnt zurück zu ihrer Mutter. Die verzog prompt das Gesicht. Dass sie ein neues Hüftgelenk brauchte, hatte sie noch immer nicht ganz verkraftet, führte es ihr doch unmissverständlich vor Augen, dass sie nicht mehr so jung war, wie sie sich gerne gab. Daran änderte auch der Umstand nichts, dass sie sich jedem mit »Hedy« vorstellte und das sogar auf ihre Visitenkarten drucken ließ, weil ihr »Hedwig« zu altmodisch klang.

Das war ein wunder Punkt. Zum letzten Geburtstag hatte Valerie ihr ein Buch mit dem Titel »Würdevoll altern« geschenkt. Das hatte der Party ein vorzeitiges Ende beschert und eine Funkstille zwischen Valerie und ihrer Mutter für volle drei Wochen.

»Wollen wir die Kartei noch zusammen durchgehen?«, fragte Valerie versöhnlich. Ihr stand nicht der Sinn nach Meinungsverschiedenheiten, und schließlich sollte man nicht im Streit auseinandergehen.

»Das wird nicht nötig sein. Ich habe die offenen Vorgänge abgeschlossen und auch alle informiert, dass ich nicht erreichbar sein werde. Du wirst also nicht viel zu tun haben. Deine einzige Aufgabe wird wohl sein, ans Telefon zu gehen, falls jemand mein Schreiben übersehen hat und sich doch hier meldet.«

Valerie seufzte. Sie hatte sich gefreut und geehrt gefühlt, weil ihre Mutter ihr anscheinend endlich Vertrauen entgegenbrachte, was die Agentur betraf. Ganz so weit her schien es damit allerdings nicht zu sein. Es fiel der Queen schwerer als erwartet, das Zepter aus der Hand zu geben, und sei es auch nur für ein paar unvermeidliche Wochen.

»Für den Fall der Fälle brauche ich dann noch das Passwort zu deinem Laptop.« Valerie bemühte sich redlich, nicht beleidigt zu klingen.

»Den wollte ich eigentlich mitnehmen.«

»Jetzt ist es aber genug!« Sie stemmte die Fäuste in die Hüften und blickte ihre Mutter vorwurfsvoll an.

Wider Erwarten zeigte die energische Pose tatsächlich Wirkung. »Schon gut, schon gut. Es lautet ›Nougatpralinen‹.«

Valerie hob skeptisch eine Augenbraue. »Nougatpralinen?«

»Ja, das ist die Sache, die ich am liebsten mag auf der Welt«, gab Hedy achselzuckend zurück.

Valerie verkniff sich eine ungläubige Bemerkung. Sie würde später ja sehen, ob es stimmte. So eigen, dass sie ihr ein falsches Passwort gab, war ihre Mutter dann wohl hoffentlich doch nicht. »Also gut. Wollen wir fahren?«

»Stell bitte vorher die Rufumleitung auf dein Handy ein. Ich bin bekannt dafür, dass ich zuverlässig bin und immer für meine Kundschaft erreichbar – Tag und Nacht«, erklärte ihre Mutter mit gewichtiger Miene. Valerie nickte ergeben. Dann würde sie ihr Handy in den nächsten Wochen also nicht wie gewohnt nachts ausschalten. Das war verkraftbar, auch wenn sie es ein wenig übertrieben fand.

Nach einer Handvoll weiterer mehr oder weniger wichtiger Hinweise klemmte sie sich schließlich den Laptop unter den Arm und scheuchte ihre Mutter nach draußen und ins Auto. Dank des Stadtverkehrs brauchten sie eine geschlagene Stunde bis zur Klinik, die zwar immer noch im Großraum München, jedoch etwas außerhalb lag. Als das Krankenhaus endlich vor ihnen auftauchte, machte ihre Mutter ein Gesicht, als hätte sie in eine Zitrone gebissen. Wenn es nach ihr gegangen wäre, hätte der Weg offenbar noch etwas länger sein dürfen.

»Nun guck nicht so. Es wird bestimmt gut. Außerdem wirst du dort schön gepflegt und bedient. Das ist doch auch mal ganz nett«, startete Valerie einen etwas kläglichen Aufmunterungsversuch.

»Pff! Ich brauche nicht bedient zu werden. Mein Leben lang habe ich gearbeitet, und das wird auch so bleiben!«

Oje, was hatte sie nun wieder losgetreten? Valerie schloss kurz die Augen und atmete tief durch. Es gab durchaus Tage, an denen sie gern mit ihrer Mutter zusammen war. Man konnte zum Beispiel gut mit ihr shoppen gehen, zumindest wenn man bezüglich desillusionierender Kommentare nicht gerade zartbesaitet war. Und sie wusste auch immer über die neuesten und angesagtesten Restaurants Bescheid, für deren Besuche sie stets zu haben war. Heute stellte sie Valeries Geduld jedoch auf eine harte Probe.

Sie ertappte sich bei dem Gedanken, dass es höchste Zeit

wurde, die Vollnarkose einzuleiten. Dann würde Hedy endlich einmal die Klappe halten. Sogleich bekam sie ein schlechtes Gewissen. Schließlich war so eine Operation ja nie ganz ohne. Und Valerie wollte Mitgefühl zeigen, auch wenn ihre Mutter es ihr gerade nicht unbedingt leicht machte. Etwas unbeholfen tätschelte sie ihr die Schulter, ehe sie ausstieg.

Als sie den Trolley aus dem Kofferraum zerrte, fragte sie sich unweigerlich, ob Hedy nicht doch ihr halbes Büro eingepackt hatte. Zum Glück hatte das Ding Rollen und jede Klinik einen Aufzug.

So langwierig die Fahrt gewesen war, so schnell ging alles vor Ort. Schon nach wenigen Minuten standen Mutter und Tochter in dem Krankenzimmer, in dem Hedy die nächste Zeit wohnen würde. Als deren Blick auf das zweite Bett fiel, das zwar gerade leer, jedoch eindeutig in Benutzung war, rümpfte sie die Nase. Ein Einzelzimmer wäre ihr natürlich lieber gewesen. Doch da musste sie jetzt durch, und mehr als Hedy tat Valerie die Zimmernachbarin leid. Hoffentlich war sie ihrer Mutter gewachsen.

Als sie die Kleidung in den Schrank geräumt und den Kulturbeutel ins Bad getragen hatte, stand Hedy mit dem Rücken zu ihr am Fenster und blickte hinaus.

»Lass meine Pflanzen nicht sterben, ja?«

»Natürlich nicht. Du kannst dich auf mich verlassen.«

»Weiß ich doch.«

Bitte? Wurde ihre Mutter angesichts der bevorstehenden OP etwa doch noch umgänglich? Valerie fiel aus allen Wolken, als Hedy sich plötzlich zu ihr umdrehte und sie in die Arme schloss. Sie konnte sich gar nicht erinnern, wann ihre Mutter das zuletzt getan hatte.

»Rufst du mich heute Abend noch mal kurz an?«, fragte sie nun auch noch.

Valerie schluckte den Kloß, der sich aufgrund so viel unerwarteter Wärme in ihrem Hals gebildet hatte, hinunter. »Klar, mache ich.«

»Und morgen nach der OP auch?«

»Ja, morgen auch.«

Dann lösten sie sich voneinander, und Valerie verließ mit überraschend gemischten Gefühlen die Klinik.

2

Valerie verbrachte den nächsten Morgen damit, den Laptop ihrer Mutter unter die Lupe zu nehmen, nachdem »Nougatpralinen« ihr tatsächlich die Tore geöffnet hatten. Alles war ordentlich abgelegt, das musste man Hedy lassen. Nach zwei Stunden hatte Valerie einen guten Überblick über die Künstler und Künstlerinnen, die bei ihrer Mutter unter Vertrag standen. Es waren überwiegend Maler, jedoch mit ganz verschiedenen Stilrichtungen. Viel gab es allerdings tatsächlich nicht zu tun. Hedy hatte kürzlich eine Auktion und eine Vernissage organisiert, und beides war vollständig abgeschlossen. Keine offenen Rechnungen, sämtliche Bilder waren bereits bei ihren neuen Besitzern. Ihre Mutter hatte den Laden im Griff, das stand außer Zweifel. Valerie wollte ihr während ihrer Abwesenheit jedoch unbedingt beweisen, dass auch sie dieses Geschäft im Griff hatte. Sie hatte immer davon geträumt, hier mit einzusteigen und die Agentur später einmal zu übernehmen. Sie wusste, dass sie das konnte, nun musste sie endlich auch ihre Mutter davon überzeugen. Die hatte das zwar selbst schon vage ins Auge gefasst, sich auf Nägel mit Köpfen bisher jedoch nicht einlassen wollen. Und Valerie hatte auf diese Chance zu lange gewartet, um sie ungenutzt verstreichen zu lassen.

Sie ließ ihre Kaffeemaschine, die der einzige Grund war, warum sie heute Morgen nicht Hedys heilige Hallen aufgesucht hatte, einen Espresso aufbrühen. Vielleicht würde das tiefbraune Elixier ihr eine Idee einflößen, wie sie ihre Mutter beeindrucken konnte.

Während sie an der kleinen Tasse nippte, klickte Valerie sich erneut durch die Kundenkartei. Zwei Ausstellungen waren geplant, und die Künstler hatten zugesichert, Werke zum Verkauf fertigzustellen, doch bis zu den Vernissagen war noch Zeit und trotzdem bereits alles vorbereitet. Fast erweckte der makellose Terminplan den Eindruck, Hedy habe unter allen Umständen verhindern wollen, dass Valerie aktiv wurde. Grummelnd presste sie die Lippen aufeinander. Ihre Euphorie, die Agentur zeitweise übernehmen zu können, war längst verpufft.

Da fiel ihr Blick auf den Namen Konstantin Brauer. Sie erinnerte sich daran, dass Hedy vor einigen Jahren eine große Ausstellung mit dem Maler gemacht hatte. Es war eine ihrer prestigeträchtigsten Veranstaltungen gewesen. Sowohl Presse als auch lokale Promis hatten Schlange gestanden, und die Bilder fanden zu sehr zufriedenstellenden Preisen neue Besitzer.

Sie sah sich das Kundenprofil genauer an und musste feststellen, dass schon seit einem guten Jahr kein einziger neuer Eintrag mehr verzeichnet worden war. Wäre Brauer verstorben, hätte Valerie bestimmt davon gehört. Und ein Ausnahmetalent wie er hörte doch nicht einfach von heute auf morgen auf zu malen. Irgendetwas war da faul, das spürte sie. Hatte Brauer sich womöglich neue Vertriebswege erschlossen, ohne die Agentur ihrer Mutter? Vielleicht sollte Valerie ihm mal auf den Zahn fühlen.

Ohne auch nur eine Sekunde an ihrer Idee zu zweifeln, griff sie zum Telefon. Nummer und Adresse waren natürlich lückenlos in der Datei eingepflegt. Alles andere hätte Valerie auch stark gewundert. Sie ließ es lange klingeln, doch leider ging Brauer nicht ran. Aber so schnell würde sie nicht lockerlassen. Ihre Mutter würde Augen machen, wenn sie es während ihrer Abwesenheit schaffte, ein Bild ihres lukrativsten Künstlers zu verkaufen! Hoch motiviert speicherte sie Brauers Nummer in ihr Handy ein, um es später noch einmal zu versuchen.

Dann rief sie im Krankenhaus an. Doch auch dort erreichte sie niemanden. Anscheinend war Hedy noch nicht wieder in ihrem Zimmer und schlummerte vielleicht noch im Aufwachraum vor sich hin.

Valerie überlegte, was sie noch tun konnte, und suchte die letzte Version des Standardvertrages heraus, den ihre Mutter für die Zusammenarbeit mit den Malern verwendete. Am Vorabend hatte sie nämlich eine Reportage über künstliche Intelligenz gesehen. Ein großer Themenkomplex waren dabei die Bildgenerierung und die Urheberrechtsprobleme gewesen, die noch nicht vollständig gelöst waren, obwohl die Programme bereits täglich genutzt wurden.

Wie vermutet stand noch nichts zu der Thematik in Hedys Vertrag. Valerie schmunzelte in sich hinein. Da hatte sie also doch etwas gefunden, was nicht bereits erledigt war. Sogleich fing sie an zu recherchieren. Sie fand viele Einträge und Artikel im Internet, in denen der Einsatz von KI seitens der Künstler verteufelt wurde. Aber es gab durchaus auch andere Stimmen, und Valerie hatte selbst auch eher das Gefühl, dass die neuen Möglichkeiten menschliche Kunst nicht unbedingt verdrängten, sondern den Schaffensprozess erleichtern und vielleicht sogar erweitern konnten.

Nach einiger Zeit rauchte ihr der Kopf, und Valerie hatte das dringende Bedürfnis, eine Runde zu joggen. Das war das Einzige, was ihr am Leben auf hoher See wirklich gefehlt hatte. Zwar waren moderne Kreuzfahrtschiffe groß genug, dass man auch dort ein paar Runden drehen konnte, und es gab Fitnessräume mit Laufbändern, doch das war nicht annähernd vergleichbar damit, durch die quirligen Münchner Straßen zu traben.

Sie zog sich um und joggte kurze Zeit später durch ihr Viertel. Valerie war nach ihrer Rückkehr in eine hübsche kleine Altbauwohnung gezogen. Gerne hätte sie es etwas größer gehabt, aber angesichts der Mietpreise war das schlichtweg nicht möglich. Dafür mochte sie die Gegend, die nun ihr Zuhause war, sehr. Früher hatten hier im Glockenbachviertel verschiedene Handwerksbetriebe die Wasserkraft der Stadtbäche genutzt. Die waren zum großen Teil inzwischen zubetoniert, und auch die namensgebende Glockengießerei gab es längst nicht mehr. Stattdessen luden heute zahlreiche Cafés, Restaurants und Kneipen dazu ein, die Abende außer Haus zu verbringen. Das war genau nach ihrem Geschmack. Sie liebte es, mit Freunden auszugehen und München bei Nacht zu erkunden. Leider kannte sie durch ihre lange Abwesenheit nicht mehr sehr viele Leute hier.

Als wäre dieser Gedanke sein Stichwort, ließ in diesem Moment eine Nachricht von Alessandro das Handy in ihrer Tasche vibrieren. Sie hatten eine eher lose, aber harmonische Beziehung an Bord des Kreuzfahrtschiffes gehabt, auf dem Valerie das letzte Jahr verbracht hatte. Der gut aussehende Italiener meldete sich noch ab und an mit einem virtuellen Küsschen bei ihr, obwohl er ebenso gut wusste wie sie, dass ihre Verbindung keine Zukunft hatte. Es war schön gewesen mit ihm, doch Valerie trauerte dem Ganzen nicht nach. Sie war weitergezogen, und das war gut so. Sie schoss ein Selfie von sich und der belebten spätsommerlichen Stadt im Hintergrund und schickte es ihm mit vielen Grüßen.

Nachdenklich schob Valerie das Handy zurück in ihre Tasche. Komisch, dass ihre Mutter sich noch nicht gemeldet hatte. Nun, einerseits war es gut, denn würde Hedy ihr mit einem Anruf zuvorkommen, legte sie sicherlich einen vorwurfsvollen Ton an den Tag. Andererseits musste Valerie immer wieder an die Verabschiedung gestern denken. Soweit sie wusste, war ihre Mutter noch nie operiert worden. Und auch wenn sie es nicht offen zugegeben hatte, war ihr doch deutlich anzusehen gewesen, dass sie ziemlichen Bammel vor der OP hatte. Und das war etwas, was Valerie an ihrer Mutter überhaupt nicht kannte. Hedy war furchtlos, das war sie immer gewesen. Oder zumindest hatte sie stets so auf Valerie gewirkt. Vielleicht lag das auch ein bisschen an ihrer Geschichte. Sie hatte Valerie ohne einen Ehemann bekommen und aufgezogen, damals eine Seltenheit. Dabei hatte sie trotz aller Hürden und Probleme nie einen Zweifel daran aufkommen lassen, dass sie dem gewachsen war.

Kaum hatte Valerie die Stufen zu ihrer Wohnung erklommen, rief sie noch einmal im Krankenhaus an. Es klingelte eine ganze Weile, dann meldete sich eine Frau, deren forscher Ton durchaus mit Hedys mithalten konnte, sie war es jedoch nicht selbst.

»Guten Tag, ich würde gerne mit Hedwig Gschwendt sprechen. Ich bin ihre Tochter Valerie.«

»Hallo, da müssen Sie sich noch ein bisschen gedulden. Die Operation hat Ihre Mutter etwas geschlaucht, das ist ganz normal. Sie war schon wach, und es ist alles wie geplant verlaufen, aber jetzt schläft sie wieder. Am besten warten Sie mit Telefonaten oder Besuchen bis morgen. Da haben alle Beteiligten mehr davon.«

Valerie war froh zu hören, dass es Hedy den Umständen entsprechend gut ging. Sie wollte die Krankenpflegerin gerade bitten, ihrer Mutter auszurichten, dass sie angerufen hatte, da sagte diese in geschäftsmäßigem Ton: »Also, bis morgen dann, gell? Tschüss derweil!«, und legte auf. Valerie klappte den Mund also wieder zu und legte das Telefon zur Seite. Na, da hatten sich anscheinend zwei gefunden. Entweder Hedy und diese Schwester wurden beste Freundinnen, oder sie kratzten sich die Augen aus. Die Chancen standen gemäß Valeries Einschätzung fifty-fifty. Sie würde es morgen ja sehen.

3

»Da bist du ja endlich! Ich dachte schon, du hättest mich vergessen«, rief Hedy, als Valerie ihr Krankenzimmer betrat. Schmunzelnd schloss Valerie die Tür hinter sich. Ihre Mutter war manchmal so berechenbar wie der Reigen der Jahreszeiten. Sie überging den Vorwurf und reichte ihr die mitgebrachten Nougatpralinen.

»Hier, wenn du isst, sprichst du weniger«, neckte sie sie. Lächelnd nahm Hedy die Schachtel entgegen. Valerie zog sich einen Stuhl heran und setzte sich neben das Bett. »Die Schwester meinte am Telefon, alles sei gut verlaufen. Das ist toll.«

Nickend schob Hedy sich sogleich eine Praline in den Mund. Sie hielt Valerie die Schachtel hin. Einträchtig kauend schwiegen sie kurz.

»Hat jemand in der Agentur angerufen?«, wollte ihre Mutter dann wissen. Als Valerie verneinte, wirkte sie erleichtert.

Meine Güte, Hedy hatte ja anscheinend richtig Angst davor, dass sie mit einem ihrer Künstler sprechen könnte. Ihre Reaktion hinterließ einen leicht bitteren Geschmack auf Valeries Zunge.

»Ich habe übrigens eine Idee für eine Ergänzung zu deinem Standardvertrag«, meinte sie und erzählte von den neuen Möglichkeiten und Risiken, die künstliche Intelligenz für die Kunstbranche mit sich bringen konnte. Leider hatte sie das Gefühl, dass das Thema Hedy nur mäßig interessierte. Zwar hörte sie ihr zu, ohne sie zu unterbrechen, aber sie wirkte recht gleichgültig, und am Ende von Valeries Ausführungen war die Pralinenschachtel halb leer. »Was hältst du davon?«, fragte sie deshalb direkt nach.

»Klar, mach das.« Hedys Worte wurden von einem Wedeln ihrer rechten Hand begleitet. Dabei blieb unklar, ob sie eine

Fliege verscheuchen wollte oder ihre Gleichgültigkeit damit unterstrich. »Den Entwurf kannst du mir dann ja zeigen, wenn ich wieder daheim bin. Möchtest du noch eine Praline?«

Valerie seufzte resigniert, steckte sich dann aber doch ein kleines Nougatbömbchen in den Mund. Sie musste endlich aufhören, ihrer Mutter gefallen zu wollen. Sie wusste das seit Langem, und doch rutschte sie immer wieder in die Rolle des kleinen Mädchens, das für ihr Bastelwerk oder eine gute Note im Diktat gelobt werden wollte. Dabei war sie bei Weitem kein kleines Mädchen mehr, sondern Mitte dreißig.

Sie lehnte sich zurück und atmete tief durch. Sie würde den Teufel tun und Hedy erzählen, dass sie versucht hatte, Konstantin Brauer zu erreichen. Überhaupt war es vielleicht besser, ihr in den nächsten Tagen und Wochen nicht zu detailliert Bericht zu erstatten. Diese unangenehmen Gespräche, in denen ja doch immer wieder nur offensichtlich wurde, dass ihre Mutter sie in der Agentur eigentlich gar nicht haben wollte und ihr die Arbeit dort nicht wirklich zutraute, konnte sie sich ersparen. Am Ende würde Hedy schon sehen, dass es Valerie problemlos gelungen war, alles zu managen.

Als das Schweigen unangenehm zu werden drohte, erkundigte sie sich nach der Qualität des Krankenhausessens und fragte, ob Hedy schon wisse, wann sie in die Rehaklinik überstellt werden würde. So plauderten sie noch eine Weile über Belanglosigkeiten. Als um die Mittagszeit eine Krankenschwester mit einem Tablett hereinkam, nutzte Valerie die Gelegenheit, um sich zu verabschieden. Die Pflegerin wirkte ruhig, fast schüchtern. Sie war es bestimmt nicht gewesen, mit der Valerie telefoniert hatte.

Als sie über den Parkplatz auf ihr Auto zulief, probierte sie es aus reinem Trotz noch einmal bei Konstantin Brauer. Wieder ohne Erfolg. Sie ließ sich auf den Fahrersitz fallen und schloss für einen Moment die Augen. Dann fasste sie einen etwas irrationalen Entschluss, den ihre Mutter hassen würde. Doch genau das machte ihn so verlockend: Sie würde Brauer einen Besuch abstatten. Valerie hatte ohnehin mit dem Gedanken gespielt, am Wochenende zum Tegernsee zu fahren. Laut der Kartei ihrer Mutter wohnte der Maler dort ganz in der Nähe, der See lag quasi auf dem Weg. Und wenn sie heute schon fuhr, konnte sie den Pendlerverkehr am morgigen Freitag elegant umgehen. Hinzu kam, dass Hedy vorhin erzählt hatte, Archie habe sich das ganze Wochenende frei gehalten, um sie im Krankenhaus zu besuchen. Mit ihrem acht Jahre jüngeren Lebensabschnittsgefährten an ihrer Seite würde sie ihre Tochter gewiss nicht vermissen. Valerie hatte einige Männer in Hedys Leben kommen und gehen sehen, doch keiner hatte so gut zu ihr gepasst wie Archie – trotz des Altersunterschiedes oder vielleicht gerade deshalb. Die beiden waren nun schon seit fast zehn Jahren zusammen, und manchmal wirkten sie tatsächlich wie ein altes Ehepaar, eine Tatsache, die Hedy natürlich stets vehement zurückwies.

Alle Zeichen standen also günstig für Valeries Vorhaben. Auch das Hotel, das sie anrief, hatte trotz Hauptsaison ein Zimmer für sie frei. Und so machte sie sich wenig später mit einem kleinen Trolley auf der Rückbank ihres Fiats 500 auf den Weg in Richtung Süden. Auch eine Umhängetasche, in der Hedys Laptop steckte, hatte sie vorsichtshalber mitgenommen, obwohl sie sich nicht sicher war, ob sie den während ihres Kurztrips aufklappen würde. Sie war motiviert und vertrat ihre Mutter gern, doch ihre Wochenenden waren Valerie heilig. Auf dem Schiff war ihr Tagesablauf vorgegeben gewesen, dort hatte sie gelernt, freie Zeiten als solche einzuhalten. Und genau das hatte sie auch in den nächsten Tagen vor.

Ihre Hoffnung, gut durchzukommen, erfüllte sich, und so erreichte sie schon eineinhalb Stunden später das kleine Dörfchen, in dem Brauer wohnte. Auch wenn die höchsten Gipfel der Alpen noch ein gutes Stück entfernt lagen, begrenzten rings um den abgeschiedenen Ort Berge den Horizont. In

Kombination mit den rustikalen Häusern und ihren hölzernen Giebeln und Balkonen ergab das ein idyllisches Bild.

Da hatte sich Brauer ja ein hübsches Fleckchen ausgesucht, um sich von der Muse küssen zu lassen.

Valerie brauchte eine Weile, bis sie die richtige Hausnummer fand. Das Gebäude war im Vergleich zu manchen Nachbaranwesen recht schlicht. Die Fassade war beige, wodurch die weißen Fensterfaschen hübsch zur Geltung kamen. Das Haus wirkte gepflegt, was man jedoch vom Garten nicht unbedingt behaupten konnte. Rosen, Wiesenblumen, hohes Gras und Rotkohl wuchsen dort in einem wildromantischen Durcheinander. Zwei etwa mannshohe Apfelbäume standen mittendrin und sahen aus, als versuchten sie angestrengt, sich gegen den Wildwuchs um sie herum zu behaupten. Eine Hummel taumelte laut brummend an Valeries Ohr vorbei. Ja, für die Insekten war diese kleine Wildnis hier sicherlich ein Traum. Vielleicht war Brauer ja ein Tierfreund.

Sie stieg die beiden Stufen zur Haustür hinauf und klingelte. Den Ton konnte man auch von draußen gut hören, trotzdem rührte sich drinnen nichts. So ein Mist, war Brauer womöglich verreist und deshalb nicht ans Telefon gegangen? Sie trat ein paar Schritte zurück und ließ ihren Blick über Fassade und Fenster schweifen. Keinerlei Bewegung, alles blieb still.

Valerie ging rechts um das Haus herum, wo sich die Garage befand. Sie hatte ein kleines Sprossenfenster, durch das sie hineinspähen konnte. Da die Sonne auf der anderen Seite stand, fiel nur wenig Licht hinein, doch Valerie erkannte zweifelsfrei, dass ein Auto in der Garage parkte, ein Geländewagen. Hieß das vielleicht, dass Brauer nur zu einem kleinen Spaziergang aufgebrochen war? Sollte sie hier warten? Im schlechtesten Fall konnte das ja ziemlich lange dauern.

»Grüß Gott!« Die laute Stimme in ihrem Rücken ließ sie erschrocken herumfahren. Ein älterer Herr hatte sich neugierig dem Haus genähert. War das Brauer? Valerie wurde bewusst, dass sie, obgleich ihr der Name des Malers und seine Kunst natürlich ein Begriff waren, keine Ahnung hatte, wie er aussah. Sie musterte ihr Gegenüber vom karierten Hemd mit Hirschhornknöpfen über die knielange Lederhose bis hinunter zu den Haferlschuhen. Mit seiner bayrischen Tracht passte er ganz ausgezeichnet zu Dorf und Landschaft, und das stimmige Bild aus Kulisse und Mensch ergab beinahe selbst ein Kunstwerk.

»Hallo! Sind Sie Herr Brauer?«, wagte sie sich vor.

Der Mann schüttelte den Kopf. Ein aufmerksamer Nachbar vielleicht. Womöglich hielt er sie für eine Einbrecherin und wollte nach dem Rechten sehen. »Was woll'n S' 'n von dem?«

»Wir haben beruflich miteinander zu tun«, erklärte Valerie vage. »Wissen Sie, wo ich ihn finden kann?«

Er musterte sie noch einen Moment mit schief gelegtem Kopf, entschied sich dann aber glücklicherweise dafür, ihr zu helfen. »In seiner Hütt'n wird er sein.«

»Und ist diese Hütte weit weg?«

Der Mann schüttelte erneut den Kopf, und Valerie lächelte. Vielleicht war sie ja doch nicht umsonst hergekommen.

4

»Bloß den Berg da a Stück aufi, dann sehn S' es scho bald auf der linken Seiten«, hatte der Mann gesagt. Doch die Wegbeschreibung entpuppte sich als durchaus dehnbar. Der befahrbare Weg hörte jedenfalls nach etwa einem Kilometer auf und ging in einen schmalen Wanderpfad über, ohne dass eine Hütte in Sicht gekommen war. Valerie ließ das Auto also am Rand stehen und ging zu Fuß weiter. Sie hatte kurz überlegt, ob sie in ihre Joggingschuhe schlüpfen sollte, die sie im Trolley dabeihatte, sich jedoch dagegen entschieden. Ein Fehler. Ihre flachen Sandalen waren zwar bequem, trotzdem dauerte es nicht lange, bis sie sie abstreifte und barfuß weiterging, um sich keine Blasen zu laufen. Gegenüber grasten einige weiß-braun gescheckte Kühe auf einer Weide. Hin und wieder hob eine von ihnen den Kopf und betrachtete sie gleichmütig kauend. Sonst begegnete sie niemandem.

Aus dem »bald« wurde ein fast eineinhalbstündiger Fußmarsch, der sie kontinuierlich bergauf führte. Wenigstens war es nicht mehr so heiß. In der Mittagssonne wäre sie ganz schön ins Schwitzen gekommen. Trotzdem dachte sie immer öfter sehnsüchtig an die Wasserflasche in ihrem Auto. Dann war sie endlich am Ziel.

Besagte Hütte war ganz aus Holz und hatte grün lackierte Fenster und Läden. Zwei große Nadelbäume und ein Brunnen standen daneben, und jemand von leidlich handwerklicher Begabung hatte aus etwas schief zusammengenagelten Holzlatten einen Zaun um das Häuschen gezogen. Hinter der Hütte ragte schroffer Fels auf.

Valerie blieb stehen und streckte den Rücken durch. Hätte sie sich nicht unerwarteterweise so abmühen müssen, um hierherzukommen, hätte sie das Ganze vielleicht schön finden können. So aber fragte sie sich, ob an dem Mythos vom verschrobenen Künstler wohl doch etwas dran war. Brauer war sehr erfolgreich. Vielleicht war mit dem Erfolg auch eine gute Portion Eigenwilligkeit hinzugekommen.

Der Weg führte an der Hütte vorbei in Richtung der Felsen. Valerie verließ ihn also und überquerte die kleine Wiese, die sie von dem Häuschen trennte. Das Gras kitzelte ihre nackten Füße.

Der Zaun hatte kein Gartentürchen, sondern einfach einen offenen Durchgang gegenüber dem Hütteneingang. Neben der ebenfalls grün gestrichenen Haustür erblickte Valerie eine Holzbank. Sollte sie Brauer wieder nicht antreffen, konnte sie sich wenigstens etwas ausruhen, bevor sie sich auf den Rückweg machte. Ob das Wasser des Brunnens wohl trinkbar war? Jetzt erst fiel ihr auf, dass ein paar der Fensterläden geschlossen waren.

Mangels einer Klingel oder dergleichen klopfte sie beherzt an die Holztür. Als wie schon zuvor im Dorf alles still blieb, wollte Valerie es nicht wahrhaben. Sie klopfte erneut, energisch und polternd. Und tatsächlich hörte sie daraufhin etwas in der Hütte. Ein undefinierbares Rumpeln nur, aber immerhin ein Lebenszeichen. Sie lauschte und meinte, leise Schritte zu vernehmen. Es dauerte etwas, bis sie sich näherten. Valerie setzte ihr schönstes Lächeln auf und spielte zum wiederholten Mal in Gedanken durch, wie sie sich dem Ausnahmekünstler gleich vorstellen wollte. Da wurde die Tür geöffnet, und ihr Lächeln fiel im Bruchteil einer Sekunde in sich zusammen.

Für seinen hohen Bekanntheitsgrad erschien er Valerie überraschend jung, obwohl man das durch den ungepflegten, wenn auch nicht sehr langen Vollbart und die verstrubbelten Locken nicht ganz genau erkennen konnte. Da er aber nur an den Schläfen ein paar graue Strähnchen im dunklen Haar hatte, schätzte sie ihn auf Ende dreißig. Als wolle er das Klischee des Künstlers strapazieren, trug er doch tatsächlich einen Bademantel über einem vorne zugeknöpften Pyjama.

Dabei sah er aus, als hätte er schon länger kein Badezimmer mehr von innen gesehen. Er kniff die Augen zusammen, als sei es ihm zu hell. Nun hob er auch noch eine Hand, um seine Augen abzuschirmen, und musterte Valerie mit fragendem Blick. Dabei wurde ihr unangenehm bewusst, dass sie ihn mit offenem Mund anstarrte. Doch wer wollte ihr das bei diesem Auftritt verübeln?

»Was woll'n Sie?«, fragte er so mürrisch, wie er aussah.

»Sind Sie Konstantin Brauer?«

»Leibhaftig.« Er breitete die Arme aus, als wollte er sich ihr präsentieren. An Selbstbewusstsein mangelte es ihm offensichtlich nicht. Dann ließ er die Arme abrupt fallen und schaute sie wieder an, mit einem Blick, aus dem sie eindeutig herauslesen konnte, dass ihr Besuch ihm zuwider war. Hatte sie ihn gestört? Arbeitete er vielleicht gerade an einem neuen Kunstwerk?

»Ich bin Valerie Gschwendt, die Tochter von Hedy, Ihrer Agentin.«

»Ich weiß, wer Hedy ist. Und nun weiß ich auch, wer Sie sind. Das beantwortet aber nicht die Frage, die ich Ihnen gestellt habe: Was woll'n Sie?«

Plötzlich war Valerie sich gar nicht mehr so sicher, ob ihr spontaner Besuch wirklich so eine gute Idee war. Sie hatte befürchtet, Brauer womöglich nicht anzutreffen. Dass sie ihn finden und er sich als schwieriger, wenn nicht gar unfreundlicher Gesprächspartner entpuppen könnte, damit hatte sie nicht gerechnet.

»Ich wollte mal nach Ihnen sehen. Wir haben länger nichts von Ihnen gehört, und auch telefonisch konnte ich Sie nicht erreichen. Da haben wir uns Sorgen gemacht.« Damit blieb sie nah an der Wahrheit, auch wenn ihre Sorge nicht in erster Linie ihm persönlich, sondern eher der eingeschlafenen Geschäftsbeziehung galt.

»Wie Sie sehen, lebe ich noch.«

»Ja. Schön.« Sie rang sich ein Lächeln ab. Wollte er sie

etwa hier draußen vor der Tür stehen lassen? Valerie trat unschlüssig von einem Fuß auf den anderen, was dazu führte, dass sein Blick zuerst zu ihren nackten Füßen hinabwanderte und dann wieder hinauf zu den Sandalen in ihrer Linken.

»Haben Sie Durst?«, fragte er schließlich.

Valerie nickte.

»Na, dann kommen S' halt mal rein.«

Erleichtert folgte sie ihm in die Hütte und fand sich in einer Wohnstube mit einer kleinen Küchenzeile und einer rustikalen Sitzecke wieder. Auf der hölzernen Eckbank lag eine Decke, ein benutztes Glas stand auf dem Tisch, daneben lag eine zusammengefaltete Tageszeitung. Die Luft roch etwas abgestanden. Alles deutete darauf hin, dass Brauer hier gerade ein Nickerchen gemacht hatte. Vielleicht war das der Grund, warum seine Begrüßung nicht gerade herzlich ausgefallen war.

Valerie verzichtete darauf, die Tür hinter sich zu schließen, um etwas Luft und Licht hereinzulassen. Brauer verschwand kurz im Nebenzimmer und kam mit einer frischen Flasche Mineralwasser zurück. Zusammen mit einem Glas aus einem der Hängeschränke stellte er sie auf den Tisch, schob ein wenig schwerfällig die Decke beiseite und ließ sich auf die Eckbank fallen. Valerie wertete sein Verhalten als Einladung, sich zu setzen, und zog den Stuhl neben der Eckbank unter dem Tisch hervor. Brauer hatte inzwischen die Flasche geöffnet und erst ihr, dann sich selbst eingeschenkt, obwohl sein Glas aussah, als wäre vorher etwas anderes, Dunkleres darin gewesen.

»Haben Sie die Agentur von Hedy übernommen?«, fragte Brauer, nachdem er sein Wasser in einem Zug ausgetrunken hatte. »Ich hätte nicht gedacht, dass sie sich dazu entschließt, die Zügel aus der Hand zu geben.«

Auch Valerie trank in großen Schlucken. Der Aufstieg in Verbindung mit den warmen Temperaturen hatte ihr schon ein bisschen zugesetzt. »Sie kennen meine Mutter gut, wie ich sehe. Nein, ich habe die Agentur nicht vollständig übernommen. Im Augenblick vertrete ich sie nur, während sie sich nach einer geplanten OP erholt.«

»Ich hoffe, es ist nichts Ernstes?«

»Zum Glück nicht, sie wird bald wieder auf dem Damm sein.«

»Schön.«

Er griff erneut zur Flasche und schenkte beide Gläser noch einmal voll, obwohl in Valeries noch ein kleiner Rest Wasser war. Womöglich hatte er gemerkt, wie durstig sie war und dass sie es nur anstandshalber nicht sofort ausgetrunken hatte.

»Wie läuft es mit der Kunst?«, fragte sie im Plauderton. »Woran arbeiten Sie denn gerade? Ist diese Hütte hier oben etwa Ihr Atelier?« Valerie ließ den Blick durch die Wohnstube schweifen. Es lagen nirgends Pinsel oder Farben herum.

»Ich male nicht mehr.«

Sie verschluckte sich beinahe an ihrem Wasser. Abrupt setzte sie das Glas ab und sah Brauer überrascht an. Der wich ihrem Blick aus.

»Sie malen zurzeit also gar nicht? Was machen Sie denn dann den ganzen Tag hier oben in der Einsamkeit?«

Er legte den Kopf schief und sah sie forschend an. Valerie war natürlich klar, dass er nicht etwa gesagt hatte, er lege gerade ein Päuschen ein, sondern dass er das Malen aufgegeben hatte. Und ihm war ebenso klar, dass Valerie ihn richtig verstanden hatte, auch wenn sie versuchte, es zu überspielen.

»Ich bin hier oben, um genau das zu genießen: die Einsamkeit«, antwortete er. »Wenn man mich lässt, heißt das.«

Autsch. Valerie war mittlerweile zwar bewusst, dass Brauer ihr die Tür am liebsten gar nicht erst aufgemacht hätte. Trotzdem musste er ihr das nicht auch noch ins Gesicht sagen. Sie trank einen Schluck Wasser, um Zeit zu schinden. Was sollte das überhaupt heißen, er male nicht mehr? Was war passiert?

5

Valerie überlegte noch, wie sie das Gespräch in zielführende Bahnen lenken konnte, ohne womöglich in einen Fettnapf zu stolpern, da ließ eine plötzliche Berührung an ihrem Fuß sie aufschrecken. Etwas Warmes, Felliges streifte ihre nackte Haut. Ihr entfuhr ein überraschtes Quietschen. Sie warf einen vorsichtigen Blick unter den Tisch, wo ihr ein Beagle aus dunklen Augen treuherzig entgegenschaute.

»Das ist Fee. Als Wachhund taugt sie nicht besonders viel, wie Sie sehen. Sie mussten sie nicht einmal mit einem Leckerli bestechen.«

Sie beugte sich zu der Hündin hinunter, und Fee kam sogleich schwanzwedelnd angetapst, um sich von ihr streicheln zu lassen.

»Sie haben mich ja hereingelassen. So weiß sie, dass sie mich nicht abwehren muss.«

Brauer schüttelte langsam den Kopf, sagte aber nichts.

Dank Fee, die Valerie für einen Moment ganz in Beschlag nahm und sich ausgiebig kraulen ließ, wurde das Schweigen zwischen ihnen nicht unangenehm. Im Gegensatz zu Brauer schien der Hund sich über Valeries Besuch zu freuen. Als die Kleine sich endlich etwas beruhigt hatte, ergriff Brauer unerwartet das Wort.

»Hören Sie, mir ist schon klar, dass Sie gerne mal wieder ein Bild von mir verkaufen würden. Aber wie gesagt, ich kann damit nicht dienen.«

Valerie war zu neugierig, um sich wegen der Entlarvung ihres profanen Interesses ertappt zu fühlen. »Was ist passiert? Wieso wollen Sie denn plötzlich nicht mehr malen?«

Er seufzte ausgiebig. »Nun gut, wie ich Sie einschätze, werden Sie ja doch keine Ruhe geben«, sagte er mehr zu sich selbst. Dann erklärte er, obwohl er dabei immer wieder wegsah und mehr Blickkontakt mit der Tischplatte vor sich hatte als mit ihr: »Es ist nicht so, dass ich nicht mehr malen möchte. Es geht einfach nicht. Meine Muse hat mich verlassen. Ich habe keine Ideen, und wenn ich trotzdem irgendetwas male, nur um zu malen, dann gefällt es mir hinterher nicht, und ich zünde es an.«

Valerie musterte ihn mit skeptisch zusammengekniffenen Augen. Ob er seine Werke tatsächlich in Brand steckte? Oder war das nur bildlich gesprochen? So oder so, was sie da hörte, gefiel ihr ganz und gar nicht. Brauer war ein absolutes Ausnahmetalent, so etwas warf man doch nicht einfach weg.

»Ich glaube nicht, dass man die Kunst von irgendwoher bekommt, von einer Muse oder so. Sie wohnt in einem. Und Ihre ist sicherlich auch noch da, tief drinnen. Sie müssen sie wieder aufwecken.«

»Ach, was wissen Sie schon.« Auf einmal wirkte er ablehnend, fast ärgerlich. Der kurze Moment des Vertrauens war dahin.

»Ich weiß, dass Sie wunderbare Bilder gemalt haben. Das kann doch nicht alles von gestern auf heute verschwunden sein.«

»Sie sollten jetzt gehen, wenn Sie es noch vor Einbruch der Dunkelheit zurück ins Dorf schaffen wollen.«

Valerie biss sich auf die Unterlippe. Das wollte sie zweifelsohne. Aber sie wollte auch Brauer wieder malen sehen. »Sie können sich hier nicht ewig verkriechen. Wenn Sie möchten, helfe ich Ihnen, das wieder auf die Reihe zu kriegen.«

Nun umspielte ein süffisanter Zug seine Lippen. »Sie laufen barfuß einen Berg hinauf, um sich einem Mann aufzudrängen, der Sie nicht hierhaben will. Sollten Sie sich nicht erst mal selbst auf die Reihe kriegen?«

Valerie lehnte sich zurück und straffte sich. »Werden Sie jetzt also gehässig, um mich loszuwerden?«

»Nein, ich spreche nur aus, was ich denke.«

Als Antwort verschränkte sie die Arme vor der Brust. Was war dieser Brauer doch für ein arroganter Mistkerl!

Da klopfte er plötzlich neben sich auf die Holzbank, und sofort tauchte Fee auf, die sich zwischenzeitlich ins Nebenzimmer verzogen hatte, sprang hoch und setzte sich artig neben ihn. »Sie können jetzt bei Tageslicht gehen oder später in der Dunkelheit. Auf jeden Fall gehen Sie.«

Fee musste Brauers bestimmtem, fast barschem Tonfall entnommen haben, dass ein Konflikt in der Luft lag. Wie auf Kommando fixierte sie Valerie und knurrte leise. Vielleicht war sie doch ein besserer Wachhund, als Brauer behauptete. Valerie jedenfalls erkannte, dass sie hier auf verlorenem Posten saß. Sie schnappte sich ihre Sandalen und stand auf. »Tschüss, Fee!«, sagte sie, ohne Brauer anzusehen, und verließ die Hütte.

Nachdem sie die Tür hinter sich geschlossen hatte, stieß sie die Luft aus, die sie unweigerlich angehalten hatte. Na, das war ja nicht gerade gut gelaufen.

Mit festen Schritten entfernte sie sich. Dabei hatte sie das Gefühl, Brauer würde ihr nachsehen, doch sie drehte sich nicht um. Vielleicht hatte er ein schlechtes Gewissen. Womöglich wollte er sich aber auch nur vergewissern, dass sie wirklich abhaute.

Brauers Einschätzung war ganz richtig gewesen. Als sie ihr parkendes Auto erblickte, dämmerte es bereits. Sie warf die Sandalen in den Fußraum auf der Beifahrerseite und fuhr los. Ein paarmal musste sie noch tief durchatmen, dann merkte sie, wie sie mit jedem Kilometer, den sie zwischen sich und Brauer brachte, ruhiger wurde. Als sie am Hotel ankam, war ihr Zorn verraucht, doch die Enttäuschung über das gefloppte Gespräch blieb.

Sie checkte ein und buchte bei der Gelegenheit gleich noch eine Massage im Wellnessbereich des Hotels für den nächsten Morgen. So würde sie nach diesem körperlich wie mental anstrengenden Anreisetag morgen doch noch entspannt ins Wochenende starten.

Sie ging auf ihr Zimmer und nahm eine Dusche, um sich den Staub des Tages und vor allem ihre Füße gründlich zu waschen. Der Rezeptionist war bemüht gewesen, die Sandalen in ihrer Hand zu übersehen. Gerade als sie frisch und diesmal ordnungsgemäß mit den Sandalen an den Füßen zum Abendessen gehen wollte, klingelte ihr Handy. Ein Blick auf das Display verriet Valerie, dass der Anruf vom Agenturanschluss umgeleitet worden war. Sie räusperte sich, ehe sie ranging. »Agentur Gschwendt, Valerie Gschwendt am Apparat, guten Abend.«

»Sehr gut! Ich wollte nur mal sehen, ob du auch deine Aufgaben gewissenhaft erledigst«, sagte ihre Mutter lachend.

Das war typisch Hedy. Valerie musste grinsen. »Dir geht es anscheinend schon wieder ganz gut. Das freut mich!«

»Archie hat mich heute gut gepflegt. Aber die Schwestern, ich sage dir, das sind die reinsten Feldwebel. Die haben mich heute schon aus dem Bett gescheucht, dabei bin ich doch gestern erst operiert worden. Kannst du dir das vorstellen?«

Valerie dachte an die forsche Frau, die sie am Telefon gehabt hatte. Sie sah die Wortgefechte zwischen den beiden bildlich vor sich. »Die machen das sicherlich nicht, um dich zu ärgern, Mama. Sie wissen, was gut für dich ist.«

»Ja, ja. Zum Glück kommt Archie morgen wieder, um mir beizustehen. Wo bist du überhaupt?«

Valerie zögerte. Nachdem das Gespräch mit Brauer so schlecht gelaufen war, wollte sie Hedy nicht unbedingt auf die Nase binden, dass sie bei ihm gewesen war. Andererseits war sie schon öfter übers Wochenende an den See gefahren. Sie konnte nur hoffen, dass ihre Mutter nicht wittern würde, dass diesmal mehr hinter ihrem Kurztrip steckte. »Ich bin am Tegernsee«, antwortete sie zurückhaltend.

»Na, du hast es gut«, rief ihre Mutter. »Ich liege hier im Krankenhaus, und du machst Urlaub!«

Ausnahmsweise war Valerie mal froh über Hedys Vorwurf. Lenkte er doch wunderbar vom wahren Grund ihrer

Reise ab. »Ich weiß, ich hab auch fast ein bisschen ein schlechtes Gewissen. Aber Archie ist ja da, und sobald du wieder fit bist, fahren wir zusammen her, und ich spendiere dir eine schöne Massage. Am Montag, wenn Archie wieder arbeiten muss, bin ich ja längst wieder zurück und komme dich besuchen.«

Die Wörter »Archie«, »Massage« und »besuchen« entfalteten die gewünschte beruhigende Wirkung auf ihre Mutter. »Ich nehme dich beim Wort«, sagte sie, milde gestimmt. »Und jetzt geh mal. Es ist schon recht spät. Nicht dass sie dir das Restaurant noch vor der Nase zumachen und du hungern musst.«

Valerie verabschiedete sich und verließ ihr Hotelzimmer. Großen Appetit hatte sie zwar nicht, aber ihr Magen knurrte. Ihre Gedanken wanderten zurück zu Brauer. Wovon der wohl dort oben in seiner Einöde lebte? Wahrscheinlich machte er sich jeden Tag eine Dose Ravioli auf. Kein Wunder, dass da die Muse irgendwann fernblieb. Ihr fiel ein Zitat von Jean Paul ein. Angeblich sollte der einmal gesagt haben: »Die Kunst ist zwar nicht das Brot, wohl aber der Wein des Lebens.« Brauer lebte zurzeit also womöglich in mehr als einer Hinsicht von Wasser und Brot, und das gefiel Valerie trotz seiner abweisenden Art gar nicht.

6

Valerie hatte schlecht geschlafen. Die Begegnung mit Brauer ließ sie nicht los. Immer wieder dachte sie an diesen kleinen Moment, den sie gehabt hatten, nachdem er von ihrem Auftauchen genervt und bevor er von ihrer Einmischung verärgert gewesen war. Er hatte nicht gebrochen oder traurig gewirkt, als er ihr erzählt hatte, dass er nicht mehr malen könne. Stattdessen hatte eine seltsam abgeklärte Hilflosigkeit aus ihm gesprochen. Und das war es, was Valerie zu schaffen machte. Eine Agentin sollte in ihren Augen nicht nur jemand sein, der Kunst verkaufte. Es ging dabei doch vielmehr um ein Miteinander. Eine Freundin von ihr war Literaturagentin und hatte ihr erzählt, dass sie regelmäßig mit ihren Schriftstellern und Schriftstellerinnen brainstormte, um verschiedene Ideen für neue Bücher durchzuspielen. Vielleicht konnte das auch Brauer helfen. Eine gemeinsame Ideenfindung, die seine Inspiration weckte. Vielleicht konnte sie in gewisser Weise die Muse zurückholen, von der er glaubte, sie sei ihm abhandengekommen.

Valerie fand den Gedanken so interessant und aufregend, dass selbst die Massage sie nicht wirklich zu entspannen vermochte. Voller Elan fuhr sie zum nächsten Supermarkt. Dort kaufte sie Brot, Käse, Oliven und Rotwein und noch allerhand verschiedene andere Lebensmittel, die nicht unbedingt einen Kühlschrank brauchten, da sie davon ausgehen musste, dass Brauer in seiner Hütte keinen Strom hatte. Außerdem zog sie diesmal ihre Joggingschuhe an und packte Wasser und Sonnencreme in ihren kleinen Rucksack. Sie fühlte sich damit sehr viel besser vorbereitet als am Tag zuvor und machte sich frohen Mutes auf den Weg. Gestern hatte sie Brauer auf dem völlig falschen Fuß erwischt. Heute würde sie es besser machen.

Valerie parkte ihren Fiat 500 wieder an derselben Stelle, wo die Straße aufhörte und sich zu einem Wanderpfad verengte. Die volle Einkaufstüte hatte ihr Gewicht, doch auch das konnte ihre Laune nicht trüben. Denn die Temperatur war jetzt am Vormittag wesentlich angenehmer als gestern in der Schwüle des Nachmittags. Valerie fühlte sich gut und optimistisch. Selbst der Aufstieg kam ihr heute kürzer vor.

Die Hütte lag ruhig und unverändert vor ihr. Aus Valeries Perspektive wirkte es fast so, als sei sie mit dem Fels dahinter verschmolzen. Zielstrebig verließ sie den Wanderweg, überquerte die Wiese und klopfte an die Tür. Valeries Zuversicht erhielt einen Dämpfer, als drinnen alles still blieb. Sie klopfte erneut, nachdrücklicher. Wieder nichts. Enttäuscht ließ sie sich auf die Bank neben der Haustür fallen. Sie blickte auf die Zeitanzeige ihres Handys und überlegte. Es war fast elf. Konnte es sein, dass Brauer noch schlief? Aber zumindest Fee hätte ihr Klopfen doch hören müssen, oder? Wobei die kleine Beagle-Hündin ja auch gestern nicht sofort auf sie reagiert hatte.

Valerie stellte die Einkauftüte und ihren Rucksack auf die Bank. Sie wollte versuchen, einen Blick in die Hütte zu werfen. Sollten Mann und Hund tatsächlich noch schlafen, würde sie die beiden schon wach kriegen.

Wie am Vortag waren einige der Fensterläden geschlossen. Die direkt neben der Tür jedoch waren offen, und Valerie konnte in die Wohnstube spähen, in der sie gestern mit Brauer gesessen hatte. Auf der Eckbank lag noch immer die Decke. Auf dem Tisch entdeckte Valerie eine Müslischale und eine Tasse. Das sah verdächtig nach Frühstück aus. War Brauer also doch schon wach? Sie klopfte an die Scheibe des kleinen Sprossenfensters und spähte angestrengt ins Innere, doch wieder sah und hörte sie nichts.

Als sie sich abwandte, fiel ihr Blick auf eine Feuerstelle im Garten. Ein etwa zwei Meter langes Stück eines dicken Baumstammes lag daneben und diente als Sitzgelegenheit.

Hockte Brauer nach seinen Malversuchen womöglich dort auf dem Stamm neben dem Feuer und schaute dabei zu, wie sich seine Kunstwerke in Asche und Rauch auflösten? Der Gedanke hatte etwas Gespenstisches und ließ Valerie ganz melancholisch werden.

Sie wandte sich kopfschüttelnd ab und ging um die Hütte herum. Auch die nächsten beiden Läden waren geschlossen. Valerie rüttelte kurz daran, doch sie waren verriegelt und ließen sich nicht einfach aufziehen.

Hinter dem nächsten Fenster, durch das sie hineinspähen konnte, lag ein kleines Bad. Es sah recht altertümlich aus. Valerie brauchte einen Augenblick, um zu begreifen, woran das lag. Es gab keine Wasserhähne. Dafür standen auf dem Boden ein großer Blecheimer und ein noch größerer Holztrog. Anscheinend musste Brauer Wasser aus dem Brunnen vor der Hütte holen, um sich zu waschen. Meine Güte, der Mann konnte so viel Geld mit seinen Bildern verdienen und lebte hier ohne jeglichen Luxus fast wie im Mittelalter. Zu allem Überfluss entdeckte sie hinter der Hütte auch noch ein Klohäuschen.

Sie vollendete ernüchtert ihre Runde um das Haus und setzte sich wieder vorne auf die Bank. Dann würde sie eben warten.

Es dauerte nicht lange, da war die Sonne so weit gewandert, dass sie Valerie mit ihren Strahlen erreichte. Sie stellte die Einkäufe in den Schatten unter der Bank und legte sich der Länge nach darauf. Mit der Sonnenbrille auf der Nase und dem Rucksack unter dem Kopf ließ es sich eine Weile entspannt aushalten. So entspannt, dass sie eingenickt sein musste, denn als sie ein Bellen hörte, schreckte sie benommen aus einem wirren Traum hoch. Sie schob sich die Sonnenbrille in den Haaransatz und hielt Ausschau nach dem Hund, der zu dem Bellen gehörte. Als sie Fee erblickte, musste sie lächeln. Wie ein Gummiball schoss der kleine Beagle den Abhang herunter und rannte direkt auf sie zu. Fee hatte sie offenbar schon von Weitem gesichtet. Als sie Valerie erreichte, begrüßte sie die Besucherin stürmisch, sprang zu ihr auf die Bank und hüpfte ihr beinahe ins Gesicht.

Lachend versuchte Valerie zu verhindern, dass die kleine Hündin sie abschleckte. »Hör auf, Fee. Es ist ja schön, dass du dich so freust, mich zu sehen, aber ich will deine Zunge nicht in meinem Gesicht!« Sie war so mit Fee beschäftigt, dass sie Brauer erst bemerkte, als er den windschiefen Gartenzaun erreichte. Seinen Bademantel hatte er gegen lässige Outdoorkleidung eingetauscht.

»Na, da können Sie aber froh sein, dass wir heute nur eine kleine Runde gelaufen sind«, sagte er statt einer Begrüßung, als er näher kam.

Valerie stand auf, um Fee leichter abschütteln zu können. Prompt sprang die Beagle-Hündin übermütig auf der Bank herum, als wollte sie ihre Versuche, Valeries Gesicht zu erreichen, noch nicht aufgeben. »Sehen Sie, Fee freut sich, dass ich hier bin.«

Brauer warf erst dem Hund, dann ihr einen reservierten Blick zu.

»Hören Sie, es tut mir leid. Mein Besuch gestern, das ist unglücklich gelaufen. Ich hätte nicht so in Ihre Privatsphäre eindringen sollen.«

Brauer ließ eine Augenbraue in die Höhe schnellen. »Und um es wiedergutzumachen, haben Sie beschlossen, es heute gleich wieder zu tun?«

Fee sprang von der Bank und streifte schwanzwedelnd um seine Beine. Sie schien außerordentlich gute Antennen für die Stimmungen ihres Herrchens zu haben.

Valerie ging nicht auf seinen Vorwurf ein, sie versuchte es mit einem Themenwechsel. »Ich habe Ihnen etwas mitgebracht«, sagte sie und zog die Supermarkttüte unter der Bank hervor. »Sie haben hier oben ja keine Einkaufsgelegenheit.«

»Wollen Sie mich bestechen?«, fragte Brauer.

»Funktioniert es?«

Endlich zupfte ein Lächeln an seinem Mundwinkel. »Was ist denn drin?«

»Eine leckere Brotzeit für zwei Personen und einen Hund.«

Sein Grinsen wurde breiter. »Na gut. Damit haben Sie mich.«

Er bat sie, kurz zu warten, und kam wenig später mit einem kleinen Plastiktisch und einem Klappstuhl aus der Hütte, dessen braun-orange geblümter Stoffbezug aussah, als stammte das Stück noch aus den sechziger Jahren, und vermutlich tat es das auch. Beides stellte er an die Holzbank vor der Haustür, sodass eine gemütliche kleine Sitzgruppe entstand.

Dann verschwand er wieder, um Geschirr und Besteck zu holen, und Valerie fing an, die mitgebrachten Lebensmittel auf dem Tisch zu verteilen. Zu ihrem Glück stellte sich heraus, dass sie mit den verschiedenen Käsesorten und Oliven Brauers Geschmack gut getroffen hatte. Mangels langstieliger Gläser tranken sie den Rotwein aus Emailletassen, und Brauer holte noch eine Flasche Mineralwasser aus der Hütte. Auch Fee mochte die Leckerlis, die Valerie für sie ausgesucht hatte. Valerie war höchst zufrieden mit sich und der neuen Harmonie, die sich zu ihnen an den Plastiktisch gesellt hatte.

7

Nicht zuletzt dank Wein und Sonnenschein war die Stimmung zwischen Brauer und Valerie überraschend ausgelassen. Er hatte sie über ihre Zeit auf dem Schiff ausgefragt und ein bisschen von seiner Wanderleidenschaft erzählt. Anscheinend waren Fee und er jeden Tag in den Bergen unterwegs. Valerie fand das außerordentlich beruhigend. Gestern war sie sich nämlich nicht sicher gewesen, ob Brauer diese Hütte überhaupt noch verließ. Das Thema Malen hatten sie bislang gemieden. Doch Valerie musste es ansprechen, deshalb war sie ja schließlich zurückgekommen.

»Ich möchte Ihnen gerne helfen.«

Brauer schaute sie abwartend an, während Fee einen Falter durch den Garten jagte.

»Wie ich gestern schon sagte, ich bin sicher, dass Ihre Kunst noch da ist. Man verliert sein Talent nicht einfach, es gehört zu einem.«

Valerie war der Meinung, recht behutsam vorgegangen zu sein. Trotzdem wischten ihre Worte das Lächeln aus seinem Gesicht.

»Sind Sie also doch nur deshalb wieder hier«, stellte er mürrisch fest.

Valerie biss sich auf die Unterlippe und überlegte, was sie sagen sollte, was sie sagen durfte. »Vermissen Sie es denn gar nicht, das Malen?«

»Doch, das tue ich tatsächlich. Manchmal.«

Die Bitterkeit in seinen Worten ließ Valerie schlucken. »Es ist mir ernst. Ich helfe Ihnen. Vielleicht können wir Ihre Muse gemeinsam wiederfinden, oder vielleicht kann ich vorübergehend Ihre Muse sein.«

Die Spontanität und Lautstärke, mit der er über ihre Worte lachte, fühlten sich an wie eine schallende Ohrfeige. Valerie war wohl bewusst, dass die Geliebten von Künstlern manchmal als deren Musen bezeichnet wurden. Das hatte sie aber natürlich nicht gemeint. Sie hatte an das Ideen-Pingpong gedacht, von dem Bettina, die befreundete Literaturagentin, gesprochen hatte, und nicht an irgendwelche Anzüglichkeiten! Valerie spürte deutlich, wie ihre Wangen heiß wurden.

»Ich rede davon, Ihren künstlerischen Schaffensprozess zu unterstützen!«, stellte sie klar. Doch Brauer japste nur nach Luft und lachte erneut los, nachdem er ihr einen kurzen Blick zugeworfen hatte. Wahrscheinlich leuchtete ihr Gesicht wie eine reife Tomate. Erbost stieß sie die Luft aus und nahm einen Schluck aus ihrem Becher. Sie musste sein Gelächter an sich abprallen lassen. Je wortreicher sie sich rechtfertigte, desto sicherer würde Brauer sich bestätigt sehen.

Valerie atmete tief durch und blickte ihn möglichst ausdruckslos an. Sie konnte nicht einschätzen, wie gut ihr das gelang, weil es gehörig in ihr rumorte. Doch endlich ebbte sein Lachanfall ab. »Haben Sie sich wieder beruhigt? Gut. Was ich sagen wollte, ist, dass ich Sie unterstützen könnte. Auf rein professioneller Ebene.« Ihr Nachsatz entlockte ihm prompt wieder ein Grinsen. Valerie quittierte es mit einem Augenrollen und fuhr in geschäftsmäßigem Tonfall fort: »Mir scheint, Sie stecken irgendwie in einer Sackgasse. Ich würde gern versuchen, Ihnen da herauszuhelfen.«

»Und wenn ich das nicht will?«

Valerie hielt irritiert inne. »Wieso sollten Sie das denn nicht wollen?«

»Vielleicht gefällt es mir ja in meiner Sackgasse.« Er fixierte sie, ehe er weitersprach. »Oder vielleicht halte ich Sie nicht für die richtige Person, um mir zu helfen.«

Er wollte sie provozieren, das erkannte Valerie deutlich an seinem taxierenden Blick. Er beobachtete genau, wie sie sich verhielt. Deshalb beschloss Valerie, dass es wohl das Beste wäre, einfach gar nicht zu reagieren. »Kommen Sie. Ich helfe Ihnen, die restlichen Sachen reinzutragen«, erklärte sie stattdessen und drückte den Korken fest in den Hals der halb leeren Weinflasche.

Fee, die satt und zufrieden im Gras vor sich hin döste und sich die Spätsommersonne auf das Fell scheinen ließ, hob nur träge den Kopf, als sie aufstanden, und machte es sich dann gleich wieder bequem. Sie verstauten die meisten Sachen in einem der Küchenschränke. Es gab keinen Kühlschrank, und ein Blick an die Decke, an der keine Lampe hing, bestätigte Valeries Vermutung, dass die Hütte weder Anschluss ans Stromnetz noch einen Generator hatte. »Ist das nicht schwierig hier oben so ganz ohne Strom?«, fragte sie.

Brauer zuckte gleichmütig mit den Schultern. »Nicht wirklich. Kommen Sie, ich zeige Ihnen was.«

Valerie folgte ihm in einen kleinen Abstellraum neben der Wohnküche. Hier stand ein Regal mit ein paar Konserven, zahlreichen Hundefutterdosen, Getränken und ein paar Putzutensilien an der Wand. Ihr Blick folgte seinen Bewegungen, als er sich bückte und eine kleine Klappe im Boden aufzog. Darunter kam eine Vertiefung zum Vorschein, ein Minikeller sozusagen. »Das ist mein Kühlschrank«, erklärte Brauer und stellte Weinflasche und Käse hinein. Valerie nickte mit gemischten Gefühlen, unschlüssig, ob sie den Maler angesichts der einfachen Verhältnisse bewundern oder bemitleiden sollte.

Zurück in der Wohnküche schaute sie sich um, ob noch irgendetwas wegzuräumen war. Dabei fiel ihr auf, dass die Tür zum Nebenraum ein Stück offen stand. Sie wusste nicht, was sich dort befand, denn die Fensterläden zu diesem Zimmer waren verschlossen, sodass sie am Morgen nicht hatte hineinspähen können. Ob dort drinnen sein Atelier war? Neugierig trat sie an die Tür heran. Sie sah vorsichtig über die Schulter zu Brauer, doch der hielt sie nicht auf. Er stand an die kleine Küchenzeile gelehnt und beobachtete sie mit müde wirkendem Gesichtsausdruck.

»Darf ich?«, fragte Valerie, als sie die Hand nach der Holztür ausstreckte.

»Sie sind ja schon dabei«, murrte er.

Valerie nahm das als ein »Ja, bitte«.

Schon während sie eintrat, erschrak sie, auch wenn sie das Ausmaß des Chaos erst einigermaßen überblicken konnte, als sie mitten im Raum stand, da wegen der geschlossenen Fensterläden kaum Licht durch die hölzernen Lamellen drang. Überfordert drehte sie sich um die eigene Achse. »Ach du meine Güte, was ist denn hier passiert?«

Brauer war ihr nachgegangen und im Türrahmen stehen geblieben. Dort lehnte er sich schweigend an die Zarge und verschränkte die Arme vor der Brust.

Anscheinend war dies wirklich Brauers Atelier. Valerie hatte es sich allerdings ganz anders vorgestellt. Zwar stand eine Staffelei mit einer leeren Leinwand darauf im Zimmer, doch drum herum sah es aus, als hätte hier jemand randaliert. Sie ging zum nächstgelegenen der drei Fenster, öffnete es und stieß die Läden auf. Doch das machte es nicht gerade besser. Im Tageslicht konnte sie nur noch deutlicher sehen, dass Brauer hier mehr hauste als arbeitete. Überall lagen Pinsel und Farbtuben herum, mehrere Teller und Paletten mit eingetrockneten Farben standen an den unmöglichsten Stellen. In einer Ecke des Raumes erblickte sie einen Schrank und einen Berg Wäsche. Daneben führte eine steile Stiege in ein Obergeschoss, das wegen der Dachschrägen nicht sehr hoch sein konnte und vermutlich eine Schlafkoje beherbergte. Leere Flaschen gruppierten sich auf dem Fußboden. In ein paar davon war Wasser gewesen, in den meisten jedoch Wein, Bier oder Schnaps. Pikiert starrte Valerie auf eine leere Flasche Doppelkorn. Brauer schien bei Alkohol nicht wählerisch zu sein.

Zu überrascht, um etwas zu sagen, zog Valerie einen Stuhl zu sich heran, um sich zu setzen. Dabei geriet ein Häufchen an Tuben, Pinseln mitsamt irgendeinem Kleidungsstück ins Rutschen und landete klappernd auf dem Boden. Sie schrak bei dem Geräusch zusammen und ließ sich dann ungeachtet der auf dem Boden gelandeten Sachen auf den nun freien Stuhl fallen.

Niemand, weder sie noch Brauer, hatte seit Valeries überraschtem Ausruf etwas gesagt, und langsam wurde dieses Schweigen unangenehm. Sie sah auf und suchte seinen Blick. Er stand noch immer mit verschränkten Armen und ausdrucksloser Miene im Türrahmen.

»Das ist ja kein Wunder, dass Sie hier nicht malen können. Bei dem ganzen Chaos hat die Kreativität doch überhaupt keinen Platz.«

Er sah aus, als wollte er widersprechen, hielt aber den Mund.

Nach ein paar unschlüssigen Momenten stand Valerie auf und öffnete auch die anderen beiden Fenster und Läden. Dann begann sie aufzuräumen.

»Hören Sie auf. Sie müssen das nicht tun«, sagte Brauer.

Sie sah ihn an und bemerkte überrascht, dass er beschämt wirkte. Ein ungewohnter Anblick, war er doch bisher so selbstsicher, ja beinahe überheblich aufgetreten. Fast tat er Valerie ein bisschen leid.

»Ich weiß, dass ich das nicht tun muss. Aber ich habe Ihnen gesagt, dass ich Ihnen helfen will. Und wenn das bedeutet, aus dieser Müllhalde wieder ein Atelier zu machen, dann tue ich das eben.«

Beim Wort Müllhalde zuckte er kaum merklich zusammen, und Valerie bereute augenblicklich ihre Wortwahl. Brauer presste die Lippen aufeinander und wich ihrem Blick aus. Dann wandte er sich abrupt ab und verschwand.

8

Während Valerie aufräumte, schwankte ihre Stimmung stark zwischen dem Gefühl, das Richtige zu tun, und dem Ärger darüber, dass sie sich zu Brauers Putzfrau gemacht hatte. Vor allem, dass er sich einfach verzogen hatte und sie hier allein ließ, wurmte sie.

Während sie die leeren Flaschen draußen in der Wohnküche auf den Tisch stellte, hielt sie immer wieder Ausschau nach ihm, konnte jedoch weder Fee noch Brauer irgendwo entdecken. Den Wäscheberg brachte sie ebenfalls nach nebenan. Die als Paletten missbrauchten Teller schrubbte sie sauber. Dass sie Wasser dafür in einem Eimer im Bad finden würde, wusste sie ja von ihrem Rundgang um die Hütte. Auch die benutzten Pinsel wusch sie aus, wenngleich sich die eingetrocknete Farbe bei einigen kaum lösen wollte. Schließlich sortierte sie die Tuben nach Öl- und Acrylfarben und legte alle Malutensilien auf den Tisch im Atelier. Die Leinwände, die zu ihrem Bedauern alle leer waren, reihte sie ordentlich nach Größe sortiert in einer Ecke auf. Zufrieden blickte sie sich um. Der Raum war kaum wiederzuerkennen. Doch die inzwischen tief stehende Sonne, die zum Fenster hereinschien, enthüllte zahlreiche Staubkörnchen, die aufgescheucht durch die Luft tanzten.

Valerie schnappte sich den Blecheimer und kippte das von den Farbresten dunkel gefärbte Wasser in den Garten. Dass sie Brauer noch immer nirgends entdecken konnte, stachelte ihre Wut an, aber auch ihren Trotz. Zielstrebig trat sie an den Brunnen heran. Sie hatte solche altertümlichen Vorrichtungen bisher nur in irgendwelchen historischen oder phantastischen Filmen gesehen. Unter einem kleinen Dächlein hing an einem Flaschenzug ein schwerer Holztrog an einem großen Karabinerhaken. Die Öffnung des Brunnens war durch eine

Holzplatte verschlossen, wahrscheinlich um das Wasser vor Verunreinigungen zu schützen. Valerie brauchte drei Anläufe, bis sie die Platte heruntergezerrt hatte. Dann löste sie den Knoten des Seils und ließ den Eimer vorsichtig in die Tiefe hinab. Angestrengt schaute sie ihm hinterher. Sie konnte das Wasser nur erahnen, spürte und hörte aber, wie der Eimer unten ankam.

Sie lächelte stolz, als sie den schweren, nun mit Wasser gefüllten Trog wieder nach oben gehievt hatte. Das waren sie also, die Glücksmomente des einfachen Lebens.

Valerie putzte das Atelier gründlich. Sogar die Fenster nahm sie sich vor, wenngleich sie die Scheiben ohne Fensterleder nicht streifenfrei hinbekam. Und die Zeitung, von der sie nicht wusste, ob Berger sie schon ausgelesen hatte, wollte sie nicht ungefragt benutzen. Eine Verbesserung war es allemal.

Zufrieden mit dem Ergebnis ihrer Bemühungen verließ sie das Zimmer, um den Putzeimer ein letztes Mal auszuleeren. Als sie die Wohnküche durchquerte, bemerkte sie überrascht, dass Flaschen und Wäsche verschwunden waren und ein leises Rascheln aus dem Abstellraum drang. Brauer war also wieder aufgetaucht und hatte doch noch mit angepackt. Besänftigt ging sie hinaus und goss das Wasser aus. Dabei stellte sie fest, dass die Dämmerung bereits hereingebrochen war. In ihrem Eifer hatte sie das gar nicht bemerkt. Na wunderbar, jetzt durfte sie auch noch im Dunkeln zu ihrem Auto stolpern. Vielleicht konnte Brauer ihr wenigstens eine Taschenlampe leihen.

Fee sprang übermütig an ihr hoch und verfolgte sie, als sie zurück in die Hütte ging. Dort stieß Valerie auf Brauer. Er saß an seinem obligatorischen Platz auf der Eckbank. Auf dem Tisch standen eine brennende Kerze, zwei Emaillebecher und die halb volle Flasche Rotwein vom Mittagessen. Als sie hereinkam, sah er nicht auf, entkorkte aber die Flasche und schenkte den Becher, der an dem Platz stand, auf dem sie gestern gesessen hatte, halb voll. Müde ließ sie sich auf den Stuhl fallen und wartete ab, was es mit dieser unerwarteten Zusammenkunft auf sich hatte. Fee hatte sich in ihr Körbchen verkrochen, das unter der Eckbank stand.

Brauer ließ sich Zeit. Er füllte auch seinen eigenen Becher und betrachtete den Inhalt dann ausgiebig, während er konsequent schwieg.

»Ich weiß, Sie wollen helfen«, sagte er schließlich halblaut, »aus welchen Gründen auch immer.«

Valerie antwortete nicht. An seiner ernsten Miene konnte sie ablesen, dass er mit den für ihn anscheinend zweifelhaften Gründen nicht auf das Musenthema anspielte, das ihn so erheitert hatte. Ihm schien in diesem Moment vielmehr bewusst zu sein, dass, wenn er nichts mit seiner Kunst verdiente, die Agentur auch leer ausging. Und was sollte sie dazu sagen? So war es nun einmal.

»Ich bin gern allein, wissen Sie. Und es stört mich, dass Sie hier eindringen und herumputzen.«

Valerie schluckte. Darauf wusste sie nichts zu erwidern. Sie war nicht hergekommen, um sich beliebt zu machen. Dennoch streifte sie der Anflug eines schlechten Gewissens, dass sie ihm gegenüber so forsch und aufdringlich aufgetreten war.

»Trotzdem muss ich mich wohl bedanken«, schloss Brauer und beendete seinen stockenden Monolog, indem er es endlich aufgab, seinen Becher anzustarren, und einen Schluck trank.

Valerie tat es ihm gleich. »Haben Sie eine Taschenlampe für mich?«, fragte sie schließlich.

Brauer schüttelte den Kopf. »Ich habe zwar eine, aber die Batterien sind leer, und ich muss erst neue besorgen.«

Na wunderbar.

Zum ersten Mal, seit sie zurück in die Hütte gekommen war, blickte er sie direkt an. »Dann bleiben Sie halt hier.« Es klang, als würde er sich einem Schicksal ergeben, dass er eigentlich hatte vermeiden wollen.

Valerie unterdrückte ein Seufzen. So unwillkommen, wie sie nach wie vor zu sein schien, hatte sie nicht auch noch die Nacht hier verbringen wollen.

»Die Stiege nebenan führt zum Schlafzimmer hoch. Ich benutze es ohnehin fast nie. Frische Bettwäsche ist im Schrank.«

»Und wo schlafen Sie?«

Er klopfte neben sich auf die Eckbank.

Valerie unterdrückte einen Kommentar, dass es auf dem polsterlosen Holz unsagbar unbequem sein müsse. Schließlich konnte es ihr egal sein, ob der sture Eigenbrötler sich das Kreuz verrenkte. Und dass er sie nicht in der Dunkelheit den Berg hinunterstolpern ließ, war wohl das Mindeste, was sie nach ihrem heutigen Einsatz erwarten durfte.

Sie tranken schweigend, nicht einmal die quirlige Beagle-Dame unter der Eckbank gab einen Laut von sich. Irgendwann trank Brauer aus, stand auf, holte eine Flasche Mineralwasser aus dem Abstellraum und stellte sie vor Valerie auf den Tisch.

Valerie leerte ebenfalls ihren Becher. Während sie die beiden Behältnisse auf die kleine rustikale Küchenzeile stellte, ging Brauer hinaus und machte sich am Brunnen zu schaffen. Valerie war es ein Rätsel, wie er das alles in völliger Dunkelheit bewältigen konnte, aber wenig später kam er mit einem Eimer frischem Wasser zurück.

»Das Bad ist dahinten«, meinte er und trug den Eimer in die angezeigte Richtung.

Valerie schloss die Hüttentür hinter ihm und folgte ihm ins Bad, das er eilig wieder verließ, nachdem er den Eimer dort abgestellt hatte.

Mit dem Plumpsklo hinter dem Haus hatte sie sich notgedrungen angefreundet. Als sie sich nun mit dem eiskalten Wasser wusch, zweifelte sie jedoch stark an ihren Entscheidungen der letzten Tage. Vor allem, wenn sie an das Hotelzimmer mit dem komfortablen Bad dachte, das am Tegernsee auf sie wartete. Dort würde sie am nächsten Tag eine ausgiebige heiße Dusche nehmen, so viel stand fest!

Mit einer leichten Gänsehaut an den Armen ging sie zurück in die Wohnküche. Brauer war schon wieder nirgends zu sehen. Der Mann wurde langsam zum Phantom. Valerie ging in die Hocke und wünschte Fee unter der Eckbank eine gute Nacht. Dann ging sie nach nebenan und stieg die steilen Stufen zum Schlafboden hinauf. Über dem Geländer lag frische Bettwäsche für sie bereit.

Valerie hatte befürchtet, in der ungewohnten Umgebung und mit den konfliktbehafteten Schwingungen in der Luft heute Nacht kein Auge zuzutun. Doch kaum berührte ihr Kopf das Kissen, schlief sie auch schon ein.

9

Sie erwachte mit dem Bewusstsein, dass sie nicht allein im Raum war. Das »Schlafzimmer«, wie Brauer es großzügig genannt hatte, war durch die Dachschrägen wie erwartet recht niedrig und bestand aus nicht mehr als einem großen Bett und einem Nachtkästchen. Am Fußende des Bettes gab es einen schmalen Durchgang, bevor auch schon ein hölzernes Geländer die Schlafkoje begrenzte und verhinderte, dass man womöglich abstürzte. Atelier und Schlafzimmer waren also im Grunde ein Raum mit zwei Ebenen, und Valerie lauschte angestrengt, um herauszufinden, was da unten, nur ein paar Meter von ihr entfernt, vor sich ging. Dass sie in Ermangelung eines Nachthemdes oder Schlafanzuges in Unterwäsche geschlafen hatte und nun quasi halb nackt im Bett lag, trug, zusammen mit dem Gedanken, dass Brauer anscheinend im Zimmer war, nicht gerade zu ihrer Entspannung bei.

Möglichst leise tastete sie nach ihrer Kleidung, die sie neben dem Bett abgelegt hatte, und zog sie zu sich unter die Decke. Umständlich schlüpfte sie hinein, wobei sie immer wieder innehielt und lauschte. Als sie endlich angezogen war, setzte sie sich auf und strich sich das halblange blonde Haar mit den Fingern glatt. Dann krabbelte sie ans Fußende des Bettes und spähte durch die hölzernen Stäbe des Geländers hinunter. Das Atelier sah aus, wie sie es gestern verlassen hatte, Brauer war nicht zu sehen. Da fiel ihr Blick auf die Staffelei in der Mitte des Raumes. Die Leinwand darauf war nicht mehr weiß. Er hatte gemalt!

Gespannt verließ Valerie das Bett, zog ihre Schuhe an und eilte die Stufen hinunter. Brauer war nicht im Zimmer, aber sie hörte ein dumpfes Klappern nebenan in der Wohnküche. Fast euphorisch trat sie an die Leinwand heran. Sie hatte es geschafft, sie hatte ihn tatsächlich wieder zum Malen gebracht!

Und wie er gemalt hatte! Zu Ölfarben hatte er gegriffen, die Pinselstriche glänzten noch feucht im morgendlichen Sonnenlicht. Das Motiv ließ Valerie schaudern. Ein Wesen, dunkel, mit gierigem Blick. Sah man auf seine Klauen, konnte man förmlich spüren, wie es nach einem greifen wollte. Blickte man ihm in die Augen, fühlte man seine Gier. So viele Emotionen transportierte dieses Bild. Abscheu, Furcht und Rebellion in einer unglaublich mutigen wie beklemmenden Kombination. Hatte Brauer sich hier seinen tiefsten Ängsten gestellt? Jedenfalls hatte er sich mit dem Gemälde selbst übertroffen. Valerie war unglaublich stolz auf ihn und auch auf sich selbst.

»Ach, Sie haben es schon entdeckt«, hörte sie ihn hinter sich sagen.

Lächelnd drehte sie sich zu ihm um. »Es ist beeindruckend! Ich sagte Ihnen doch, dass alles noch da ist.« Valerie wandte sich wieder dem Bild zu. »Sie mussten es nur wieder aufwecken und herauslassen.«

Er antwortete nicht. Vermutlich brachte er es nicht über sich, ihr recht zu geben. Doch das war egal, das Bild tat es schließlich für ihn.

»Wie heißt es? Ich meine, was genau stellt es dar?«, fragte sie.

»Das sind Sie.«

Valerie lachte auf. »Ja, ja, veräppeln Sie mich ruhig.« Erst als sie über ihre Schulter sah und seinem gelassenen Blick begegnete, zog sie in Betracht, dass er das ernst meinen könnte. Sie musterte das Bild erneut. »Das ist doch Unsinn«, murmelte sie gekränkt. Dann drehte sie sich angriffslustig zu Brauer um. »Sie sind wohl doch kein so großartiger Künstler, wie ich dachte. Das Bild hat nicht die geringste Ähnlichkeit mit mir.«

»Auf den ersten Blick nicht«, antwortete er mit ausdrucksloser Miene. »Ich habe ja auch nicht Ihr Äußeres gemalt, sondern Ihr Inneres.«

Valerie hatte das Gefühl, als hätte er nicht ruhig mit ihr gesprochen, sondern ihr eine schallende Ohrfeige verpasst. Sie schnappte nach Luft, plötzlich fehlten ihr die Worte.

Brauer nutzte ihre Sprachlosigkeit, um selbst weiterzusprechen. »Es muss noch trocknen. Ich werde es nicht firnissen, also kann ich es wahrscheinlich schon in ungefähr einer Woche zu Ihnen in die Agentur bringen lassen. Sie haben jetzt, was Sie wollten, und hier kann hoffentlich wieder Ruhe einkehren.«

Valerie wurde bewusst, dass sie ihn anstarrte wie einen Alien. Unwohl wandte sie sich ab. Doch das Bild mochte sie jetzt gerade auch nicht mehr betrachten.

»Das war's dann, oder?« Er trat zur Seite, und es war schmerzlich offensichtlich, dass er damit den Ausgang für sie frei machen wollte.

Das war also der Dank dafür, dass sie ihn aus seiner Krise geholt hatte. Erst verhöhnte er sie mit diesem Gemälde, und nun warf er sie auch noch hinaus. Valerie schüttelte ungläubig den Kopf. Als sie das Bild entdeckt hatte, war sie von Euphorie förmlich überschwemmt worden. Davon war jetzt nicht mehr viel zu spüren. Steifbeinig näherte sie sich der Tür und damit auch Brauer. Bei ihm angekommen, schaute sie ihm direkt in die Augen. Er hielt ihrem Blick nicht stand und wandte sich ab. So abgebrüht, wie er sich gab, war er wohl doch nicht, und die Situation gestaltete sich auch für ihn unangenehm. Das war wenigstens etwas.

»Gern geschehen«, sagte sie tonlos.

Er reagierte nicht.

In der Wohnküche stieß sie auf Fee. Die bewies wieder einmal ein außerordentliches Gespür für menschliche Stimmungen und legte den Kopf schief, als wollte sie fragen, was los sei. Valerie hielt kurz inne, um sie zu streicheln. Dann schnappte sie sich ihren Rucksack und verließ die Hütte mit der festen Überzeugung, nie wieder hierher zurückzukehren.

Der Abstieg erschien ihr kurz wie nie, was sicherlich vor allem daran lag, dass sie die Strecke im Stechschritt zurücklegte, während sie Brauer im Geiste durchgehend beschimpfte. Als sie bei ihrem Auto ankam, hatte sie sich richtig in Rage gedacht. Diese Energie hätte sie gerade eben schon haben sollen. Dann wäre sie nicht kommentarlos gegangen, sondern hätte ihm gehörig den Kopf gewaschen.

Valerie streckte den Rücken durch und atmete tief ein. Die Alpenluft war rein und klar und tat erstaunlich gut, obwohl sie fürs Wandern in bergigen Höhen bisher eher wenig übriggehabt hatte.

Sie schaute auf ihr Spiegelbild in der Seitenscheibe ihres Fiats und strich sich nachdenklich das Haar aus dem erhitzten Gesicht. Etwas in ihr sträubte sich trotz ihres hastigen Aufbruchs dagegen, nun tatsächlich wegzufahren. Trotzig ballte sie die Hände zu Fäusten und schüttelte dieses unliebsame Gefühl ab. Sie würde ins Hotel zurückkehren, sich eine heiße Dusche gönnen und einen Kaffee mit Blick auf den See. Dann sähe die Welt sicherlich schon wieder ganz anders aus. Und immerhin, das wollte Valerie bei all der Enttäuschung und dem Groll, der noch immer in ihr brodelte, nicht vergessen: Sie würde schon bald einen echten Brauer verkaufen!

10

Valerie nutzte die folgenden Tage, um in Absprache mit dem Rechtsanwalt der Agentur eine Vertragsergänzung zum Thema KI auszuarbeiten. Sogar der Bibliothek stattete sie dafür einen kurzen Recherchebesuch ab. Dabei ging es ihr in erster Linie um Fragen des Urheberrechts. Einerseits sollten die Künstler beim Einsatz künstlicher Intelligenz natürlich dafür Sorge tragen, dass sie keine Rechte verletzten. Der Vertragszusatz stellte klar, dass diese Pflicht beim Benutzer lag und nicht ohne Weiteres auf verwendete Programme abgewälzt werden konnte. Aber Valerie war auch die andere Seite wichtig. Wenn ein Künstler eine selbst angefertigte Skizze oder ein Arrangement, das er malen wollte, durch eine KI-generierte Komposition ersetzte, also den ersten Schritt auf dem Weg zum eigentlichen Gemälde mit einem entsprechenden Programm erstellte, war es im Sinne der Agentur, dass diese KI-Bilder und die Information über ihre Existenz oder gar die verwendeten Prompts nicht ohne Absprache veröffentlicht wurden. Erstens musste man im Einzelfall abwägen, ob so ein Thema überhaupt zum Image des Künstlers passte und an die Öffentlichkeit sollte, zweitens konnte der offene Umgang damit das Ansehen der kreativen Leistung und damit die Nachfrage schmälern. Auch das Gegenteil war möglich, dann wäre es aber schade, die KI-Bilder einfach kostenlos herauszugeben. Das Thema war in der Kunst noch neu, und niemand wusste wirklich, wie es sich entwickeln würde. Nur dass es nicht aufzuhalten war, das war Valerie sehr klar. Deshalb wollte sie auch möglichst viele Eventualitäten mit ihrer Vertragsergänzung abdecken.

Hedy war inzwischen aus dem Krankenhaus entlassen worden. Valerie hatte sie in die Rehaklinik gebracht und war, da diese in Thüringen lag und damit recht weit entfernt war, drei Tage vor Ort geblieben. Nun war sie wieder zurück in München und ging die Post durch, als ihr Handy klingelte. Es war Bettina. Valerie hatte wegen der Sache mit Brauer öfter an die Literaturagentin denken müssen und ihr auf Band gesprochen, ob sie sich nicht mal wieder treffen wollten.

»Schön, dass du zurückrufst, wie geht es dir?«

»Gut, danke. Ich habe mich gefreut, von dir zu hören. Unser Wiedersehen müssen wir allerdings ein Weilchen verschieben. Ich bin gerade im Urlaub an der Nordsee.« Bettina klang noch immer wie ein Reibeisen. Sie behauptete zwar, die tiefe, raue Stimme habe sie von ihrem Vater geerbt, doch Valerie hegte den starken Verdacht, dass es eher an ihrem exzessivem Zigarettenkonsum lag. Das war, soweit Valerie wusste, ihr einziges Laster, sie trieb konsequent Sport, lebte seit Jahren vegan und trank keinen Schluck Alkohol, doch das Rauchen konnte sie nicht lassen.

»Ich vertrete gerade meine Mutter in der Agentur und wollte mich ein bisschen mit dir austauschen. Vor allem über den Umgang mit den Künstlern«, erzählte Valerie.

»Oh, das ist wirklich ein Thema für sich!«

Valerie lachte. »So schlimm?«

»Nur manchmal. Es ist sehr individuell. Einige haben durchaus den Markt im Blick, wollen sich nicht nur künstlerisch ausleben, sondern auch, dass ihre Geschichten sich verkaufen lassen. Das sind die Glücksfälle. Daneben gibt es die anderen, die Künstlerseelen. Mit denen muss man ganz behutsam sein.«

Während Valerie ihrer Freundin lauschte, die ihr gerade die ein oder andere Anekdote aus ihrem Berufsleben erzählte, beschlich sie das beklemmende Gefühl, dass Brauer trotz seiner etwas mürrischen Art vielleicht genau das war, eine zarte Künstlerseele. Und Valerie musste sich eingestehen, dass sie nicht gerade behutsam mit ihm umgegangen war.

»Wieso interessierst du dich eigentlich auf einmal so für meinen Job?«, wollte Bettina irgendwann wissen.

»Ich fürchte, ich brauche etwas Nachhilfe«, gestand Valerie und erzählte ihr von Brauers Schaffenskrise. Dabei deutete sie an, dass sie sich wohl etwas zu forsch verhalten hatte, die Einzelheiten ersparte sie jedoch nicht nur Bettina, sondern auch sich selbst.

Sie beendeten das Telefonat, als es an der Tür der Agentur klingelte, und vereinbarten, miteinander auszugehen, sobald Bettina wieder in München war. Mit dem Handy in der Hand eilte Valerie die Treppe hinunter. Unten traf sie auf einen Boten mit einem Gemälde im Gepäck. Brauer hatte Wort gehalten.

Gemeinsam brachten sie das Bild in die Räumlichkeiten der Agentur im ersten Stock. Valerie trug es in die Besprechungsecke und legte es auf dem leeren Tisch dort ab, um es behutsam auszupacken. Dabei fiel ihr eine handschriftliche Notiz in die Hände: »Wenn es Ihnen unangenehm ist, müssen Sie nicht Ihren Namen als Verkaufstitel verwenden, obwohl sich manch einer wahrscheinlich darum reißen würde. Ich hoffe, es geht Ihnen gut. Gruß, Brauer«.

Valerie blickte lange auf die geschwungene Schrift, die eine deutliche Rechtsneigung aufwies, aber gut zu lesen war. »Ich hoffe, es geht Ihnen gut.« Tat er das wirklich? Schließlich hatte er mehr als deutlich gemacht, wie sehr sie ihm zuwider war. Sogar auf Leinwand hatte er das festgehalten.

Sie legte den Zettel beiseite. Dann schlug sie das Vlies zurück. Das Gemälde starrte ihr entgegen. Es war beeindruckend und beängstigend zugleich, schaurig in Bezug auf das Motiv, wunderschön in der Ausführung. Valerie zog sich einen der kleinen Ledersessel heran und setzte sich. Sie wollte sich Zeit nehmen, das Bild in Ruhe auf sich wirken lassen, auch wenn es in gewisser Weise schmerzte. Sie merkte, dass sie wieder wütend wurde – auf Brauer und auf diese Frechheit von einem Porträt. Er kannte sie doch überhaupt nicht, wie konnte er sich anmaßen, zu behaupten, ihr Inneres zu sehen, und sie derart verurteilen?

Sie lehnte sich zurück und starrte an die Decke, bis sie sich wieder beruhigt hatte. Der weiße Putz war eine wohltuende Erholung für ihre Augen. Wie eine leere Leinwand, die noch das Potenzial hatte, alles zu werden, ein wunderbares Sinnbild für grenzenlose Möglichkeiten.

Valerie seufzte, als sie den Blick wieder auf das Bild lenkte und sie sich dem stellen musste, was Brauer aus seinen grenzenlosen Möglichkeiten für diese leere Leinwand gewählt hatte.

Die zarte Künstlerseele, von der Bettina eben gesprochen hatte, kam ihr wieder in den Sinn. Hatte sie seine so sehr verletzt, dass er sich zu einem Konter genötigt sah? War dieses Bild womöglich lediglich eine Retourkutsche, Teil eines Schlagabtausches, dessen sie sich nicht einmal wirklich bewusst gewesen war?

Die Fratze, die ihr von der Leinwand entgegenschaute, sah aus, als wollte sie etwas verschlingen, sich etwas greifen. Der fordernde Blick und die ausgestreckten Klauen des Monsters, die gekrümmte, fast geduckte Haltung erinnerten Valerie an ein Raubtier, das lauernd im Begriff war, zum Sprung anzusetzen. Brauer hatte die personifizierte Gier gemalt.

Valerie biss sich auf die Unterlippe. Sie hatte ihn angetrieben, hatte gewollt, dass er ein Bild ablieferte, damit sie es verkaufen konnte. Das war die Wahrheit und der Kern ihrer Geschäftsbeziehung. Daran war nichts Verwerfliches. Und doch schmerzte es sie, das Abbild ihrer eigenen Gier zu betrachten. Wie bedrohlich und gewaltvoll musste er ihre Gegenwart empfunden haben, dass er sie so gemalt hatte? Sie war, ohne zu zögern, bei ihm eingedrungen, hatte nicht einen Gedanken daran verschwendet, ob das, was sie für richtig und gut hielt, auch aus seiner Sicht gut und richtig war.

Sie hatte ihr Ziel erreicht. Brauer malte wieder. So falsch konnte das, was sie getan hatte, also nicht gewesen sein. Aber wie sie es getan hatte, vielleicht.

Sie stand auf und trat ans Fenster. Der Himmel über München war bedeckt, doch an einigen Stellen leuchtete es blau zwischen den dicken Wolken. Bislang hatte sie ihrer Mutter kein Wort vom Kontakt mit Brauer erzählt. Schließlich war sie bis eben nicht sicher gewesen, ob er Wort halten und ihr das Gemälde schicken würde. Und von ihrer Zeit oben in der Hütte wollte sie ohnehin nichts berichten. Nun aber lag da dieses Bild und wollte verkauft werden. Und Hedy würde stolz auf sie sein.

Sie wählte die Nummer ihrer Mutter und musste einen Moment warten, bis Hedy ranging. Bei ihrem vollen Rehaplan war es ein unerwarteter Glücksfall, sie direkt zu erreichen. Sie erkundigte sich nach ihren Fortschritten. »Ich habe Konstantin Brauer besucht«, sagte sie dann.

»Du hast was? Bist du verrückt geworden?«

»Reg dich nicht auf. Er ist ja keine heilige Kuh oder so etwas.«

»Aber er ist mein wichtigster Klient!«

»Der seit Ewigkeiten kein Bild mehr gemalt hat.«

»Er hat eben eine kleine Krise. Das gibt sich schon wieder. Du hast ihn doch nicht bedrängt, oder? Er ist sehr sensibel.«

»Doch, habe ich«, gestand Valerie mit trotzigem Unterton. »Und ich habe ihn dazu gebracht, ein neues Bild zu malen.«

»Tatsächlich?«, fragte Hedy überrascht. »Wie aufregend. Schick mir ein Foto!«

Valerie tat ihr den Gefallen und wartete am Telefon auf ihre Reaktion.

»Wow! Wer ist das? Des Teufels Großmutter?«, rief Hedy beeindruckt.

»Ich weiß nicht, ob er eine konkrete Person dabei im Sinn hatte; so wie ich es verstanden habe, ist es eher abstrakt zu sehen«, log Valerie. »Es heißt Habgier.«

»Phantastisch! Und es ist so wunderbar düster, selbst für seine Verhältnisse.«

»Ja, wunderbar.«

11

Es gab durchaus Momente, in denen Valerie sehr zufrieden mit sich war. Die Vertragsergänzung zum Thema künstliche Intelligenz war ihr leichter von der Hand gegangen, als sie zu hoffen gewagt hatte, und lag nun beim Anwalt, der das ganze hieb- und stichfest machen und in Juristendeutsch übersetzen sollte. Auch dass sie einen Brauer anbieten konnte, erfüllte sie mit Stolz. Die Nachricht vom neuen Gemälde des Malers hatte in der Kunstszene erwartungsgemäß für Aufsehen gesorgt. Es wurde bereits spekuliert, ob das Bild vielleicht der Auftakt einer Serie zu den sieben Todsünden sein könnte. Valerie hüllte sich diesbezüglich wohlweislich in Schweigen.

Doch diesen Erfolgen zum Trotz plagte sie das schlechte Gewissen. Wenn sie daran dachte, wie selbstgerecht ihr Auftreten bei Brauer gewesen war, schämte sie sich. Was er von ihr dachte, musste sie sich nicht fragen, er hatte ihr die Antwort ja schon in sehr plakativer Form gegeben. Das Gemälde war Zeichen ihres Erfolgs und ihres Versagens zugleich. Und das wollte sie so nicht stehen lassen. Daher machte sie sich ein drittes Mal auf den Weg zu seiner Hütte. Der erste Besuch war von Neugier getrieben gewesen, der zweite von Aktionismus. Nun wollte sie sich entschuldigen.

Sie fuhr schon in aller Frühe los, um Brauer und Fee auch zu erwischen. Nicht dass sie die beiden wieder verpasste. Außerdem kaufte sie auch diesmal ein paar frische Lebensmittel ein, die in seinem Abstellraum hinter der Küche Mangelware gewesen waren. Den Wein ließ sie beim Gedanken an die vielen leeren Alkoholflaschen, die sie aus dem Atelier geräumt hatte, stehen und ersetzte ihn durch Orangensaft.

Doch mit jedem Schritt, den sie den Berg hinaufwanderte, schwand ihr Mut. Was, wenn er gar nicht mit ihr sprechen wollte? Wenn er ihr diesmal wirklich die Tür vor der Nase zuschlug, so wie er es ganz offensichtlich am liebsten schon bei ihrem Kennenlernen getan hätte? Sie konnte nur auf seine gute Kinderstube hoffen und darauf, dass diese ihr eine Gelegenheit verschaffen würde, sich zu entschuldigen.

Die Sonne schickte gerade ihre ersten Strahlen über die Berggipfel, als Valerie an der Hütte ankam. Sie erreichte eben den Gartenzaun, als die Tür überraschend geöffnet wurde und Fee herausschoss. Valerie trat erschrocken einen Schritt zurück. Bekam sie es nun etwa doch noch mit Fees Qualitäten als Wachhund zu tun?

Erleichtert stellte sie fest, dass der kleine Beagle bloß seinem Bewegungsdrang nachgab. Fee flitzte im Zickzack durch den Garten und hüpfte bellend um Valerie herum, wobei sie eher den Eindruck erweckte, als wollte sie Valerie willkommen heißen denn abwehren.

Da tauchte auch Brauer im Türrahmen auf. Er hatte einen Rucksack geschultert und Wanderschuhe an den Füßen. Valerie war gerade noch rechtzeitig gekommen. Beinahe hätte sie ihn wirklich verpasst. Er sperrte die Holztür ab und wandte sich um. Die Überraschung, als er Valerie erblickte, stand ihm förmlich ins Gesicht geschrieben. Seine Miene ließ keine eindeutige Gefühlsregung erkennen, doch dass er sie ein paar Schocksekunden lang reglos anstarrte, ohne etwas zu sagen, wertete sie nicht unbedingt als gutes Zeichen.

Valerie bemühte sich um ein Lächeln und hob demonstrativ die Einkauftüte.

»Jetzt, wo ich weiß, was alles auf eine unbedarfte Brotzeit folgen kann, kriegen Sie mich nicht mehr so leicht rum«, murrte er. Valerie ließ die Tüte sinken und trat an ihn heran. Er folgte aufmerksam jeder ihrer Bewegungen, so als sei er tatsächlich vor ihr auf der Hut.

»Es tut mir leid, Herr Brauer«, sagte sie geradeheraus. »Ich hätte Sie nicht so drängen sollen, das war egoistisch von mir, und ich möchte mich für mein Verhalten entschuldigen.«

Als sie den Satz während ihres Aufstieges geübt hatte, war

er ihr irgendwie überzeugender vorgekommen. Auch Brauer machte ein eher skeptisches Gesicht. Offenbar traute er dem Frieden nicht.

»Ihnen ist klar, dass ich hier oben nicht am Ende der Welt lebe und durchaus ins Tal zum Einkaufen gehen kann?« Er deutete mit hochgezogener Augenbraue auf ihre Tüte.

»Aber so ist es schon praktischer, oder?« Sie zuckte mit den Schultern und versuchte es erneut mit einem Lächeln.

Diesmal erwiderte er es zumindest verhalten. Er drehte sich zurück zur Tür und sperrte auf. Dann machte er eine einladende Geste. Valerie ging erleichtert hinein und steuerte zielstrebig den Abstellraum an, wo sie die Bodenklappe öffnete und die Tüte in den »Kühlschrank« rutschen ließ. Als sie in die Wohnküche zurückkam, stand Brauer noch immer an der Tür.

»Fee hat sich schon auf den Ausflug gefreut. Sie braucht viel Bewegung.«

Sie trat näher und schob sich an ihm vorbei ins Freie. Valerie hatte ja ohnehin nicht gedacht, dass er sie mit offenen Armen empfangen würde. Draußen blieb sie jedoch stehen und wartete, bis er die Tür wieder abgesperrt hatte und auf sie zukam.

»Wie ich sehe, haben Sie heute Schuhe an. Sie sind anscheinend wirklich lernfähig«, stichelte er mit Verweis auf ihre Joggingschuhe. Valerie verzichtete darauf, klarzustellen, dass sie diese auch schon beim letzten Besuch getragen hatte. An den wollte sie ihn schließlich lieber nicht erinnern. »Heute bleibt es bei unserem Plan. Aber wenn Sie schon den Weg auf sich genommen haben, können Sie von mir aus mitkommen, wenn Sie möchten.«

Valerie traute ihren Ohren kaum. Auch wenn Brauer sich einen Seitenhieb nicht hatte verkneifen können, so war die Wandereinladung doch ein eindeutiges Friedensangebot. Wie könnte sie das ablehnen? Sie nickte, und Brauer stieß einen lauten Pfiff aus, der wohl das Startsignal für Fee war. Jedenfalls kam der Beagle wie der Blitz hinter der Hütte hervorgeschossen, bremste bei seinem Herrchen artig ab und trabte dann vor ihnen her den schmalen Pfad entlang, der an der Hütte vorbei- und weiter den Berg hinaufführte.

Kaum hatten sie den Fels hinter der Hütte passiert, verzweigte sich der Pfad. Fee wandte sich nach rechts, wo sie ein gutes Stück bergab wanderten und schließlich in ein Waldstück hineingingen. Sie sprachen nicht viel, doch es war kein unangenehmes Schweigen. Brauer schien hier draußen mit sich und der Welt im Reinen zu sein und Fee sowieso.

Im Wald wurde es prompt etwas kühler. Außerdem schnupperte Valerie interessiert. Sie war ein Stadtkind durch und durch, und wenn sie in den Urlaub fuhr, dann meistens ans Meer. Schon früher mit Hedy war das so gewesen. Mit Bergen und Wäldern hatte sie bisher nicht viel zu tun gehabt, wenn man einmal von der Kulisse an ihrem geliebten Tegernsee absah, die aber auch nicht mehr für sie war als ebendas, eine hübsche Kulisse. Die vielen Eindrücke des Waldes hier, allen voran sein intensiver Duft, nahmen sie unerwartet gefangen. Moosig, pilzig, harzig, erdig, Valerie konnte sich nicht entscheiden, wie sie diesen Duft nennen sollte, da ihm keines der Worte wirklich gerecht wurde.

Nach einer ganzen Weile gelangten sie an eine Sitzgruppe, zwei Holzbänke an einem Tisch mit einem kleinen Dach darüber. Fee steuerte sie zielsicher an und sprang auf eine der Bänke. Anscheinend hatten die beiden hier schon öfter Rast gemacht.

Brauer streifte seinen Rucksack ab, und Valerie tat es ihm gleich. Sie hatte sich auch diesmal eine Flasche Wasser und Sonnencreme eingepackt, mit einem höheren Lichtschutzfaktor als vor zwei Wochen. Denn nach ihrer Brotzeit im Sonnenschein war ihre Haut ganz schön gereizt gewesen, obwohl sie sich eingecremt hatte. Hier im Wald drohte diese Gefahr aber wohl nicht. Brauer holte ein paar Leckerlis hervor, über die Fee sich sogleich schwanzwedelnd hermachte.

»Schön ist es hier«, meinte Valerie und trank einen Schluck Wasser.

Brauer nickte und ließ den Blick durch den Wald schweifen. »Ich hatte ehrlich gesagt gehofft, dass Sie nicht zurückkommen«, sagte er, ohne sie anzusehen.

Valerie verschluckte sich beinahe an ihrem Wasser.

»Aber ich finde es nett, was Sie gesagt haben. Ich weiß Ihre Entschuldigung zu schätzen. Danke dafür.«

Valerie reagierte nicht, aber in ihr drin lächelte es.

12

Erst um die Mittagszeit kehrten sie zur Hütte zurück. Valerie knurrte bereits der Magen. Sie hatte nur eine Tasse Milchkaffee gefrühstückt, und Bewegung an der frischen Luft machte hungrig. Sie würde nach Rottach-Egern fahren und sich dort ein zünftiges Wirtshaus suchen.

»Bleiben Sie zum Essen?«, fragte Brauer da unvermittelt, während er Fee frisches Wasser hinstellte.

Valerie nickte überrumpelt. »Gerne.« Hier auf der Hütte war es schließlich auch zünftig, und Valerie würde sich hüten, ihm einen Korb zu geben. Sie war mehr als froh, dass sie sich nach ihrer unglücklichen Vorgeschichte nun doch noch gut verstanden. Die Wanderung war ja schon recht harmonisch gewesen, aber damit, dass er sie zum Bleiben einladen würde, hatte sie trotzdem nicht gerechnet. Vielleicht würde aus ihnen ja am Ende doch ein gutes Künstler-Agenten-Gespann werden. Valerie wagte es kaum zu hoffen.

Er bedeutete ihr, sich auf die Bank vor dem Haus zu setzen. Schwer ließ sich Valerie darauffallen und streckte ihre müden Beine aus. Fee schlabberte zu ihren Füßen aus ihrer Wasserschüssel, und Brauer verschwand in der Hütte.

Entspannt lehnte sie sich zurück. Die Sonne war bereits um die Hütte herumgewandert und schickte ihre wärmenden Strahlen zu ihr. Als sie in den blauen Himmel blickte, entdeckte sie einen großen Vogel, der über sie hinwegsegelte. Leider kannte sie sich mit Tieren nicht besonders gut aus, doch es musste ein recht großer Greifvogel sein. Sie schirmte die Augen ab und verfolgte seinen Flug, bis er aus ihrem Sichtfeld verschwand. Dann schloss sie die Augen und genoss den friedlichen Moment und die Sonne auf ihrer Haut.

Noch war es mild, aber die sommerlichen Tage waren

gezählt. Nicht mehr lange, dann würden die Blätter sich verfärben und der Herbst die Luft abkühlen. Valerie atmete tief ein, als wollte sie die letzten Reste des Sommers in sich aufsaugen. Dabei fiel ihr der Duft auf, der aus der Hütte drang. Sie lauschte in Richtung des offenen Fensters hinter ihr, und nun vernahm sie auch ein leises brutzelndes Geräusch. Brauer hatte ihre mitgebrachte Brotzeit anscheinend im Abstellraum gelassen und kochte etwas. Überrascht dachte Valerie, dass noch nie ein Mann für sie gekocht hatte, und schüttelte sogleich den Kopf über sich selbst. Auch wenn Brauer sich versöhnlich gab, von einem Rendezvous war dieses Treffen weit entfernt. Sie erinnerte sich vage, dass er einmal mit einer Theaterschauspielerin liiert gewesen war. Ehe sie weiter darüber nachdenken konnte, kam er mit einem Tablett heraus. Vorsichtig stellte er es auf der Bank ab und reichte ihr einen Teller und ein gefülltes Weißbierglas.

»Es ist alkoholfrei. Schließlich müssen Sie ja noch Auto fahren«, meinte er. »Und ich muss noch malen.« Er schmunzelte leicht über ihren erstaunten Gesichtsausdruck, nahm sich ebenfalls einen Teller und ein Glas und setzte sich zu ihr.

Es gab Käsespätzle. Darüber hatte er angebratenen Speck, frische Petersilie und Röstzwiebeln gestreut.

»Wow, das sieht phantastisch aus«, sagte Valerie. Und es duftete wunderbar.

»Na, hoffentlich schmeckt es auch so«, meinte Brauer pragmatisch.

Das tat es, doch Valerie konnte sich kaum darauf konzentrieren. Was hatte Brauer da eben gesagt? Er malte wieder? Sie hatte sich fest vorgenommen, das Thema diesmal konsequent zu meiden. Schließlich wollte sie nicht, dass er dachte, sie sei nur deshalb hier aufgetaucht. Das würde ihre Entschuldigung aus seiner Sicht gleich wieder relativieren. Doch da er es nun angesprochen hatte, konnte sie nicht anders, als nachzufragen. »Sie malen also wieder?«

Er wiegte den Kopf, ehe er antwortete. »Um ehrlich zu sein, ich weiß es noch nicht genau.«

Eine längere Pause entstand, und Valerie meinte schon, das Thema sei damit für ihn erledigt, da sprach er weiter. »Wissen Sie, ich hatte tatsächlich eine Muse. Doch Lydia ist von mir gegangen, und es war, als hätte sie meine Kunst mit sich genommen«, sagte er halblaut.

Valerie schluckte betroffen. Lydia. War das der Name der Theaterschauspielerin gewesen, an die sie sich vage erinnerte? Anscheinend hatte er einen tragischen Verlust erlitten, von dem sie nichts geahnt hatte. Sie wagte nicht, zu fragen, woran sie gestorben war. Stattdessen machte sie sich nur noch mehr Vorwürfe, dass sie hier wie ein Elefant im Porzellanladen eingefallen war. Sie hätte viel behutsamer sein müssen oder, noch besser, ihn einfach in Ruhe lassen sollen.

Als hätte er ihre Gedanken gehört, nahm er Bezug auf ihren letzten Besuch.

»Es war schrecklich für mich, als Sie hier aufgeräumt haben. Ich habe mich geschämt«, sagte er leise. Dann straffte er sich. »Aber auch wenn es unangenehm war, war es vielleicht gut. Sie haben schon recht, ich kann mich nicht ewig verkriechen. Und ich muss auch sagen, dass mir das Malen an diesem Morgen gutgetan hat. So konnte ich meinen Groll gegen Sie sinnvoll loswerden.« Er sah sie an, und sie mussten beide lachen. Es war befreiend, als hätten sie einen staubigen Umhang aus ungesagten Vorwürfen abgestreift. Valerie wollte diese Emotion festhalten und bewahren.

»Ich habe das Bild übrigens nicht Valerie, sondern Habgier genannt«, erzählte sie mit einem schiefen Grinsen.

Er nickte wissend. »Das habe ich gelesen, ja.«

»Haben Sie? Wie das?«

»Ich war unten im Dorf zum Wäschewaschen. Das ist mir hier oben per Hand dann doch zu beschwerlich. Bei der Gelegenheit habe ich meine Mails gecheckt und online ein paar Nachrichten gelesen.«

Ja, das klang plausibel. Bei aller Genügsamkeit und Eigenbrötlerei, mit einem Waschbrett in der Hand konnte sie sich Brauer wirklich nur schwer vorstellen.

»Man spekuliert, ob ich alle Todsünden malen werde«, erzählte er amüsiert.

Valerie schob sich die letzte Gabel Käsespätzle in den Mund. Eigentlich war sie schon nach der Hälfte der Portion satt gewesen, aber es schmeckte einfach zu gut, um etwas übrig zu lassen. Sie stellte den leeren Teller beiseite und klopfte sich demonstrativ auf den Bauch. »Für die Völlerei können Sie mich gerne wieder als Modell nehmen.«

Brauer lachte auf. »Oder Fee. Man sieht es ihr nicht an, aber sie ist wirklich verfressen. Ohne sie müsste ich nur halb so oft einkaufen gehen.«

»Dann sind das Wäschewaschen und Fees Appetit also Ihre Anker in der Gesellschaft?«

»Das könnte man durchaus so sagen. Und seit Neuestem auch noch eine übermotivierte Kunstagentin.«

Ein weiterer Seitenhieb. Okay, vermutlich hatte sie ihn verdient. Sie kabbelten sich noch ein bisschen, bis Valerie sich schließlich verabschiedete und aufbrach. Sie war froh, wie sich die Dinge zwischen Brauer und ihr entwickelt hatten. Und obwohl sie heute schon so viel gelaufen war, wanderte sie leicht und beschwingt zu ihrem Auto zurück.

13

Hedy schien es mit ihrer Reha in etwa so zu gehen wie Valerie mit Brauer. Nach anfänglichen Schwierigkeiten hatte sie sich inzwischen damit angefreundet und in ihrer Zimmernachbarin Simone sogar eine Freundin gefunden. Sofern es ihre straffen Stundenpläne, die mit allerhand Übungen und Anwendungen vollgestopft waren, zuließen, probierten die beiden sich bei nachmittäglichen Plauderstunden gemeinsam durch die Kuchenauswahl des Cafés. So häufig anscheinend, dass sie trotz der hüftfreundlichen Stehtische dort bereits ermahnt worden waren, sich in ihrer Freizeit lieber mehr zu bewegen, was ihre Mutter angesichts ihrer vielen Therapiestunden als eine bodenlose Frechheit empfand. Außerdem mussten sie ja auch jedes Mal zum Café und wieder zurück, von fehlender Bewegung konnte also keine Rede sein. Aber schließlich hatten die beiden sich unter Protest gefügt und machten nach dem Kuchenessen kleine Spaziergänge im weitläufigen Garten der Rehaklinik.

»Archie kommt morgen. Er hat sich in einer Pension hier im Ort eingebucht. Ich glaube, er hat Angst, ich könnte mir einen Kurschatten anlachen, wenn er mich zu lange alleine lässt.« Hedy kicherte mädchenhaft ins Telefon.

»Das schadet nicht«, meinte Valerie. »Soll er sich ruhig ein bisschen um dich kümmern. Und dass Rehakliniken wahre Real-Life-Datingportale sind, hört man ja immer wieder.«

»Da sagst du was!« Wieder dieses Kichern. »Simone und ich können fast nie in Ruhe unseren Kuchen essen. Kaum ist man im Café, kommen die Herren schon angepirscht und wollen sich dazugesellen.«

»Soso.« Valerie schmunzelte in sich hinein. Sie kannte Hedy gut genug, um zu wissen, dass ihr die Aufmerksamkeit sicherlich nicht so lästig war, wie sie es gerade darstellte.

»Und da ist wohl kein interessantes Exemplar dabei, bei diesen sich anpirschenden Herren?«

»Ach, die sind mir alle zu alt.«

Hedy sprach bei anderen ihrer Generation immer von »den Alten«, ohne sich bewusst zu machen, dass sie eigentlich dazugehörte. Wahrscheinlich hatte sie sich deshalb den acht Jahre jüngeren Archie ausgesucht.

Valerie wechselte lieber das Thema, bevor sie sich mit einem Kommentar aufs Glatteis begab. »Ich habe die Vertragsergänzung übrigens gestern an die gesamte Künstlerkartei rausgeschickt.«

»Na, wenn uns das mal nicht um die Ohren fliegt.«

Für Hedy waren ihre Künstler so etwas wie ihre Chefs. Wenn sie wüsste, was zwischen Valerie und Brauer alles vorgefallen war, hätte sie ihre Reha bestimmt sofort abgebrochen und wäre mit wehenden Fahnen zur Schadensbegrenzung herbeigeeilt.

»Das wird schon. Bisher gab es keine erbosten Anrufe.«

»Im Notfall nehme ich das Schriftstück zurück und schimpfe, dass das ein unerhörter Alleingang meiner Tochter war.«

»Tu das«, antwortete Valerie grinsend.

»Hast du den neuen Brauer eigentlich schon verkauft?«

»Nein, die Interessenten überbieten sich aber schon gegenseitig, obwohl das Bild noch gar nicht ausgestellt ist.«

»Dann sparen wir uns das Ausstellen doch. Wir warten noch ein bisschen ab und verkaufen dann direkt an den Höchstbietenden.«

»Mit einer offiziellen Auktion würden wir wahrscheinlich mehr verdienen.«

»Möglich. Aber der Direktverkauf hat so einen exklusiven Touch. Das gefällt mir.«

Valerie rollte mit den Augen. Manchmal hatte sie das Gefühl, dass ihre Mutter nur Kunstagentin geworden war, um zur Münchner High Society zu gehören. Die berühmte Schickeria gab es heute ja nicht mehr so ausgeprägt wie früher, aber als Hedy noch jünger war, hatte sie rauschende Feste gefeiert.

Sie dachte an Brauer. Er war immanenter Teil der Szene, doch auf einer lauten bunten Party konnte sie ihn sich nicht vorstellen. Was er wohl trieb? Sie hatte seit einer guten Woche nichts mehr von ihm gehört und sich bei allen Göttern verboten, ein weiteres Mal ungefragt bei ihm aufzutauchen. Aller guten Dinge waren drei, dabei musste sie es belassen, wenn sie nicht wieder als aufdringlich oder gar gierig gelten wollte.

»Bist du noch dran?«

Valerie riss sich gedanklich von Brauer los. »Natürlich, ich lausche dir gespannt«, entgegnete sie.

»Ja. Klar.« Hedys Tonfall verriet, dass sie ihr kein Wort glaubte. »Ich muss jetzt eh weg. Krankengymnastik.«

Sie verabschiedeten sich, und kaum hatte Valerie aufgelegt, klingelte das Handy erneut. Hatte ihre Mutter etwas vergessen?

Wie sich herausstellte, war es nicht Hedy, sondern die erste Reaktion auf ihre Vertragsergänzung. Eine aufgeregte Frau, die bevorzugt Wasservögel malte, naturgetreu in ihrer Form, aber wesentlich bunter als in der Realität, fühlte sich anscheinend ganz schön auf den Schlips getreten. »Wollen Sie etwa andeuten, dass ich mogle? Ich habe den Einsatz von KI nicht nötig, ich bin selbst kreativ genug!«

Valerie versuchte, die Dame zu beschwichtigen, und erklärte, dass jeder Künstler in ihrer Kartei diese Vertragsergänzung bekommen hatte. Es handle sich dabei keineswegs um einen Angriff, sondern lediglich um eine Vorsichtsmaßnahme, welche die Rechte der Künstler schützen sollte.

Sie hätte ihre Gesprächspartnerin auch geradewegs beleidigen können, die Reaktion wäre wohl nicht viel anders ausgefallen. Es folgte ein langes und lautstarkes Gezeter, in dem sehr oft das Wort »Unverschämtheit« fiel. Valerie bremste ihren Drang, sich zu erklären. Nun hieß es ruhig bleiben und abwarten, bis der Sturm vorüber war. Hatte die Dame sich erst einmal abgeregt, erwies sie sich vielleicht als etwas zugänglicher für Valeries sachliche Ausführungen. Die standen natürlich auch alle in dem ausführlichen Begleitbrief, den sie der Vertragsänderung beigelegt hatte, waren in diesem Fall jedoch anscheinend noch nicht bei der Adressatin angekommen.

Eine geschlagene Viertelstunde später hatte Valerie endlich das Gefühl, dass es eventuell doch möglich war, ein sinnvolles Gespräch mit der aufgebrachten Dame zu führen. Sie lobte sich im Stillen für ihre Geduld. Schlussendlich kriegte sie die Gesprächspartnerin damit rum, dass man mit der Zeit gehen müsse, dass die Agentur Gschwendt modern und zukunftsorientiert arbeite und deshalb auch bei dieser Thematik eine wichtige Vorreiterrolle einnehmen sollte. Das seien ihre Mutter und sie den Künstlern und Künstlerinnen schuldig.

Trotz der glücklichen Wendung des Gesprächs war Valerie froh, als es an der Tür klingelte und sie das Telefonat beenden konnte. Es schellte nämlich so laut und durchdringend, dass auch ihre Gesprächspartnerin es hörte. Das bot Valerie einen höchst willkommenen Anlass, sich zu verabschieden, auch wenn es wahrscheinlich nur die Post oder ein Paketdienst war.

An der Sprechanlage hörte sie niemanden, was vermutlich daran lag, dass die Haustür des Gebäudes zu den Geschäftszeiten der hier ansässigen Firmen stets unverschlossen war. Valerie öffnete die Tür zur Agentur, um auf Schritte im Treppenhaus zu lauschen. Doch das war gar nicht nötig. Der Besucher war schon oben, aber vor Valerie stand nicht irgendein Bote, sondern Konstantin Brauer. Obwohl sie zugeben musste, dass sie ihn erst auf den zweiten Blick erkannte. Er hatte sich rasiert und auch irgendetwas mit seinen Haaren gemacht. Lockig waren sie noch immer, doch sie wirkten nun gepflegt und nicht mehr wie ein Vogelnest nach einem Sturm.

»Hallo, Herr Brauer! Was für eine schöne Überraschung. Beinahe hätte ich Sie nicht erkannt ohne den Bart.«

»Ja, ich dachte, eine Fahrt in die Stadt wäre vielleicht eine gute Gelegenheit, meinen Almöhi-Look abzulegen.« Er lächelte sie an, und sie bat ihn nur zu gerne herein. Dabei versuchte sie, nicht zu neugierig auf das große Paket in seinen Händen zu schielen. Dem Format nach war ein Gemälde darin. Valerie war gespannt wie ein Bogen kurz vor dem Schuss.

Brauer sah sich kurz um und legte das Paket dann vorsichtig auf den Tisch der etwas abseits stehenden Sitzgruppe. »Ich habe Ihnen etwas mitgebracht.«

»Das sehe ich. Haben Sie etwa tatsächlich wieder gemalt?«

Er schmunzelte statt einer Antwort und fing an auszupacken. Zwischen Vlies und Pappklötzchen, die als Abstandhalter gedient hatten, förderte er schließlich nicht nur eins, sondern gleich zwei Gemälde zutage. Valerie holte zwei Staffeleien, die für solche Termine im Abstellraum nebenan bereitstanden. Brauer nickte dankend und stellte die Bilder darauf.

Valerie machte große Augen. Wow!

14

»Die Idee, die sieben Todsünden auf Leinwand zu packen, hat mich nicht losgelassen. Aber wie Sie sehen, mussten weder Sie noch Fee für die Völlerei herhalten.«

Valerie ließ ihren Blick über das erste Ölgemälde wandern. Sie war sich nicht sicher, wie Brauer das machte, aber allein vom Ansehen fühlte sie sich vollgefressen. Satt und überdrüssig, nicht nur der Nahrung, sondern allem, des Luxus, des Alltags, des Lebens. Sie konnte nicht sagen, ob die Gestalt, die überwiegend menschliche Züge hatte, weiblich oder männlich war. Auf jeden Fall steckte etwas in ihr, das sie an ein Wildschwein denken ließ. Brauer hatte der Figur jedoch keinen plakativen Rüssel verpasst, es war eher ein subtiler Eindruck, der sich aus Haaren, Zähnen und der Haltung ergab. Natürlich fraß die Gestalt, doch das Interessanteste an dem Gemälde war, dass sie nicht Fleisch oder Kuchen in sich hineinstopfte, sondern alles Mögliche. Mit beiden Händen schaufelte sie Smartphones, Turnschuhe, Bücher, Pflanzen, Flaschen und vieles mehr in ihr weit aufgerissenes Maul.

Brauer hatte also, als der gesellschaftskritische Künstler, als der er bekannt war, die Völlerei auf das allgemeine Konsumverhalten bezogen. Das Beeindruckendste auch in diesem Bild aber waren die Augen. Ihr Ausdruck war eine verstörende Mischung aus Maßlosigkeit und Abgestumpftheit. Valerie hatte das Gefühl, sie nicht allzu lange anschauen zu können. Ekel griff nach ihr, wenn sie es tat, und die Frage, warum die Menschheit nur so war, wie sie war. Man brauchte doch im Grunde kein Bild, das einem zeigte, dass all der Konsum, all das Fressen nicht glücklich machten. Und doch war das Betrachten dieses Kunstwerks wie eine persönliche Läuterung.

Diese Emotionen und Gedanken strömten durch Valerie

hindurch wie ein reißender Fluss, und sie konnte Brauer nur bewundern für das, was sein Gemälde im Betrachter auszulösen vermochte.

»An Ihrer verstörten Miene sehe ich, dass das Bild wirkt, wie es wirken soll«, sagte Brauer leise.

Erst jetzt bemerkte sie, dass er sie genau beobachtete. Sie holte tief Luft und nickte. Dann wandte sie sich dem zweiten Gemälde zu. Es hatte eine ähnliche Wirkung, obschon es vollkommen anders war.

»Die Trägheit«, murmelte sie, während ihr Blick die Leinwand abtastete. Ein junger Mann war darauf zu sehen. Er lag in einem Berg aus Kissen, die seinen nackten Körper teilweise verdeckten. Das Motiv hätte romantisch anmuten können, doch auch hier waren die Farben dunkel gewählt, Schatten dominierten über wenige Lichtpunkte. Die Kissen wirkten irgendwie schmuddelig.

Der Mann lag auf dem Rücken, nach hinten in Richtung des Betrachters gebeugt, sodass sein Kopf am unteren Bildrand aus dem Kissenlager herausragte. Sein Gesicht stand somit fast auf dem Kopf, was einen dazu verleitete, ebenfalls den Kopf schief zu legen. Zumindest ertappte sich Valerie dabei und richtete sich etwas peinlich berührt wieder auf. Doch die Augen des Jünglings ließen sie nicht los, schienen ihr zu folgen. In ihnen lag so viel Langeweile, dass Valerie das Gefühl hatte, etwas in ihrem Brustkorb würde sich schmerzhaft zusammenziehen.

»Sie sind großartig«, sagte sie schließlich. »Auf eine schreckliche und verstörende Art und Weise zwar, aber großartig.«

Brauer strahlte, als hätte er genau das hören wollen.

Valerie riss sich nun gänzlich von den Leinwänden los und wandte sich ihm zu. »Sind Sie länger in München? Vielleicht kann ich mich für die Käsespätzle revanchieren und Sie einladen? Oder haben Sie schon zu Mittag gegessen?«

»Ich habe nur schnell im Hotel eingecheckt und bin dann

direkt hergekommen. Mittagessen klingt nach einer guten Idee.«

»Schön! Was halten Sie vom Hofbräuhaus? Das ist ja fast ein Pflichtbesuch, wenn man in München ist, oder?«

»Tatsächlich war ich noch nie dort.«

»Na, dann kommen Sie, der Wirtsgarten wird Ihnen bestimmt gefallen.«

Die Agentur lag am südlichen Rand der Altstadt in der Nähe des Isartors. Sie brauchten also nur wenige Minuten Richtung Innenstadt zu spazieren, und schon standen sie vor dem Hofbräuhaus. Dessen goldenes Schild glänzte im Sonnenlicht. Obwohl inzwischen nicht mehr zu leugnen war, dass der Herbst vor der Tür stand, war es noch warm genug, um draußen zu sitzen. Der tiefblaue Himmel, der sich über München spannte, war eine Einladung, die man nicht ablehnen konnte.

Als sie das Wirtshaus betraten, schlugen ihnen Lärm und Betriebsamkeit entgegen. Auch der Garten war gut gefüllt. Vielleicht lag das daran, dass neben dem Sommer die bayerischen Ferien ebenfalls in den letzten Zügen lagen. Ein paar Tische waren von Familien mit Kindern besetzt.

Brauer kratzte sich nachdenklich am Kopf. »Wir hätten wohl reservieren sollen«, meinte er und wirkte ein bisschen überfordert. Womöglich hatte sein Einsiedlerleben ihn etwas menschenscheu gemacht.

»Reservieren kann man nur im Bräustüberl. In der Schwemme und hier draußen setzt man sich einfach dazu«, erklärte Valerie. »Hier passen vierhundertfünfzig Gäste rein. Da wird es für uns bestimmt auch noch Platz geben.« Sie lächelte ihm aufmunternd zu. Dann ging sie an einigen Tischen vorbei auf die andere Seite des steinernen Brunnens, der die Mitte des hübschen Biergartens markierte und mit Kästen voll blühender Blumen dekoriert war. Umgeben von den Mauern des Hofbräuhauses war der Wirtsgarten ein wahres Münchner Kleinod – mitten in der Stadt und doch abgeschieden von der Welt, als würde man in einer urigen Zeitkapsel sitzen.

Sie fanden einen Platz im Schatten der großen Kastanienbäume bei einem älteren Pärchen, das aber schon gegessen hatte und sich bald darauf verabschiedete. So hatten sie also doch einen Tisch für sich allein ergattert.

»Es ist wirklich schön hier. Trotz der vielen Menschen«, meinte Brauer, nachdem er einen Schluck von seinem dunklen Bier genommen hatte.

Valerie schmunzelte. »Ihnen ist klar, dass Sie ein typisches Künstlerklischee bedienen, oder?«

Er zog eine Schnute, zuckte dann aber amüsiert mit den Schultern. »An manchen Klischees ist wohl mehr dran, als einem lieb ist.«

Wie an dem der gierigen Agentin, dachte Valerie. Doch sie verkniff sich den selbstkritischen Kommentar. Sie wollte Brauer nicht wieder daran erinnern, dass ihr Kennenlernen mehr als suboptimal gelaufen war.

»Zu den drei Bildern werden also noch vier dazukommen, wenn ich Sie richtig verstanden habe?«

Er nickte. »Ein weiteres ist schon fertig, aber das trocknet noch. Es ist die Wollust.«

Valerie schluckte. Warum wurden ihre Wangen plötzlich so unangenehm heiß? Sie war doch kein Teenager mehr und sollte wirklich in der Lage sein, bei so einer Thematik professionell zu bleiben. Doch komischerweise war sie es nicht. Sie wich seinem Blick aus und nahm einen großen Schluck von ihrem Bier. Es war angenehm temperiert, kühlte sie jedoch kaum ab. Unwillkürlich fragte sie sich, ob er bei diesem vierten Bild wohl ebenfalls überlegt hatte, sie als Vorlage zu nehmen, oder ob sie nur für Habgier und Völlerei gut genug war. Passenderweise stand vor ihr auf dem Tisch eine große Portion Obazda, die vermutlich ihren Tagesbedarf an Kalorien deckte.

»Schmeckt es Ihnen nicht?«, wollte Brauer wissen. Anscheinend hatte er ihre bedröppelte Miene falsch interpretiert. Zum Glück.

»Doch, danke. Und Ihnen?«

Er hob kauend einen Daumen. Als er hinuntergeschluckt hatte, nahm er seinen Bierkrug und hielt ihn ihr auffordernd entgegen. »Wollen wir uns duzen, Frau Gschwendt? Schließlich haben Sie mich trotz aller Unannehmlichkeiten aus meiner Schaffenskrise geholt. Anscheinend sind Sie doch so etwas wie meine Muse.«

Valerie war überzeugt, dass spätestens jetzt jeder hier im Wirtsgarten ihre Wangen leuchten sah. Brauer blickte sie abwartend an und grinste. Der Mistkerl triezte sie, und dummerweise gelang es ihr nicht besonders gut, ihre Verlegenheit cool zu überspielen. Sie verzog das Gesicht, stieß aber natürlich gerne mit ihm auf das Du an.

»Da siehst du mal, Konstantin.« Sein Vorname fühlte sich auf ihrer Zunge komisch an, aber nicht schlecht. »Bei manchen Schätzen erkennt man den Wert erst auf den zweiten Blick.«

»Ja, da ist etwas Wahres dran. Aber Hauptsache, man er kennt ihn.«

15

Einige Zeit später verließen sie satt und zufrieden den Wirtsgarten des Hofbräuhauses. Wegen des Sonnenscheins und da sie sich einig waren, dass ihnen nach der deftigen Brotzeit ein Spaziergang guttun würde, flanierten sie noch etwas durch die Münchner Altstadt. Ohne den Weg bewusst eingeschlagen zu haben, landeten sie am Marienplatz. Konstantin blieb stehen und ließ seinen Blick über das Neue Rathaus schweifen. Die Nachmittagssonne setzte das imposante Gebäude in Szene.

»Für das Glockenspiel sind wir leider zu früh dran.« Valerie deutete auf die bunten Figuren am Turm des Rathauses, die zwar hübsch anzusehen waren, jedoch gerade stillstanden. »Es startet erst wieder um siebzehn Uhr. Aber es klingt sehr schön, über vierzig Glocken sind daran beteiligt.«

»Beeindruckend. Allerdings wird hier um fünf bestimmt die Hölle los sein.« Er verzog das Gesicht, als würde es ihn selbst stören, dass er schon wieder dieses eigenbrötlerische Künstlerklischee bediente.

Valerie sah sich um. Zwar verteilten sich die Menschen auf dem großen Platz ganz gut, aber an so einem schönen Nachmittag waren natürlich etliche Leute unterwegs. Ihr fiel das gar nicht auf, wenn sie nicht, wie eben von Konstantin, darauf aufmerksam gemacht wurde. Valerie war in München aufgewachsen, der Trubel und die Menschen gehörten eben dazu.

»Ist es dir zu voll?«

Konstantin wiegte leicht den Kopf. »Es sind nicht die Leute, die mich stören. Es ist der Lärm.«

Nun war Valerie ehrlich überrascht. Klar, die Stadt hatte ein beständiges Grundrauschen. Aber Lärm? Von Lärm sprach man doch eher bei einem Death-Metal-Konzert oder einem

Flugzeugstart. Womöglich war sie diesbezüglich aber auch bloß abgestumpft. Ihr Blick wanderte zurück zum Neuen Rathaus und bescherte ihr eine spontane Eingebung. »Ich glaube, ich habe die perfekte Idee, um deinen Ohren eine Pause zu gönnen.«

»Ich auch. Die Kirche dahinten.« Er drehte sich um und deutete auf den Alten Peter, die älteste Pfarrkirche der Stadt.

»Stimmt, das ginge auch. Aber das wäre zu naheliegend.« Sie lachte über seinen irritierten Gesichtsausdruck. »Komm, ich zeige dir einen Ort, an dem du bestimmt noch nicht gewesen bist. Selbst ich als Münchnerin war erst vor Kurzem zum ersten Mal dort.«

»Na, jetzt bin ich aber gespannt!«

Im Zuge ihrer Vertragsergänzung und der Recherchen dazu hatte Valerie sich einen Benutzerausweis für die juristische Bibliothek ausstellen lassen. Sie hatte von anderen schon oft gehört, wie schön diese doch sei, es hatte sich aber nie eine Gelegenheit ergeben, sie zu besuchen. Die Erzählungen kamen an das, was sie dann gesehen hatte, kaum heran. Eigentlich hätte Valerie sich natürlich denken können, dass sie wunderbar sein musste, wenn sie schon im berühmten Neuen Rathaus untergebracht war, das ja auch von außen eine Augenweide darstellte. Mit einer vergoldeten schmiedeeisernen Wendeltreppe und verspielten, im floralen Münchner Jugendstil gehaltenen Balustraden hatte sie dennoch nicht gerechnet. Auch Konstantin zeigte sich ehrlich beeindruckt, als sie in dem fast zehn Meter hohen Saal standen. An langen Tischen unter riesigen Fenstern saßen Jurastudenten und andere Nutzer, blätterten und lasen ganz vertieft in ihren Büchern.

Valerie trat an eines der deckenhohen Regale aus glänzendem Eichenholz heran und zog zwei Bücher heraus. Schließlich handelte es sich hier allem Prunk zum Trotz um eine Arbeitsbibliothek. Besichtigungen waren während der regulären Öffnungszeiten nicht gestattet, um die Lesenden und Arbeitenden nicht zu stören. Darum drückte sie Konstantin eines der beiden Bücher in die Hand und setzte sich mit ihrem an den nächstgelegenen Tisch. Konstantin tat es ihr gleich, kam aber gar nicht auf die Idee, zur Tarnung auch nur einen kurzen Blick in das Buch zu werfen. Er legte es vor sich ab und widmete sich mit völliger Hingabe der Betrachtung des Raumes. Valerie schlug schmunzelnd ihr Buch auf. Anscheinend hatte sie mit diesem kleinen Ausflug Konstantins Geschmack getroffen. Für die Augen mochte es eine anstrengende Übung sein, doch seine Ohren konnten sich hier sicherlich ein bisschen entspannen.

Zum Abschluss ihrer inoffiziellen Besichtigung stiegen sie schließlich noch die Wendeltreppe hinauf und wanderten leise an der Balustrade entlang. Linker Hand erstreckte sich eine lange Reihe an massiven, zum Bersten gefüllten Bücherregalen. Blickte man zur anderen Seite hinüber, wechselten sich hohe Sprossenfenster, die bis unter die Decke reichten, und verspielte Wandleuchten ab, deren Licht aus zahlreichen Blütenköpfen fiel und die wunderbar zur floralen Gestaltung der Balustrade passten.

Konstantin seufzte zufrieden, als sie das Neue Rathaus wieder verließen, obwohl der Trubel auf dem Marienplatz in der Zwischenzeit sogar noch zugenommen hatte. »Danke, Valerie. Ich kann mich kaum erinnern, München jemals so genossen zu haben wie heute.«

Valerie erwiderte sein Lächeln. Sie war schon immer stolz auf ihre Stadt gewesen, sah sich als echtes Münchner Kindl. So wärmten Konstantins Worte auf mehrere Arten ihr Herz. »Wenn du morgen noch hier bist, könnte ich dich in die Isarauen entführen. Das ist bestimmt auch nach deinem Geschmack. München ist eine Großstadt, aber es gibt hier viele schöne, ruhige, ja idyllische Ecken, wenn man weiß, wo man sie suchen muss.«

»Morgen fahre ich wieder nach Hause.«

Augenblicklich machte sich eine Enttäuschung in Valerie breit, die sie erstaunte.

»Aber das muss ja nicht gleich in der Früh sein«, ergänzte Konstantin.

Valerie versuchte, sich nicht anmerken zu lassen, wie sehr sie sich darauf freute, ihn am nächsten Tag wiederzusehen. Dabei ging es ihr nicht nur darum, Konstantin noch einen schönen Tag in München zu bereiten. Nach ihrem etwas holprigen Kennenlernen fühlte sie sich nämlich selbst etwas überrumpelt davon, wie gern sie mit ihm zusammen war. Hinter der grummeligen, menschenscheuen Fassade blitzte immer öfter ein Mann hervor, den sie mochte. In Ansätzen war ihr das schon früher aufgefallen, in der Art, wie er mit Fee umging. Moment …

»Wo ist denn eigentlich Fee?«

»Ich habe mich schon gefragt, wann dir auffällt, dass ich sie nicht mitgebracht habe. Du hast ganz schön lange gebraucht. Wenn ich ihr das erzähle, ist sie bestimmt beleidigt!«

Da war es wieder, dieses herausfordernde Grinsen, das er auch im Biergarten aufgesetzt hatte, als sie zum Du übergegangen waren.

»Mea culpa.« Valerie hob schuldbewusst beide Hände. »Ich bringe ihr Leckerlis mit, wenn ich nächstes Mal vorbeikomme. Und dir Schokolade, wenn du mich nicht verpetzt.«

Er lachte auf. »Nein, schon gut, du musst mich nicht bestechen. Aber über Leckerlis freut sie sich immer. Andererseits wird sie morgen bestimmt erst mal pappsatt sein, wenn ich sie hole. Ich habe sie auf halbem Weg bei meiner Schwester Marlene abgesetzt. Und die verwöhnt sie immer viel zu sehr.«

Valerie war sich nicht sicher, ob man so ein süßes Geschöpf wie Fee überhaupt zu viel verwöhnen konnte.

Konstantin begleitete sie noch zurück zur Agentur, wo Valeries Fiat stand, ehe er zu seinem nahe gelegenen Hotel spazierte. Zum ersten Mal war Valerie froh, dass Hedy ihr die

Agentur so frei von Arbeit überlassen hatte, dass sie nach dem spontan freigenommenen Nachmittag einfach nach Hause fahren konnte. Zur Verabschiedung umarmten sie sich kurz. Das hatten sie noch nie getan, und Valerie verwirrte diese Geste über alle Maßen.

16

Am nächsten Morgen wurde Valerie unsanft vom Schrillen ihres Handys geweckt. Sie wusste schon, warum sie nachts normalerweise den Flugmodus aktivierte. Nur ihrer Mutter zuliebe sah sie während deren Rehaaufenthaltes davon ab, damit die Agentur rund um die Uhr erreichbar war, wie sie es sich wünschte. Ein verschlafener Blick auf das Display verriet ihr jedoch, dass kein Kunde zu so früher Stunde anrief, sondern Hedy. Anscheinend ging es ihr eher darum, dass Valerie für sie ständig erreichbar war.

»Guten Morgen, was gibt es?«

»Was läuft denn da zwischen Konstantin Brauer und dir?«

Schlagartig war Valerie wacher, als ihr lieb war. Sie setzte sich im Bett auf und brauchte einen Moment, um sich zu sammeln. »Wovon sprichst du?«

»Das weißt du doch ganz genau.« Ihre Mutter klang vorwurfsvoll. »Da klicke ich mich beim Frühstück nichts ahnend durch die Lokalnachrichten und muss aus dem Internet erfahren, dass du mit meinem wichtigsten Klienten herumturtelst!«

»Moment mal, ich turtle nicht. Und was für Nachrichten überhaupt?«

»Ich habe dir den Link geschickt.«

Irritiert nahm Valerie das Handy vom Ohr und rief ihren Messenger auf. Als sie sich die Seite aufrief, von der Hedy sprach, verschlug es ihr den Atem. Zwei Fotos hatte jemand von Konstantin und ihr geschossen. Eines im Wirtsgarten des Hofbräuhauses. Sie prosteten einander gerade zu und grinsten dabei wie Honigkuchenpferde. Der Fotograf hatte offenbar genau den Moment festgehalten, in dem sie zum Du übergegangen waren und darauf angestoßen hatten. Das einzig Positive an dem Bild war, dass Valeries Gesicht nicht wie befürchtet tomatenrot leuchtete.

Das zweite Foto war auf dem Marienplatz aufgenommen worden. Valerie hatte ihre Rechte vertraulich auf Konstantins Schulter gelegt. Sie erinnerte sich nicht an diese Geste. Bestimmt war das kurz vor ihrem Besuch der Bibliothek gewesen. Auf beiden Bildern wirkte ihr Umgang miteinander herzlich, fast intim. Es war offensichtlich, welchen Eindruck die Fotos erwecken sollten, dazu brauchte sie den Artikel gar nicht mehr zu lesen. Valerie überflog nur die ersten Zeilen. Natürlich wurde dort wie erwartet über sie beide und ihren Beziehungsstatus spekuliert.

Auweia, das hatte sie beim besten Willen nicht kommen sehen. Der Fotograf musste sie ja regelrecht verfolgt haben. Zwischen all den Menschen war er ihnen leider trotzdem nicht aufgefallen. Und selbst wenn, was hätten sie tun sollen? Zumindest wäre Valerie vorgewarnt und etwas besser gegen den Anruf ihrer Mutter gewappnet gewesen.

Bei dem Gedanken wurde ihr bewusst, dass Hedy noch am Telefon war und auf eine Reaktion wartete. Sie nahm das Handy wieder ans Ohr. »Es ist nicht so, wie es aussieht.«

»Ernsthaft? Mit diesem abgedroschenen Satz willst du mich abspeisen?«

»Ja, ich weiß, das klingt blöd. Aber zwischen Konstantin und mir läuft nichts.«

»Konstantin. Ihr duzt euch also?«

Valerie biss sich verlegen auf die Unterlippe. Wieso kam sie sich so ertappt vor? Dafür gab es doch überhaupt keinen Grund! »Ja, tun wir«, gab sie zurück. Sie bemerkte den trotzigen Unterton und bemühte sich, ihn aus ihrer Stimme zu verbannen, als sie weitersprach. »Er hat gestern zwei neue Gemälde in die Agentur gebracht. Und es werden auch noch ein paar folgen. Die Habgier ist nun kein Einzelkind mehr, er malt die sieben Todsünden.«

Die Stille, die nun folgte, war ein Triumph für Valerie.

Sie hatte ihrer Mutter durch diese neuen Informationen den Wind aus den Segeln genommen.

»Wie hast du das gemacht? Du schläfst doch nicht mit ihm, oder? Das wäre höchst unprofessionell!«

»Dass das dein erster Gedanke ist, spricht eher gegen dich als gegen mich! Eine Agentin hilft ihren Künstlern, und genau das habe ich getan. Wir haben uns ein paarmal getroffen, über seine Kunst gesprochen und seine Probleme, und so hat er seine Krise überwunden.« Gut, so harmonisch, wie sich das nun anhörte, war dieser Prozess bei Weitem nicht gewesen. Doch das musste Hedy ja nicht wissen. Auch dass sie eine Nacht in seiner Berghütte verbracht hatte, würde Valerie ihr nicht erzählen. Ihre Mutter bekäme das nur wieder in den völlig falschen Hals.

»Schick mal Fotos von den Bildern«, sagte Hedy. Empörung und Anklage waren gänzlich aus ihrem Tonfall verschwunden. »Ich glaub das erst, wenn ich es sehe.« Dann verabschiedeten sie sich, da Hedy zur nächsten Trainingsstunde musste. Erleichtert beendete Valerie das Telefonat. Auf die Fotos würde ihre Mutter warten müssen, bis sie am Nachmittag wieder in der Agentur war. Jetzt war sie erst einmal mit Konstantin verabredet. Während sie sich gestern noch auf das Wiedersehen gefreut hatte, wurde ihr nun mulmig beim Gedanken an das bevorstehende Treffen. Ob er die Lokalnachrichten ebenfalls gelesen oder davon gehört hatte? Was, wenn ihn diese Spekulationen über sie störten? Bestimmt fand er sie zumindest ganz und gar hanebüchen.

Nachdenklich tapste Valerie ins Bad. Als sie geduscht, gekämmt und mit geputzten Zähnen wieder herauskam und an den Kleiderschrank trat, klingelte das Handy schon wieder. Dem Ton nach war eine Nachricht eingegangen. Meine Güte, Hedy konnte manchmal echt nervig sein. Sie würde die Gemälde schon noch früh genug betrachten können.

Valerie nahm sich noch die Zeit, in frische Unterwäsche und ein T-Shirt zu schlüpfen, bevor sie nach dem Mobiltelefon griff. Die Nachricht war jedoch nicht von ihrer Mutter, sondern von einer fremden Handynummer.

»Guten Morgen, Valerie. Ich habe eben mit meiner Schwester Marlene telefoniert. Sie hat heute einen Termin, deshalb muss ich Fee zeitig holen. Entschuldige, es wird also leider nichts mit unserem Ausflug. Bis bald, Konstantin«

Enttäuscht ließ sie sich aufs Bett fallen. Nicht nur, dass sie sich nicht sehen würden, war schade. Es setzte Valerie zu, dass sie befürchtete, er könnte wegen der Nachrichten auf Abstand zu ihr gehen. Vielleicht war diese Geschichte mit seiner Schwester nur eine Ausrede, und er wollte nicht noch einmal mit ihr gesehen werden.

»Alles klar, kein Problem. Grüße an Fee«, tippte sie nach kurzem Überlegen und drückte auf »Senden«. Sie wollte auf keinen Fall den Eindruck erwecken, dass sie ihm nachtrauerte. Schließlich waren sie Geschäftspartner und kein Liebespaar. Das hatte nicht nur ihre Mutter mit ihrem morgendlichen Anruf klargestellt. Konstantin sah das anscheinend genauso, wenn sie seine Nachricht richtig interpretierte. Und sie selbst?

Valerie warf das Handy neben sich auf das Bett, zog eine Schnute und horchte in sich hinein. Vielleicht war es wirklich besser, dass Konstantin abgesagt hatte. Jetzt, wo sie sich endlich gut verstanden, sollte ihre Beziehung in den richtigen, nämlich professionellen Bahnen laufen. Alles andere würde die Sache nur wieder verkomplizieren. Doch wenn es gut so war, warum fühlte es sich dann nicht auch gut an?

17

Valerie langweilte sich. Ein paar Telefonate, in denen sie Künstlern der Agentur wegen der Vertragsergänzung gut zureden musste, waren die Highlights ihrer Arbeitstage. Nicht einmal Hedy konnte ihre Gesellschaft gebrauchen, da Archie immer noch vor Ort war und sie in jeder freien Minute betüdelte. Manchmal sehnte sich Valerie sogar auf das Kreuzfahrtschiff zurück. Der straff getaktete Zeitplan dort war manchmal nervig gewesen, noch nerviger war es allerdings, hier herumzuhocken und nichts zu tun zu haben. Wenigstens war Bettina zurzeit in der Stadt. Valerie freute sich darauf, die Mittagspause mit ihr zu verbringen.

Ansonsten ging Valerie jeden Morgen eine große Runde laufen und ertappte sich immer wieder dabei, wie sie vor Brauers Bildern stand, versunken in deren schauerliche Schönheit.

Sie hatte alle drei Gemälde dekorativ auf Staffeleien im Agenturbüro platziert. So konnten sie auch gut noch etwas vor sich hin trocknen. Wieder einmal lehnte sie sich in dem großen Sessel hinter dem Schreibtisch zurück und ließ ihren Blick von der Trägheit einfangen. Der junge Mann mit dem von dekadentem Weltschmerz durchdrungenen Blick hatte es ihr besonders angetan. Doch die Bilder waren alle spannend, jedes für sich. Aus der Ausstellung dieser Kunstwerke würde Valerie ein richtiges Event machen. Sie war schon auf der Suche nach einer passenden Location und hatte bei ein paar noblen Münchner Adressen unverbindlich Termine angefragt, denn für diese Vernissage wollte sie nicht die üblichen Galerieräume, diesmal musste es etwas Besonderes sein.

Wann Brauer die sieben Todsünden wohl fertiggestellt haben würde? Seit seiner Absage hatte Valerie seine private

Handynummer. Doch etwas in ihr sträubte sich dagegen, ihn anzurufen.

Sie war mit Bettina in einem kleinen hawaiianischen Restaurant in der Maxvorstadt verabredet, das bekannt war für seine frischen, leckeren Bowls. Als Valerie die Türkenstraße entlanglief, sah sie die Freundin schon. Sie hatte einen der wenigen begehrten Tische im Freien ergattert, an denen man statt auf Stühlen auf quietschgelben gepolsterten Tonnen saß. Würden heute nicht dichte Wolken am Himmel hängen, hätte sie womöglich nicht so viel Glück gehabt, einen Platz zu bekommen. Passend zum trüben Wetter war Bettina in eine Wolke aus Zigarettenrauch gehüllt.

Sie begrüßten sich herzlich und deckten sich erst einmal mit Essen und Getränken ein. Deshalb waren sie ja schließlich hergekommen. Bettina entschied sich für eine klassische Reisbowl, Valerie bestellte eine mit Zucchininudeln, sogenannten Zoodles. Schon allein wegen des coolen Namens musste sie die probieren. Sie zog den Reißverschluss ihrer Jacke zu. Die fehlenden Sonnenstrahlen ließen schon echtes Herbstfeeling aufkommen, obwohl der September gerade erst begonnen hatte.

»Und? Wie läuft es mit deinem Herrn Brauer?«, fragte Bettina nach einiger Zeit.

Valerie wollte sich gerade eine Gabel Zoodles in den Mund schieben und hielt irritiert inne. Hatte sie etwa auch diesen dummen Artikel im Internet gelesen?

»Der Künstler, dem du helfen wolltest, hieß der nicht so?«, hakte Bettina nach.

Valerie stieß erleichtert die Luft aus. Die Freundin knüpfte nur an ihr letztes Gespräch an. Brauers Name war dabei gefallen. »Ja, es läuft gut«, erzählte sie etwas stockend. »Zumindest malt er wieder. Wir werden wohl noch dieses Jahr eine Ausstellung mit seinen neuesten Werken machen.«

»Das ist ja phantastisch!«

»Das finde ich auch. Vor allem, wenn man bedenkt, wie blöd ich mich am Anfang angestellt habe. Nach dem Gespräch mit dir bin ich hingefahren und habe mich entschuldigt.«

Bettina lachte laut auf. »So schlimm?«

Valerie verzog das Gesicht und nickte.

»Mir ist schon aufgefallen, dass du recht nachdenklich warst. Was ist denn dann passiert? Deine Entschuldigung scheint er ja angenommen zu haben, wenn du schon die nächste Ausstellung mit ihm planst.«

Valerie winkte ab. »Lass uns nicht mehr darüber reden. Die Hauptsache ist doch, dass wir unsere Differenzen überwunden haben und es jetzt gut läuft, wobei ...«

»Wobei?« Bettina beugte sich neugierig vor.

»Na ja, manch einer scheint zu denken, dass es nun sogar zu gut läuft zwischen Konstantin und mir.«

Auf Bettinas fragenden Blick hin holte sie ihr Handy aus der Tasche, rief den Link auf, den Hedy ihr geschickt hatte, und schob es über den Tisch zu ihr hin.

Bettina überflog die Seite. Wenige Sekunden später machte sie ein Gesicht, als würde es in dem Artikel nicht um oberflächliche Spekulationen, sondern eher um schlüpfrige Details gehen.

»Du brauchst gar nicht so zu grinsen.« Valerie schnappte sich das Handy und ließ es wieder in ihre Handtasche rutschen. »Der Artikel ist völliger Unsinn!«

»Ist er das?«

»Natürlich ist er das!«, rief Valerie, ohne zu zögern.

Bettina legte grinsend ihre Gabel beiseite, lehnte sich etwas zurück und musterte sie.

Valerie kannte diesen Blick. Innerlich wappnete sie sich, um eindeutig klarzustellen, dass zwischen Konstantin und ihr nichts lief, als das Gespräch eine unerwartete Wendung nahm.

Bettina hegte gar nicht den Verdacht, dass sie eine Affäre

hatten. Sie beugte sich etwas vor und setzte ihre Verschwö-rerinnenmiene auf. »Ich seh dir an der Nasenspitze an, dass er dir gefällt«, flüsterte sie stattdessen.

Valerie spürte, wie sich ihre Mundwinkel verräterisch nach oben bewegten, ohne dass sie es verhindern konnte. Ja, der Artikel war an den Haaren herbeigezogen, doch es ließ sich nicht leugnen, dass sie die gemeinsame Zeit mit Konstantin genossen hatte.

Bettina aß mit zufriedener Miene weiter, als wäre das Thema damit für sie erledigt. Das war eine verdammt gute Taktik. Denn Valerie hatte nun den Drang, sich zu erklären.

»Erst sind wir wie gesagt gar nicht miteinander ausge-kommen. Auch als ich mich entschuldigt hatte, wurde es nicht bedeutend besser. Klar, das war schon harmonischer, aber immer noch recht angespannt. So richtig gut verstanden haben wir uns eigentlich wirklich erst an diesem Tag hier in München.«

»Er sieht gut aus.«

»Das ist ehrlich gesagt auch erst seit jenem Tag der Fall.« Valerie lachte. »Vorher war sein Gesicht völlig zugewachsen.«

Bettina kicherte über ihre Ausdrucksweise. »Da hat er sich wohl extra für dich aufgehübscht.«

»Das glaube ich nicht. Er hat sich wohl nur wieder fit für die Zivilisation gemacht.«

»Und wann seht ihr euch wieder?«

Valerie zuckte mit den Schultern. »Wenn er die restlichen Bilder für die Ausstellung fertig hat, vermute ich.«

»Bist du sicher, dass du so lange warten willst?«

Valerie war sich eher sicher, dass sie das nicht wollte. Aber ihm schon wieder ungefragt auf die Pelle rücken wollte sie auch nicht. Sie antwortete nicht und kaute nachdenklich auf ihren Zoodles herum.

»Vielleicht solltest du mal nach ihm sehen. Nicht dass sein Malen wieder ins Stocken gerät. Ein kurzer Besuch, um zu schauen, wie weit er ist. Auf rein professioneller Ebene, versteht sich«, schob Bettina nach, und ihr süffisantes Grinsen strafte ihre Worte Lügen.

»Du wirst es nicht glauben, aber ich möchte wirklich eine gute, professionelle Beziehung mit ihm aufbauen, von Agentin zu Künstler.«

»Stimmt«, sagte Bettina ohne Umschweife. »Ich glaube dir kein Wort.«

18

Nach fünf Tagen Funkstille fasste Valerie sich ein Herz und wählte Konstantins Nummer. Am Festnetzanschluss in seinem Wohnhaus ging keiner ran, was dafür sprach, dass er sich wieder in seiner Berghütte aufhielt. Sie probierte es auch auf der Handynummer. Hier wurde ihr geantwortet, allerdings nur von der Mailbox. Ohne eine Nachricht zu hinterlassen, legte sie wieder auf. Hatte er das Handy ausgeschaltet, weil er seine Ruhe haben wollte? Oder hatte er dort oben einfach nur schlechten Empfang?

Sie haderte noch einen Moment mit sich, holte aber schließlich ihren Trolley hervor und packte Wechselkleidung für ein paar Tage ein. Auch Leckerlis für Fee waren schnell besorgt, und so düste Valerie wenig später mit ihrem kleinen Fiat Richtung Süden. Vor Ort fuhr sie erst einmal zu Konstantins Haus. Nicht dass er doch daheim war und sie sich umsonst an den Aufstieg machte.

Doch das Haus lag so still und verlassen da wie schon bei ihrem ersten Besuch. Als sie gerade wieder in ihr Auto steigen wollte, hörte sie eine tiefe Stimme hinter sich.

»Fahrn Sie wieder rauf zum Brauer seiner Hütt'n?«

Sie drehte sich überrascht um und erblickte den älteren Herrn, der ihr Déjà-vu vor Konstantins leerem Haus komplett machte. Allerdings war er heute nicht allein. Neben ihm stand eine Frau. Sie war ein ganzes Stück jünger als er, trug Jeans und T-Shirt, und nur ihr im Nacken zusammengebundenes Kopftuch legte nahe, dass sie womöglich auf einem der umliegenden Höfe wohnte.

Valerie nickte. »Soll ich ihm was ausrichten?«

»Von mir ned!«, rief der Mann und hob abwehrend die Hände. Dann gab er der jüngeren Frau einen unsanften Stoß, der sie wohl zum Reden ermutigen sollte.

Mit etwas schüchterner Miene trat sie einen Schritt vor.
»Ich bring ihm einmal pro Woche Milch, Eier und noch ein
paar andere Sachen von unserem Hof rauf. Wenn Sie eh rauf-
fahren, ich mein, dann müsst ich nicht extra ...« Sie geriet ins
Stottern.

»Ich kann die Sachen gerne mitnehmen. Das ist kein Problem«, bot Valerie an.

Die Frau lächelte erleichtert. »Warten S' kurz. Ich hab
schon alles herg'richtet.« Sie eilte davon.

Eine etwas unangenehme Pause entstand, die der ältere
Herr dazu nutzte, Valerie ausgiebig zu mustern. Die wandte
sich leicht von ihm ab und betrachtete den verwilderten Garten. Es würde nicht mehr lange dauern, dann konnte Konstantin selbst Äpfel ernten. Wie sie ihn einschätzte, würde
ihn das sogar vom Berg herunterlocken.

Als die junge Bäuerin zurückkam, starrte der Mann Valerie
noch immer mit unverhohlener Neugier an. Beim letzten
Mal war er ihr nicht ganz so neugierig erschienen. Unwohl
dachte sie an den Onlineartikel.

»Richten S' ihm recht schöne Grüße aus, ja?«

»Mach ich.« Valerie nahm einen gefüllten Korb entgegen.
Auweia, war der schwer. Da würde sie ganz schön zu schlep-
pen haben. Kein Wunder, dass die Bäuerin gerade so erleichtert wirkte. Valerie unterdrückte ein Schnaufen und hievte
den Korb auf den Beifahrersitz ihres Autos.

Die Last des Korbes glich die inzwischen kühleren Temperaturen völlig aus, sodass sie etwas geschafft an der Hütte
ankam. Valerie hatte das Gefühl, ihre Arme seien unterwegs
immer länger geworden. War die Hütte bei ihrer Ankunft
sonst immer verschlossen gewesen, stand die Tür diesmal
offen. Konstantin und Fee waren heute anscheinend nur die
kleine Runde gegangen und bereits wieder zurück.

Sie stellte den Korb auf der Bank unter dem Fenster ab
und schüttelte erst einmal ihre Arme aus. Dann klopfte sie
an den hölzernen Türrahmen und spähte in die Wohnküche.

Konstantin saß auf der Eckbank. Vor ihm auf dem Tisch lagen mehrere Blätter mit Bleistiftskizzen. Sein Gesicht hellte sich auf, als er sie erblickte.

»Hallo. Störe ich?«

»Überhaupt nicht. Schön, dich zu sehen!«

Er stand auf, um sie zu begrüßen. Fee kam ihm jedoch zuvor. Sie kam aus dem Atelier in die Küche gelaufen, als sie Valeries Stimme hörte, und drückte sich schwanzwedelnd gegen ihre Beine. Valerie streichelte sie, nahm den Rucksack ab und holte eine Packung Leckerlis für sie heraus. Anscheinend erkannte Fee die Verpackung, denn die kleine Beagle-Hündin wurde bei ihrem Anblick ganz aufgeregt. Lachend gab Valerie ihr ein paar Stückchen.

»Für dich habe ich auch etwas dabei. Allerdings ist es nicht von mir, ich bin nur der Bote.« Sie holte den Korb herein und stellte ihn auf dem Tisch ab, darauf bedacht, die Skizzen nicht zu zerknittern. »Ich soll dich schön grüßen.«

»Danke schön. Den hast du aber doch hoffentlich nicht hochgetragen, oder?«

Valerie verzog das Gesicht statt einer Antwort.

»Na, da hat Lisbeth dir ja schön was eingebrockt!« Es war ihm anzusehen, dass er sich nicht sicher war, ob er lachen oder sie bemitleiden sollte. »Sie bringt die Sachen sonst immer mit dem Quad rauf.«

Valerie presste die Lippen zusammen. Das nächste Mal würde sie dieser Lisbeth im wahrsten Sinne des Wortes einen Korb geben!

»Sie ist eigentlich sehr nett. Bestimmt hat sie gar nicht darüber nachgedacht, dass du mit dem Auto ja nicht ganz bis nach oben fahren kannst«, meinte Konstantin. Dann nahm er sie unvermittelt in den Arm, so überraschend und schnell, dass Valerie nicht einmal mehr dazu kam, seine Umarmung zu erwidern. »Setz dich, du bist bestimmt erschöpft, ich hole dir etwas zu trinken.«

Valerie freute sich über die herzliche Begrüßung. Sie hatte

schon befürchtet, womöglich ungelegen zu kommen. Während Konstantin in ihrem Rücken an der Küchenzeile herumhantierte, ließ Fee sich vor ihr nieder und setzte ihr liebstes Bettelgesicht auf. Valerie gab nach und reichte ihr noch ein Leckerli hinunter.

»Habt ihr euren Spaziergang heute schon gemacht?«, fragte sie Konstantin über ihre Schulter hinweg.

»Ja, wir gehen immer gleich morgens. Das hat sich als Start in den Tag bewährt.« Er kam mit einem Glaskrug in der Hand zurück an den Tisch. In der Flüssigkeit, die sich darin befand, schwammen Zitronenscheiben. Das Getränk schmeckte wunderbar frisch und blumig nach Holunder.

Valerie nahm einen großen Schluck. »Schade eigentlich. Es war schön, mit euch spazieren zu gehen. Vielleicht kann ich euch bei Gelegenheit mal wieder begleiten?«

Sie hielt die Luft an. Sie hatte ganz spontan gefragt, ohne zu überlegen, ob es aufdringlich wirken oder sie Konstantin damit zu nahe treten könnte. Außerdem wusste sie ja noch immer nicht, was er von den Spekulationen über sie im Internet hielt. Doch Konstantin reagierte positiv.

»Wie lange bist du denn in der Gegend? Wenn du möchtest, warten wir mit unserer Wanderung morgen früh auf dich.«

Valerie nickte. »Wenn du vormittags unterwegs warst, störe ich dich vermutlich gerade beim Malen, oder?« Sie deutete auf die Skizzen auf dem Tisch, die auch bei genauerer Betrachtung ziemlich wirr aussahen.

»Nicht wirklich.« Konstantin nahm eines der Blätter zur Hand, betrachtete es nachdenklich und ließ es dann wieder fallen. »Die letzten beiden Bilder stellen mich etwas auf die Probe. Neid und Hochmut wollen irgendwie nicht so wie ich.«

Valerie konnte es kaum erwarten, die fertigen Gemälde des Zorns und der Wollust in Augenschein zu nehmen, doch sie bremste sich. Konstantin schien ernsthaft Probleme mit den beiden letzten Bildern zu haben. Jetzt konnte sie beweisen, dass es ihr nicht nur ums Verkaufen ging, sondern darum, ihn zu unterstützen. Sie nahm ebenfalls eine der Skizzen zur Hand. Irritiert besah sie sich die wirren Striche. Sie drehte das Blatt unschlüssig herum, konnte aber, egal, wie sie es hielt, nicht im Geringsten herauslesen, was Konstantin zu malen beabsichtigte. Als sie etwas hilflos aufsah, trafen sich ihre Blicke.

Konstantin bemühte sich offenbar, angesichts ihrer Ratlosigkeit nicht laut aufzulachen. Dann wurde er ernst und sagte etwas für Valerie völlig Unerwartetes. »Wirst du mir helfen, die sieben Todsünden abzuschließen?«

Seine Bitte erfüllte sie mit Stolz und Wärme. Niemals hätte sie gedacht, dass er sie in dieser Weise einbeziehen und sich ihr gegenüber so öffnen würde. Es waren nicht nur die Worte, sondern auch sein Blick zeigte ihr, dass er ihr nach allem, was schiefgelaufen war, nun doch vertraute. Das warme Gefühl in ihrem Bauch breitete sich aus und setzte sich fort bis in die Zehenspitzen. Valerie lächelte ihn an und nickte.

19

Obwohl Valerie den Wecker gestellt und sich auch beim Frühstücken nicht viel Zeit gelassen hatte, warteten Konstantin und Fee schon auf sie. Die beiden saßen auf der Bank vor der Hütte, als diese in Sicht kam.

Konstantin bemerkte sie nicht gleich. Vielleicht hatte er die Augen geschlossen, das war aus der Entfernung nicht genau zu erkennen. Jedenfalls saß er entspannt angelehnt und hatte den Kopf leicht in den Nacken gelegt. In der einen Hand hielt er einen Becher, mit der anderen kraulte er Fee. Die sprang jedoch auf, als sie Valerie erblickte, und kam ihr entgegen. Konstantin stand ebenfalls auf, winkte ihr zu und verschwand dann kurz in der Hütte, um den Becher wegzuräumen. Als er wieder herauskam, hatten Valerie und Fee bereits den windschiefen Gartenzaun erreicht.

»Du hast gutes Wetter mitgebracht, wunderbar!«, rief er, während er die Hütte absperrte.

Als er sich zu ihr umdrehte, fiel Valerie auf, dass er sich frisch rasiert hatte. Ob er das wohl ihretwegen getan hatte? Zwar hatte er auch gestern keinen Vollbart gehabt, aber immerhin einen leichten Schatten von zwei oder drei Tagen, was ihm aber auch gut stand. Seine Umarmung fegte Valeries Gedanken aus ihrem Kopf. Wann hatten sie eigentlich angefangen, sich zur Begrüßung und zum Abschied in den Arm zu nehmen? Valerie mochte diese neue Vertrautheit zwischen ihnen.

»Wo geht es heute hin, wieder in den Wald?«, wollte sie wissen.

»Wald gibt es hier fast überall«, gab er schmunzelnd zurück. »Wenn du etwas Zeit mitgebracht hast, würde ich heute eine andere Richtung einschlagen. Bei dem schönen Wetter haben wir bestimmt eine tolle Aussicht.«

»Das klingt gut, ich bin gespannt!«, sagte Valerie, nicht ahnend, dass sie sich besagte Aussicht ziemlich hart würde verdienen müssen. Sie hatte sich immer für relativ sportlich gehalten, schließlich ging sie fast jeden Tag laufen und hatte Spaß daran. Doch obgleich Konstantin, Fee und sie sich wesentlich langsamer fortbewegten als Valerie bei ihren flotten Runden durch die Stadt, kam sie ganz schön ins Schwitzen.

Hinter der Hütte hatten sie sich diesmal eher links gehalten. Es war in Schlangenlinien ein wenig auf und ab und durch ein Wäldchen gegangen. Doch nun stiegen sie schon seit geraumer Zeit einen Berg hinauf, und ein Ende war noch längst nicht in Sicht. Außerdem sorgte das gute Wetter, das Valerie angeblich mitgebracht hatte, dafür, dass sich kaum ein Lüftchen regte.

Valerie wollte sich keine Blöße geben, also biss sie die Zähne zusammen und versuchte, ihre Atmung einigermaßen im Griff zu behalten. Konstantin wanderte mit federnden Schritten neben ihr, als würde er im Stillen ein Liedchen dazu trällern, und Fee war ihnen ohnehin stets einige Meter voraus. Plötzlich blieb der kleine Beagle stehen und spitzte die Ohren.

»Sitz!«, rief Konstantin. Er hatte einen für seine Verhältnisse ungewöhnlich scharfen Ton angeschlagen. Seine Miene wirkte angespannt. Hielt er nach etwas Ausschau?

Da hörte Valerie ein seltsames Quietschen, mehrmals hintereinander. Es war deutlich zu hören, wenngleich sie sich nicht sicher war, welches Tier solche Geräusche verursachte. Ein Vogel vielleicht?

»Sitz, Fee!«, rief Konstantin erneut. Die Hündin tat wie ihr geheißen, auch wenn es ihr sichtlich schwerfiel. Viel lieber wollte sie ganz offensichtlich geradewegs auf das Quietschen zustürmen.

Konstantin ging zu ihr und neben ihr in die Hocke. Er nahm seinen Rucksack vom Rücken und holte eine Leine heraus, die er mit einer kurzen, geübten Bewegung an Fees

Halsband befestigte. Das Geräusch ertönte wieder. Fee sprang prompt auf. Diesmal ließ Konstantin sie. Schließlich konnte sie dank der Leine ja nun nicht mehr ausbüxen.

»Was ist denn los?«, wollte Valerie wissen. »Was quietscht da so?«

»Das sind Murmeltiere.«

Valerie hatte im Zuge ihrer Fahrten an den Tegernsee schon von dem typischen schrillen Warnruf dieser possierlichen Tierchen gelesen, ihn aber noch nie mit eigenen Ohren gehört. Wie zur Bestätigung quietschte es erneut. Fee lief aufgeregt hin und her. Konstantin war noch immer in der Hocke und streichelte sie.

»Fee hört normalerweise gut und bleibt bei mir. Deshalb darf sie hier oben, wo keine Leute sind, meistens ohne Leine gehen. Aber Murmeltiere wecken komischerweise ihren Jagdtrieb wie nichts anderes. Vielleicht war sie in einem früheren Leben ein Steinadler.« Er kraulte sie noch kurz hinter dem Ohr, ehe er wieder aufstand. »Geht es noch?«, fragte er Valerie. »Die Stelle, die ich dir zeigen wollte, ist nicht mehr weit weg.«

»Ja. Fee und die Murmeltiere haben mir ja eine kleine Verschnaufpause verschafft.«

Langsam spazierten sie weiter. Fee blieb immer wieder stehen und spitzte die Ohren, doch als wäre den Murmeltieren klar, dass die Beagle-Gefahr nun durch die Leine gebannt war, ließen sie keine Warnrufe mehr hören.

Der Pfad wurde schließlich schmaler, rechts fiel das Gelände steil ab, links stand ein Streifen trockenes Gras. Der Wettergott erbarmte sich Valeries und schickte ein bisschen Wind, der die Halme hin und her wiegte. Nach einer scharfen Biegung standen sie vor einem flachen, ungefähr kniehohen Felsen, groß genug, dass bequem fünf Leute darauf hätten Platz nehmen können. Ringsum hatte man freie Sicht auf Berge und Täler, so weit das Auge reichte. Sie waren angekommen.

»Wow!«, entfuhr es Valerie. Für diesen Blick hatte sich der Aufstieg tatsächlich gelohnt.

Fee sprang auf das Felsenbett hinauf, und Konstantin krabbelte hinterher. Valerie drückte den Rücken durch und betrachtete das Panorama. Es war von so erhabener Schönheit, dass ihr ganz feierlich zumute wurde. Dann folgte sie den beiden und ließ sich im Schneidersitz neben Konstantin nieder.

»Schön, dass es dir gefällt«, sagte er, als er ihren Blick auffing. »Ich war mir nicht ganz sicher, ob ich dich mit so etwas begeistern kann.«

»Bis eben wusste ich das ehrlich gesagt auch nicht so genau«, gab Valerie zu. »Ich bin noch nicht oft in den Bergen unterwegs gewesen.«

»Wo bist du denn untergebracht?«

»Unten am Tegernsee.«

»Dann könntest du dir vielleicht mal die Rottach-Wasserfälle anschauen, die sind da ganz in der Nähe.«

»Das mache ich. Kommst du mit?«

»Sehr gerne. Aber vorher muss ich wenigstens eines der beiden ausstehenden Bilder malen.« Er lachte. Es klang nicht ganz echt, sondern eher so, als würde er damit seine Anspannung darüber, dass er schon wieder festhing, überspielen wollen.

Valerie holte eine Apfelschorle aus ihrem Rucksack. Konstantin tat es ihr gleich und stellte auch Fee Wasser hin.

»Was denkst du, woran liegt es, dass du nicht weiterkommst?«, fragte sie, nachdem sie den ersten Durst gelöscht hatten.

Konstantin zuckte mit den Schultern, den Blick in die Ferne gerichtet.

»Ich habe das Gefühl, das, was deine Bilder ausmacht, liegt in den Augen.«

Ruckartig wandte er ihr den Kopf zu, Überraschung im Gesicht. »Wie genau meinst du das?«

»Ich weiß nicht, wie du das machst, aber es ist die Art, wie deine Figuren den Betrachter ansehen. Ihr Blick transportiert so viele Emotionen, und bei der Trägheit hält er einen regelrecht gefangen.« Valerie runzelte die Stirn. »War dir das etwa nicht bewusst?«

»Ich bin nicht sicher. Vielleicht hast du recht.« Er schwieg, als müsste er darüber nachdenken. Valerie folgte inzwischen mit ihrem Blick den Wellenlinien, die von den umliegenden Bergen an den Horizont gezeichnet wurden.

»Ich denke, das ist einfach meine Art der Wahrnehmung. Auch im Alltag schaue ich am meisten auf die Augen, glaube ich. Sie sind das Interessanteste an den Menschen«, murmelte er.

»So? Was siehst du denn in meinen?«, fragte Valerie. Sogleich biss sie sich auf die Unterlippe. Das vertraute Gespräch und die luftige Weite ihres Felsenbettes hatten sie übermütig gemacht.

Konstantin wandte sich ihr mit ernster Miene zu und suchte ihren Blick. Als sie sich ansahen, hielt er ihn mit seinem fest, fast so wie der Jüngling auf seinem Gemälde der Trägheit. »Deine Augen haben eine schöne Farbe.«

Diese Aussage war so ziemlich das Letzte, was Valerie erwartet hatte. Denn sie teilte seine Meinung nicht im Geringsten. Ihre Augen waren weder von einem frischen Blau oder Grün noch von einem warmen Braun. Sie waren grau.

Konstantin bemerkte ihre skeptische Miene. Er nickte leicht, ehe er weitersprach, ohne den Blick abzuwenden. »Sie haben die Farbe der Alpen.«

20

Valerie blickte zum wiederholten Mal auf ihre Armbanduhr. Sie saß in der Lobby ihres Hotels und wartete auf Konstantin. Um siebzehn Uhr hatte er sie zu einem kleinen Ausflug zu den Rottach-Wasserfällen abholen wollen, nun war er bereits zwanzig Minuten zu spät. Zu allem Überfluss war sie selbst zu früh in der Lobby gewesen, sodass sie nun schon über eine halbe Stunde wartete. Wenigstens hatte sie sich eine Tasse Kaffee bestellt, sodass nicht gleich jedem auffiel, dass sie allem Anschein nach gerade versetzt wurde.

Sie griff sich ihren kleinen Rucksack und stand auf, um wieder auf ihr Zimmer zu gehen. Da kam er zum Hoteleingang herein und eilte auf sie zu.

»Entschuldige bitte!« Überschwänglich nahm er sie in die Arme. Überrumpelt erwiderte sie seine Begrüßung und blickte ihn fragend an. »Es tut mir leid, ich weiß, ich bin viel zu spät. Aber ich habe beim Malen völlig die Zeit vergessen. Dein Tipp war nämlich goldrichtig!«

»Mein Tipp?« Irritiert wurde Valerie bewusst, dass er noch immer ihre Hände hielt. Und diese Erkenntnis krabbelte hitzigen Fünkchen gleich ihre Arme hinauf.

»Ja, du hattest völlig recht, als du sagtest, auf die Augen komme es an.«

Nun, Valerie hatte das eher als Feststellung denn als Tipp gemeint, aber solange es geholfen hatte, war sie glücklich. Und Konstantin war es ganz offensichtlich auch.

»Ich hatte mich an dem Sprichwort ›Hochmut kommt vor dem Fall‹ festgebissen und mit dem Gedanken gespielt, eine Figur im freien Fall zu malen. Das hat allerdings hinten und vorne nicht geklappt. Als ich heute an deine Worte dachte, habe ich meine bisherigen Pläne über den Haufen geworfen und mich ganz auf den hochmütigen Blick konzentriert«, erzählte er strahlend. Jetzt erst ließ er ihre Hände los, und Valerie wusste einen Moment lang nicht, wohin mit ihnen.

»Und so hat es geklappt?«, fragte sie nach, obwohl sie die Antwort in seinen leuchtenden Augen sah. Er nickte und drückte sie noch einmal kurz an sich. Als sie sich zum Gehen wandten, lag sein Arm noch sachte an ihrem Rücken. Und Valerie fand, dass er sich verdammt gut dort anfühlte.

Sie wusste nicht genau, welches Auto Konstantin fuhr. Lediglich, dass es etwas Geländegängiges war, hatte sie beim Blick durch sein Garagenfenster erkannt. Da direkt vor dem Hoteleingang aber ein Jeep stand, von dessen Beifahrersitz ihr Fee durch das heruntergelassene Fenster entgegenhechelte, erübrigte sich die Frage. Er öffnete ihr die Tür und scheuchte die Hündin in den Fond. Dann ging er zur Fahrerseite hinüber und stieg ein.

Valerie fühlte sich beschwingt. Nachdem sie schon geglaubt hatte, er würde sie versetzen, war sie von seiner herzlichen Begrüßung geradezu überrollt worden. Verstohlen lugte sie zu ihm hinüber. Er wirkte noch immer fröhlich, beinahe aufgekratzt.

Zielsicher steuerte Konstantin den Wagen zum Parkplatz Mautstelle. »Von hier aus ist es ein Spaziergang von ungefähr einem Kilometer zu den Wasserfällen«, erklärte er.

Seine Überschwänglichkeit war längst auf Valerie übergeschwappt, und sie musste an sich halten, um nicht nach seiner Hand zu greifen, als sie losspazierten. Die Abendsonne blinzelte golden durch die Bäume und verlieh der Szene zusätzlichen Charme. Der Weg war breit und gut befestigt. Auch später in der Dämmerung würden sie keine Probleme haben, ihn wieder zurückzugehen. Doch daran wollte Valerie noch gar nicht denken, sondern erst einmal ihren gemeinsamen Abendspaziergang genießen.

Fee ging artig an der Leine, anscheinend war dies nicht ihr erster Spaziergang heute, und sie hatte ihren Bewegungsdrang schon ausleben können. Eine Familie mit einem jungen

Mädchen kam ihnen entgegen. Die Kleine fragte, ob sie Fee streicheln dürfe, und so blieben sie kurz stehen. Sonst trafen sie niemanden auf ihrem Weg. Die Zeit verging, als hätte jemand an der Uhr gedreht. Valerie hätte wetten können, dass sie nur ein paar Minuten unterwegs gewesen waren, als sie die Wasserfälle erreichten. Ein kleiner Rundweg führte um sie herum. Die Rottach ergoss sich hier über mehrere Kaskaden hangabwärts. Valerie konnte nicht umhin, zu bemerken, dass Konstantin sich ein sehr idyllisches, um nicht zu sagen romantisches Fleckchen für ihren gemeinsamen Ausflug ausgesucht hatte. Hatte das etwas zu bedeuten? Oder interpretierte sie zu viel hinein, und er hatte einfach Freude an dem hübschen Naturschauspiel?

Sie warf ihm einen verstohlenen Seitenblick zu. Er war an der hölzernen Absturzsicherung stehen geblieben und betrachtete die plätschernde Rottach. Das aufgewühlte Wasser funkelte in der tief stehenden Sonne, als schwämmen Edelsteinchen darin.

Valerie trat einen kleinen Schritt näher an ihn heran und fädelte ihren Arm vorsichtig um seinen, um sich bei ihm einzuhängen. Ein Schmunzeln umspielte seine Lippen, als er mit seiner Hand über ihre strich, die nun sachte auf seinem Unterarm lag.

Nun wurde Fee doch etwas ungeduldig und zog an der Leine. Arm in Arm setzten sie ihren Weg fort.

Schon die Wanderung zu den Wasserfällen war Valerie viel zu kurz erschienen. Die Zeit, die sie für den kleinen Rundweg brauchten, verstrich quasi im Flug. Sie hatte das Gefühl, dass sie, kaum hatten sie sich in Bewegung gesetzt, auch schon wieder an der Ausgangsstelle angekommen waren. Gerne wäre Valerie noch ein Weilchen hiergeblieben, doch es dämmerte bereits merklich. Zwar waren die Blätter noch von sattem Grün, doch mit den kürzer werdenden Tagen hatte der September schon die ersten Anzeichen des Herbstes gebracht. Auf dem Weg zurück zum Auto fühlte sie sich glücklich und bedrückt zugleich. Sie hätte den Moment gerne länger ausgekostet.

Valerie überlegte angestrengt, was sie Konstantin als Wiedersehen vorschlagen konnte, während er den Wagen zu ihrem Hotel zurücksteuerte. Wenn sie jetzt die Gelegenheit verpasste, sich mit ihm zu verabreden, würde sie wieder tagelang in der Luft hängen, auf seine Kontaktaufnahme warten oder unangemeldet an der Hütte auftauchen müssen. Schließlich war er dort oben ja telefonisch nicht erreichbar. Doch je näher sie ihrem Hotel kamen, desto weniger wollte ihr etwas einfallen. Mit Fee im Schlepptau konnte sie ihn ja nicht einmal fragen, ob er mit reinkommen und mit ihr zu Abend essen wollte. Schließlich hielt er auf dem Parkplatz des Hotels an.

»Es war ein schöner Ausflug, danke, dass du mir die Wasserfälle gezeigt hast«, sagte Valerie.

»Nur etwas kurz«, sprach er ihr aus der Seele. »Entschuldige noch mal, dass ich so spät dran war.«

Valerie winkte ab. »Du hattest ja einen guten Grund.«

»Ich melde mich, sobald die sieben Todsünden fertig sind.«

Enttäuschung breitete sich in Valerie aus. Sie würden sich also vorerst nicht wiedersehen. Sah er doch nur die Agentin in ihr? Sie hätte schwören können, dass da etwas zwischen ihnen war, doch womöglich hatte sie ihr nun gutes Verhältnis tatsächlich überinterpretiert.

Sie lächelte ihn unverbindlich an und ließ ihren Sicherheitsgut aufschnappen. Da beugte er sich auf einmal zu ihr herüber und küsste sie. Valerie war so überrascht, dass sie eine Sekunde brauchte, ehe sie seinen Kuss erwiderte. Ihr Kopf, durch den gerade eben noch so viele Gedanken gepurzelt waren, war nun völlig leer. Sie konzentrierte sich vollkommen auf die zärtliche Berührung seiner Lippen, auf die Spitze seiner Zunge, die ihre sachte anstupste. Da spürte sie plötzlich etwas Feuchtes an ihrer Wange, und sein Lachen unterbrach ihren Kuss. Irritiert öffnete Valerie die Augen und musste erkennen, dass Fee auf die Mittelkonsole geklettert war und den kleinen Kopf zwischen ihre Gesichter drängte.

»Ich glaube, Fee ist eifersüchtig«, meinte Konstantin amüsiert.

Valerie tätschelte der Hündin lächelnd den Kopf. Der Moment war zwar dahin, doch als sie ausstieg, spürte sie noch immer Konstantins Kuss auf ihren Lippen.

21

Valerie fühlte sich, als hätte sie über Nacht zehn Kilo abgenommen oder als hätte die Erdanziehungskraft nachgelassen. Beschwingt und leichtfüßig hüpfte sie aus dem Bett. Dieses flatterige Gefühl im Bauch hatte sie schon lange nicht mehr so stark gespürt. Alessandro wäre sicherlich beleidigt gewesen, wüsste er, dass er dieses Gefühl nicht annähernd bei ihr ausgelöst hatte. Doch mit ihm war es einfach anders gewesen als mit Konstantin – lustiger, leichter einerseits, aber eben auch weit weniger gefühlsintensiv.

Leider war sie sich ziemlich sicher, dass Konstantin sich erst einmal nicht bei ihr melden würde, auch wenn sie sich gestern geküsst hatten. Er war eben Künstler durch und durch, und sicherlich stand heute und vielleicht auch noch die nächsten Tage das Fertigstellen der sieben Todsünden auf seinem Plan.

In der Rolle der Wartenden gefiel sich Valerie allerdings ganz und gar nicht. Sie war einfach nicht der Typ, der nun einfach ausharrte und hoffte, dass er sich bei ihr meldete. Zumindest wollte sie dieser Typ Frau nicht sein, auch wenn sie sehr wohl immer wieder auf ihr Handy schaute, ob er ihr nicht vielleicht doch eine Nachricht geschrieben hatte oder ihr womöglich ein Anruf von ihm entgangen war. Sie legte das Mobiltelefon nach einer weiteren vergeblichen Überprüfung zur Seite. Wahrscheinlich sollte sie nach München zurückkehren, bevor sie noch anfing, sich selbst zu nerven.

Etwas ratlos rührte Valerie beim Frühstück in ihrer Kaffeetasse. In München könnte sie sich schon mal weiter um die Organisation der Ausstellung für Konstantins Bilder kümmern. Ein passendes Catering zum Beispiel hatte sie noch nicht ausgesucht. Auch die Presse musste sie einschalten, sobald die Location feststand. Langsam, aber sicher galt es, ihre Planungen zu konkretisieren. Schließlich war Konstantin wieder voll in seinem Element und der Abschluss der Gemäldereihe nur eine Frage der Zeit.

Eine mögliche Location hatte sie bereits gefunden, obwohl sie den beiden schicken Hotels, die anfänglich auf ihrer Liste standen, abgesagt hatte. Denn nicht nur Konstantin als bekannter Künstler, auch die Thematik der sieben Todsünden erforderte nach Valeries Meinung ein außergewöhnliches Ambiente. Und der alte Industriecharme der kleinen Halle, in der früher einmal eine Gießerei gewesen war, hatte ihr auf Anhieb gefallen. Hundertprozentig zufrieden war sie damit dennoch nicht. Valerie hielt inne, als ihr ein Gedanke kam. Sie hatte wegen des Sündenthemas nach einem schlichten, kargen Ambiente gesucht, doch vielleicht war das gar nicht der beste Ansatzpunkt. Ein Sakralbau! Das wäre doch eine dem Thema angemessene und höchst feierliche wie auch ungewöhnliche Variante. Sie meinte, sich zu erinnern, dass es in München mehrere Universitätskirchen gab. Diese Einrichtungen galten unter anderem als kulturelle Zentren. Dort würde sie mit ihrer Idee sicherlich auf offene Ohren stoßen.

Damit war es also beschlossen, Valerie würde die Heimreise nach München antreten. Prompt fühlte sie sich allem Aktionismus zum Trotz etwas wehmütig angesichts ihrer Entscheidung, die Gegend zu verlassen. Doch diesmal lag es nicht an ihrem geliebten Tegernsee, sondern natürlich an Konstantin. Unwillkürlich fuhr sie sich mit den Fingerspitzen über die Lippen. Der Gedanke an den überraschenden Abschiedskuss in Konstantins Auto ließ sie lächeln.

Sie hatte etwa die halbe Strecke auf der A 8 in Richtung Norden hinter sich gebracht, als ihre Mutter anrief. Über die Freisprechanlage des Fiats klagte sie Valerie ihr Leid, dass ihre Genesung nicht die Fortschritte machte, die sie sich wünschte. »Ich laufe noch nicht richtig gut. Wie eine alte Oma«, beklagte sie sich.

Hedy war schon immer furchtbar eitel gewesen. Sicherlich machte der Zahn der Zeit irgendwann auch Menschen zu schaffen, die nicht ganz so sehr auf Äußerlichkeiten bedacht waren wie ihre Mutter. Für Hedy aber war das von jeher ein heikles Thema. Valerie konnte nachvollziehen, dass sie unter ihrer aktuellen Situation litt, auch wenn sie ihren Jugendwahn in der Vergangenheit oft nicht hatte ernst nehmen können.

»Das braucht eben seine Zeit. Du wirst sehen, bald bist du wieder fit und agil, und keiner sieht an deinem Gang mehr die geringste Spur einer kaputten Hüfte«, versuchte sie, sie zu trösten.

»Dein Wort in Gottes Ohr.«

»Sicher. Archie hat doch vor ein paar Tagen auch gesagt, dass du super Fortschritte machst.«

»Ach der.«

Valerie stutzte. Normalerweise ließ Hedy kein auch nur in Ansätzen kritisches Wort auf ihren Partner kommen. »Was ist? Habt ihr euch gestritten.«

»Nein. Du kennst ihn doch, er streitet nicht. Nie.«

»Warum hörst du dich dann so verärgert an?«

»Weil er mich im Stich lässt!«, rief Hedy anklagend. »Heute Morgen ist er zurück nach München gefahren.«

»Na, er kann ja nicht endlos Urlaub bei dir in Thüringen machen. Das geht irgendwann ins Geld. Schließlich ist er nicht wie du zur Reha dort, sondern muss seine Pension bezahlen«, nahm Valerie ihn in Schutz.

»Das ist es nicht, Geld hat er genug. Sein Boiler ist seit einer Weile kaputt, und nun hat sich endlich der Vermieter gemeldet. Heute Nachmittag soll er ausgetauscht werden. Archie will vor Ort sein, wenn der Handwerker kommt.«

»Na, das scheint mir dann doch ein guter Grund für seine Heimreise zu sein.«

»Ja, vielleicht. Vielleicht hat er aber auch die Schnauze voll von mir. Durch diese Hüft-OP hat er womöglich gemerkt, dass ihm der Altersunterschied zwischen uns doch zu viel ist.«

Valerie rollte mit den Augen. Meine Güte, Hedy war wirklich ein Prinzesschen, und das würde sie wohl auch mit neunzig Jahren noch sein. »Nun lass dich nicht so hängen. Wenn ihm etwas zu viel sein sollte, dann sicherlich nicht euer Altersunterschied, sondern dein Gejammer.«

»Du bist unbarmherzig.«

»Ja, das habe ich von dir. Aber ich will mal nicht so sein. Meine Anwesenheit kann Archies Fürsorge nicht ersetzen, das ist mir völlig klar. Aber wenn du möchtest, komme ich nicht erst am Donnerstag, um dich abzuholen, sondern schon einen Tag früher und überprüfe, ob du deine Übungen ordentlich machst. Nicht dass du da die ganze Zeit nur herumsitzt und Kuchen isst.«

Valerie konnte ihre Mutter in diesem Moment zwar nicht sehen, aber sie war sich sicher, dass sie sie mit ihrer Stichelei zum Schmunzeln gebracht hatte.

»Ja bitte«, antwortete Hedy schließlich. »Und wenn du brav bist und nicht die ganze Zeit so schnippisch, gebe ich dir auch ein Stück Kuchen aus.«

22

Hedys Rehaklinik glich einem großen Kurhotel. Innen herrschte mit höhenverstellbaren Betten, robusten Gussböden und Haltegriffen in den breiten Gängen zwar Krankenhausflair, aber der gepflegte Park, der sich weitläufig um das Klinikgebäude herum erstreckte, machte einiges wett. Hedy und Valerie passierten eine Gruppe riesiger Rhododendren. Leider war ihre Blühzeit längst vorbei. Hedy hatte gelesen, dass anhaltende Trocken- und Wärmephasen zu einer zweiten Blüte im Spätherbst führen konnten. Manche Knospen gingen dann vorzeitig auf und warteten nicht auf den nächsten Frühling. Doch dafür wiederum war es noch zu früh.

Wie zum Ausgleich hatte man hinter den sattgrünen Rhododendren Chrysanthemen gepflanzt. Üppige Wolken an Blüten in Orange, Violett und Weiß wuchsen entlang einer Seite des Weges.

»Du läufst doch schon wieder ganz gut«, meinte Valerie.

Hedy schnaubte unwirsch.

»Okay, ein Wettrennen wirst du jetzt nicht gewinnen«, räumte Valerie ein, »aber ich habe auch nicht das Gefühl, dass du unsicher auf den Beinen bist.«

Hedy hatte den Rollator mit einem vernichtenden Blick in ihrem Zimmer stehen lassen und sich stattdessen ihre Krücken geschnappt. Und ihr Spaziergang durch den Park klappte auch ohne das Wägelchen erstaunlich gut.

»Richtig unsicher vielleicht nicht, aber Treppen und unebene Böden sind noch ein Problem. Und du spürst ja nicht, was ich spüre.« Sie verzog leidend das Gesicht.

»Tut es noch sehr weh?«, fragte Valerie mitfühlend.

»Es ist verschieden. An manchen Tagen merke ich schon gar nichts mehr. Aber heute zum Beispiel spür ich es deutlich.«

»Wir müssen es ja auch nicht übertreiben mit unserem

Spaziergang. Lass uns da vorne abbiegen und zurücklaufen. Oder möchtest du direkt umkehren?«

Hedy schüttelte den Kopf und ging mit verbissener Miene weiter. Es dauerte einige Zeit, bis sie die kleine Runde bewältigt hatten. Hedy wirkte erschöpft, als sie sich zurück in ihr Bett wälzte.

Valerie reichte ihr etwas zu trinken. »Ich würde vorschlagen, du kümmerst dich erst mal weiter darum, wieder ganz gesund zu werden. Und ich organisiere die Brauer-Ausstellung«, schlug sie vor. Sie hatte fest mit Widerstand gerechnet, doch nach kurzem Zögern nickte Hedy tatsächlich.

»Tu das. Aber halte mich auf dem Laufenden, ja?«

»Natürlich.« Valerie zog sich einen Stuhl heran und setzte sich. »Ich spiele mit dem Gedanken, die Vernissage in einer Kirche zu machen wegen des Sündenthemas. Was hältst du davon?«

Hedy zog im ersten Moment überrascht die Augenbrauen hoch. »Interessante Idee. Aber ob du eine findest, in der die Geistlichen das mitmachen?«

»Da hatte ich auch erst Bedenken. Aber ich habe schon ein bisschen recherchiert und entdeckt, dass zum Beispiel die Universitätskirche St. Markus ihre Räumlichkeiten für Veranstaltungen vermietet. Die Lage ist perfekt. Und das Kirchenschiff wäre vom Flair her phantastisch, ist aber mit seinen fünfundzwanzig Metern Länge auch sehr groß. Ich muss es mir vor Ort einmal ansehen.«

»Das klingt vielversprechend.«

Valerie lächelte. Kein Widerstand und nun sogar ein Lob. Das neue Hüftgelenk hatte ihre Mutter anscheinend etwas gezähmt. Oder war das etwa einsetzende Altersmilde? Sie musste aufpassen, den Gedanken nicht in einem unbedachten Moment laut auszusprechen.

Sie tauschten sich noch ein bisschen über verschiedene Catering-Anbieter aus, mit denen Hedy schon zusammengearbeitet hatte.

»Rede ruhig auch mal mit Brauer, wie er sich die Ausstellung vorstellt. Manche wollen mit diesem kommerziellen Teil ja nicht viel zu tun haben, aber er weiß gern, woran er ist. Den kannst du voll mit einbeziehen.«

Valerie würde ihrer Mutter nicht auf die Nase binden, dass sie ihn nicht anrufen wollte, sondern darauf hoffte, dass er sich bald bei ihr meldete. Sie würde das als kindisch abtun, und vielleicht war es das auch.

»Gab es eigentlich noch Beschwerden wegen deiner Vertragsergänzung?«

»Nein. Ein paar haben es in den falschen Hals bekommen, wie du prophezeit hattest, aber ich konnte alles klären.« Valerie war froh um den Themenwechsel.

»Und wie viele haben schon unterschrieben?«

»Puh, das weiß ich gerade gar nicht so genau. Vielleicht liegen morgen wieder ein paar Unterschriften in der Post, dann bringe ich dich auf Stand.«

»Was sagt denn Brauer zu diesem KI-Thema? Hat er unterschrieben?«

So viel zum Themenwechsel. »Es hat ihn nicht besonders interessiert, denke ich. Er hat kommentarlos unterschrieben. Er ist wohl auch nicht der Typ, der so etwas nutzt, deshalb spielt diese Vertragsänderung für ihn wahrscheinlich keine Rolle.«

»Seid ihr denn noch regelmäßig in Kontakt?«, fragte Hedy neugierig nach. Sie wirkte auf einmal, als würde sie förmlich wittern, dass Valerie ihr nicht alles gesagt hatte.

»Was verstehst du denn unter regelmäßig?«

Hedy kniff die Augen zusammen. Natürlich entging ihr nicht, dass Valerie ihrer Frage auswich. »Wie hat er überhaupt auf diesen Internetartikel reagiert? Wie ich ihn einschätze, war er *not amused*.«

Valerie biss sich auf die Unterlippe. Genau das hatte sie auch befürchtet und das Thema ihm gegenüber deshalb nicht angesprochen. »Wir haben nicht darüber geredet.«

»Tatsächlich? Na, dann kann euer Kontakt ja nicht so regelmäßig sein, wie ich befürchtet hatte.«

Valerie fixierte ihre Hände, die in ihrem Schoß lagen, und verschränkte die Finger ineinander. Cool bleiben.

»Anscheinend bleibt es dein Geheimnis, wie du ihn wieder zum Malen gebracht hast«, fuhr ihre Mutter schließlich fort, als sie nicht auf ihre Provokation einging. »Aber spannend ist es trotzdem. Ich hätte nie gedacht, dass wir dieses Jahr noch eine Brauer-Ausstellung haben würden. Mach sie aber nicht zu früh. Bis dahin will ich wieder fit sein.«

»Das wirst du. Sie sollte aber noch im Herbst stattfinden, bevor der ganze Weihnachtsrummel startet. Die Info, dass er nicht nur ein Bild gemalt hat, sondern an einer Serie arbeitet, wurde ja längst gestreut, ich musste sie nur bestätigen.«

Hedy nickte nachdenklich. Dann streckte sie sich zu ihrem Rollcontainer, der als Nachtkästchen diente, und zog aus der Schublade einen Handspiegel hervor. Kritisch betrachtete sie sich. »Diese Vernissage wird für einigen Rummel sorgen.«

»Das wollen wir doch hoffen, oder?«

»Ja. Aber aller Augen werden auf uns gerichtet sein. Nun gut, in erster Linie natürlich auf Brauer und seine Kunst, aber auch ein bisschen auf uns.«

»Worauf willst du hinaus?«

»Ich überlege, ob ich mich auch äußerlich ein bisschen restaurieren lassen sollte.« Sie zog die Haut an ihrer Wange zurück.

»Ein Lifting? Du bist unverbesserlich! Da hast du gerade die eine OP hinter dich gebracht und denkst schon an die nächste?«

Hedy zuckte mit der Schulter, den Blick weiter auf ihr Spiegelbild gerichtet. »Der Zeitpunkt wäre günstig, da ich ja eh schon ausfalle. Niemand würde es mitbekommen. Und wie es aussieht, hast du ja tatsächlich alles im Griff.«

Valerie überging ihren letzten Satz, aus dem sie deutlich heraushören konnte, dass ihre Mutter sich da nicht so sicher gewesen war. Obwohl sie natürlich gern hörte, dass sie ihr die Agenturvertretung nun endlich ohne weitere Zweifel zutraute, war sie von der Lifting-Idee wenig begeistert. »Eine Operation ist immer mit einem gewissen Risiko verbunden. Und darf ich dich daran erinnern, dass du vor deiner Hüft-OP ganz schön Schiss hattest?«

»Papperlapapp. So ein bisschen Hautstraffung ist doch damit überhaupt nicht vergleichbar. Ich hab das eine geschafft, dann schaffe ich das andere erst recht.«

Valerie hob ergeben beide Hände und lehnte sich in ihrem Stuhl zurück. Wenn Hedy sich einmal etwas in den Kopf gesetzt hatte, war es zwecklos, sie davon abbringen zu wollen. Je mehr sie nun dagegenredete, desto überzeugter von ihrer Idee würde ihre Mutter am Ende sein. Und wenn sie ehrlich war, fand sie den Gedanken, dass Hedy sich nach ihrer Reha noch ein paar weitere Wochen aus dem Agenturgeschäft raushalten und stattdessen ihre Wunden lecken würde, durchaus verlockend.

23

Valerie hatte Hedy nach Hause gefahren, wo Archie schon auf sie gewartet und sie mit einem großen bunten Blumenstrauß in Empfang genommen hatte. Die beiden waren wirklich süß miteinander. Und Valerie war beruhigt, sie in guten Händen zu wissen.

Sie fuhr direkt weiter in die Agentur. Im Postkasten hatten sich einige Briefe angesammelt, und ein paar davon waren tatsächlich unterzeichnete Vertragsergänzungen. Valerie hatte ihrer Mutter also nicht zu viel versprochen. Inzwischen hatte gut die Hälfte der Künstler, die bei ihr unter Vertrag standen, den KI-bezogenen Ergänzungsteil unterschrieben, und Valerie war zuversichtlich, dass noch einige weitere folgen würden. Sie scannte die neu dazugekommenen Schriftstücke ein und legte sie auf dem Laufwerk in den jeweiligen Künstlerkarteien ab. Die Originale heftete sie ab, nachdem sie sie in der Liste sämtlicher Adressaten abgehakt hatte, um den Überblick zu behalten. Ihre Mutter, die bei der Büroarbeit recht akribisch war, würde begeistert sein.

Das Telefon auf dem Schreibtisch blinkte auf, blieb jedoch stumm. Stattdessen klingelte es in Valeries Jacke, die vorne am Kleiderhaken hing. Sie hatte vergessen, die Rufumleitung zu deaktivieren. Eilig stand sie auf, durchquerte das Büro und nahm das Telefonat an. Es war Konstantin. Sie versuchte, sich nicht zu sehr anmerken zu lassen, wie sehr sie sich über seinen Anruf freute. Es gelang ihr nicht wirklich gut, zumal er tolle Neuigkeiten hatte: Die sieben Todsünden waren abgeschlossen.

»Phantastisch! Ich gratuliere dir von Herzen.«

»Danke. Aber das Lob gebührt auch dir, du warst an der Entstehung ja nicht ganz unbeteiligt.« Sie hörte an seinem Tonfall, dass er schmunzelte.

»Das stimmt wohl. Und die Habgier ist immer noch mein absolutes Lieblingsbild.«

Er lachte auf. »Du lügst wie gedruckt!«

»Nein, wie gemalt«, konterte sie kichernd.

Ach, was war es schön, seine Stimme zu hören und mit ihm zu schäkern. Schon das Telefonieren mit ihm zauberte Valerie ein warmes Gefühl in die Brust, obwohl er doch ungefähr eine Stunde Fahrzeit von ihr entfernt war.

Aber vielleicht ließ sich das ja ändern. »Ich habe zwei Locations für die Ausstellung deiner sieben Todsünden im Visier. Möchtest du sie dir mit mir ansehen?«

»Sehr gerne. Ich habe morgen nichts vor.«

Wunderbar, das ging ja einfacher, als sie erwartet hatte.

»Dann hoffe ich mal, dass wir das so spontan hinkriegen und uns das Wochenende keinen Strich durch die Rechnung macht. Eine davon steht nämlich leer, es kann daher sein, dass dort nicht ständig jemand verfügbar ist. Ich rufe gleich mal bei den beiden Locations an, ob wir morgen vorbeikommen können.«

»Ich könnte auch heute schon. Marlene arbeitet Teilzeit, von Montag bis Mittwoch. Ab heute hat sie also Zeit für Fee. Ich nehme sie nicht so gerne mit in die Stadt. Sie darf ja nicht überall rein, und ich mag sie nicht draußen anbinden und allein lassen.«

Seine Sorge um Fee rührte Valerie. Und die Aussicht darauf, dass sie ihn vielleicht schon heute wiedersehen würde, machte sie ganz kribbelig. »Das verstehe ich. Die Kleine ist ja auch ein echter Wirbelwind und die Natur gewohnt. Wahrscheinlich gefällt es ihr hier in der Stadt gar nicht so.«

»Ja, das denke ich auch.«

»Gut, dann melde ich mich wieder bei dir, sobald ich geklärt habe, wann wir die Räumlichkeiten besichtigen können«, schlug Valerie vor. Wenn es nach ihr ginge, sollte Konstantin sich sofort ins Auto setzen und herkommen. Doch das konnte sie ihm nicht sagen, denn er hatte ja eher aus geschäftlichen Gründen angerufen als aus privaten. Oder nicht? Sie war sich unsicher. Jedenfalls sprach er den Kuss mit keiner Silbe an, obwohl Fee eine Steilvorlage dafür gewesen wäre. Immerhin hatte die kleine Hündin ihren romantischen Moment im Auto unterbrochen.

»Wie geht es dir überhaupt?«, fragte er da. »Du bist ja gleich nach unserem letzten Treffen abgereist. Hattest du viel zu tun?«

Valerie hielt verblüfft inne. »Woher weißt du denn das?«, fragte sie, anstatt auf seine Fragen zu antworten.

»Ich hatte Lisbeth gebeten, eine Nachricht für dich im Hotel zu hinterlassen. Ich wollte dich zum Abendessen einladen.«

Valeries Gedanken schlugen Purzelbäume. Da war sie also doch etwas zu voreilig abgereist. Sie hatte einfach nicht damit gerechnet, dass Konstantin in seinem kreativen Endspurt Zeit für sie haben würde. »Oh.« Das hatte sie ja schön vermasselt. »Entschuldige. Ich dachte, du brauchst bestimmt Ruhe und willst dich auf die Vollendung deiner Gemälde konzentrieren.«

»Schon okay. Die Bilder sind ja jetzt fertig. Außerdem können wir das Abendessen nachholen, wenn ich nach München komme. Sofern du Lust dazu hast.«

»Das wäre toll«, sagte Valerie erfreut. Jetzt musste sie erst recht zusehen, dass sie die beiden Locations zeitnah besichtigen konnten. Denn sosehr es ihr schmeichelte, dass Konstantin versucht hatte, sie zu erreichen, und sich nicht wie angenommen rargemacht hatte, sie war keineswegs sicher, ob er auch ohne beruflichen Anlass zu ihr nach München kommen würde.

Als sie das Gespräch beendet hatten, lehnte sie sich in Hedys Schreibtischsessel zurück und atmete tief durch. Sie hatte ganz vergessen, wie anstrengend es war, dieses Verliebtsein mit seinem Herzklopfen, den heißen Wangen und vielen kleinen Unsicherheiten. Ihr Blick wanderte zu Konstantins Gemälden, die noch immer auf Staffeleien an der Seitenwand des Büros standen. Trotz der grausigen Ausgestaltung zauberte ihr die Habgier ein Lächeln ins Gesicht. Denn es war nicht nur anstrengend, das Verliebtsein. Es war auch ganz zauberhaft.

Mit neuem Elan suchte Valerie die abgespeicherten Telefonnummern heraus und rief bei der leer stehenden Gießereihalle und der Universitätskirche an. Beide Locations hatten ihren ganz eigenen Charme. Sie war gespannt, was Konstantin dazu sagen und welche ihm besser gefallen würde. Sie hatte Glück, beide Ansprechpartner waren erreichbar und sagten ihr einen Besichtigungstermin für den morgigen Freitag zu. Lieber wäre es Valerie natürlich gewesen, sie hätte Konstantin heute noch nach München lotsen können. Aber die Aussicht darauf, ihn morgen zu sehen, zog ihre Mundwinkel ebenfalls nach oben.

Sie rief Konstantin zurück. Er war sofort am Telefon, als hätte er auf ihren Anruf gewartet. Vielleicht lag das Handy aber auch nur noch immer in seiner Nähe, dachte Valerie und ermahnte sich, nicht zu viel in die Situation hineinzuinterpretieren. Dass er beteuert hatte, auch heute schon Zeit zu haben, und die Information, dass er sie ausführen wollte, hatte sie durchaus ein bisschen aus dem Konzept und ihre Nerven zum Flattern gebracht.

Konstantin reagierte erfreut und versprach, am nächsten Tag gleich morgens loszufahren. Sie würden sich in der Agentur treffen und zusammen zur ersten Besichtigung fahren. Die letzten Bilder wollte er aber noch nicht mitbringen, da zumindest Hochmut und Neid vor dem Transport lieber noch etwas trocknen sollten.

Valerie überlegte, ob es nicht noch irgendetwas zu besprechen gab, was ihn ein bisschen länger in der Leitung hielt, doch ihr wollte nichts einfallen. Also verabschiedete sie sich.

»Ich freu mich auf morgen«, sagte er.

»Ich mich auch.« Und wie!

24

Valerie hatte sich nicht nur ein Mal ausgemalt, wie das Wiedersehen mit Konstantin wohl werden würde. Am liebsten wäre es ihr, sie würden genau da weitermachen, wo sie bei ihrem letzten Treffen aufgehört hatten. Aber sie konnte und wollte ihm natürlich nicht einfach um den Hals fallen.

Schließlich sorgte ein Unfall mit kilometerlangem Stau auf der A 8 dafür, dass sich all ihre Gedanken bezüglich ihrer Begrüßung in Hektik auflösten. Konstantin kam mit einiger Verspätung in der Agentur an, und so mussten sie sich beeilen, um die Gießereihalle noch pünktlich zu erreichen. Doch selbst wenn sie zu spät gekommen wären, hätte das der Anbieterin, Frau Sperber, wohl nichts ausgemacht. Als Konstantin ihr die Hand gab, umfasste sie sie mit beiden Händen, schüttelte sie und deutete gar eine Verbeugung an.

»Es ist mir eine Freude und eine Ehre, Herr Brauer. Ich bin ein großer Fan Ihrer Arbeit!«, sagte sie mit ehrfürchtiger Miene und wollte ihn anscheinend gar nicht mehr loslassen.

Konstantin bedankte sich höflich. Er wirkte etwas überfordert. Valerie ging es da nicht anders. Für ihren Geschmack hielt Frau Sperber seine Hand eindeutig zu lange fest. Auch fiel ihr auf, dass sich die junge Brünette ganz schön in Schale geworfen hatte. Ihr Blick blieb an ihrem tiefroten Lippenstift hängen.

Frau Sperber führte sie herum, wobei sie ausschließlich mit Konstantin sprach. Valerie tappte als quasiunsichtbares Anhängsel neben den beiden her und war hin- und hergerissen, ob sie sich über das Verhalten der Anbieterin ärgern oder amüsieren sollte. Schließlich zog sich Frau Sperber zurück, damit sie sich noch mal in Ruhe umsehen und sich beraten konnten. Na endlich.

Die Gießerei lag recht zentral in Lehel im Osten der Altstadt. Bei der Renovierung hatte man darauf geachtet, den einstigen Industriecharme zu erhalten, und das war auch sehr gut gelungen. Dunkle Stahlstreben hoben sich in hübschem Kontrast von den weiß getünchten Wänden ab. Die oben abgerundeten großen Fenster und der Betonboden rundeten das Fabrikflair ab. In der Nähe des Eingangsbereichs hatte man eine moderne Küche eingebaut, was das Catering sicherlich begrüßen würde, und auch die sanitären Anlagen waren auf dem neuesten Stand und mit dunklen Fliesen in Schieferoptik passend zum Ambiente saniert. Einzig die Beleuchtung der Halle überzeugte Valerie nicht hundertprozentig. In regelmäßigen Abständen hingen große metallene Lampenschirme von der hohen Decke, die man innen goldfarben bemalt hatte. Sie passten optisch ausgezeichnet ins Gesamtkonzept, doch um die Bilder perfekt in Szene zu setzen, würde sie sich etwas anderes überlegen müssen, zusätzliche Strahler vielleicht.

Sie warf Konstantin einen Seitenblick zu, während sie gemeinsam durch die Halle schritten. Er hatte die Hände auf dem Rücken ineinandergelegt und blickte sich aufmerksam um.

»Na, was sagst du?«, wollte sie wissen.

»Ich finde es toll.« Er drehte sich einmal um die eigene Achse und nickte anerkennend. »Man könnte die Bilder von den Stahlstreben hängen lassen. Das wäre doch cool, oder?«

Zufrieden folgte sie ihm. Seinem Gesichtsausdruck war anzusehen, dass er bereits eine genaue Vorstellung davon hatte, wie die fertige Ausstellung aussehen könnte. »Schöne Idee. Wir müssten uns allerdings wegen der Beleuchtung noch etwas überlegen.«

Sein Blick wanderte über die metallenen Lampenschirme. »Ja, du hast recht, das Licht dürfte etwas zu diffus sein. Vielleicht können wir noch einmal herkommen, wenn es dunkel ist.«

»Bestimmt. Und mit zusätzlichen Strahlern könnte man

die Bilder davon unabhängig sicherlich sehr gut in Szene setzen.«

Er nickte. »Alles in allem finde ich den Ort jedenfalls sehr schön. Er wirkt so zeitlos, Alt und Neu verbinden sich hier ganz wunderbar.«

»Ja, das finde ich auch. Schön, dass es dir gefällt.« Valerie freute sich, Konstantins Geschmack getroffen zu haben. Gemeinsam drehten sie noch eine Runde durch den Raum. »Möchtest du die zweite Location trotzdem noch sehen, oder hast du dich schon entschieden?«, flüsterte Valerie, ehe sie wieder bei der Küche ankamen, in der Frau Sperber auf sie wartete.

»Natürlich will ich sie sehen. Du hast sie schließlich ausgesucht.«

Sie verabschiedeten sich und versprachen, sich zeitnah zu melden. Frau Sperber blickte Konstantin mit ihren großen Rehaugen an und beteuerte feierlich, sie werde die Location selbstverständlich für ihn frei halten, bis er sich entschieden hatte, und er solle sich ruhig Zeit lassen. Valerie schmunzelte in sich hinein. So hatte diese Schwärmerei ja doch noch etwas Gutes.

Die Kirche St. Markus war ebenfalls sehr günstig gelegen, nämlich mitten im Universitätsviertel, damit zwar etwas weniger zentral, aber passenderweise direkt neben der Pinakothek der Moderne. Sie waren beide gut zu Fuß, doch um pünktlich zu sein, nahmen sie sich ein Taxi in die Maxvorstadt. Als sie ausstiegen und Valerie auf die Kirche deutete, blieb Konstantin kurz stehen und nahm sich einen Moment Zeit, um sie zu betrachten. Sein Blick wanderte die orangerote Fassade hinauf und wieder hinab.

»Wow, also deine Locationauswahl gefällt mir. Ich weiß jetzt schon, dass das eine schwierige Entscheidung wird.«

Valerie lächelte stolz, und sie gingen gemeinsam auf das Bauwerk zu und damit auch auf den Mann, der vor dem Eingang stand. Er war dunkel und schlicht gekleidet und kam ihnen mit erfreuter Miene ein paar Schritte entgegen.

»Herr Professor Holdermann?«

»Das bin ich, Frau Gschwendt. Sehr erfreut.«

Sie schüttelten sich die Hände.

»Und Sie sind also Herr Brauer? Herzlich willkommen in unserer schönen Universitätskirche.«

Professor Holdermann versprach nicht zu viel, das Bauwerk war wirklich eine Augenweide. Valerie konnte sich sehr gut vorstellen, dass die sieben Todsünden sich in diesem Ambiente doppelt gut machen würden. Allerdings war das imposante Kirchenschiff mit seinen vierhundertfünfzehn Quadratmetern tatsächlich etwas groß, auch wenn Valerie es auf Anhieb perfekt fand. Der Professor führte sie herum, erklärte alles und stellte ihnen die verschiedenen mietbaren Räume vor. Auch Konstantin war deutlich anzusehen, dass er in erster Linie das Kirchenschiff ins Visier nahm; der Konzertsaal war zwar ebenfalls schön, weckte jedoch anscheinend auch bei ihm weniger Interesse.

»Für das Kirchenschiff haben wir teilweise schon Buchungen für Jahre im Voraus, aber jetzt im Oktober und November sieht es noch ganz gut aus«, erzählte Professor Holdermann. »Sehen Sie sich in Ruhe um.« Er trat ein paar Schritte zurück und bedeutete ihnen mit einladender Geste, auf Erkundungstour zu gehen. Valerie und Konstantin durchquerten das Kirchenschiff mittig in Richtung des Altarraumes mit seinen hohen Buntglasfenstern. Säulen und Bögen rahmten das Hauptschiff zu beiden Seiten ein.

»Beeindruckend«, murmelte er.

»Ja, eine außergewöhnliche Location, ohne Zweifel.«

Konstantin blieb stehen und drehte sich langsam einmal um die eigene Achse, wobei er die Wände und Säulen mit seinem Blick abzutasten schien. »Das ist wirklich eine schwierige Entscheidung. Welche Location findet du besser?«

Valerie überlegte. »Diese hier ist, wie du schon sagst,

sehr beeindruckend und auch extravagant. Wir wollen ja Aufmerksamkeit erregen, dazu eignet sich die Kirche ausgezeichnet. Andererseits haben deine Bilder solche Überlegungen nicht unbedingt nötig, weil eine Brauer-Ausstellung ohnehin Aufmerksamkeit erregt. Und auch die alte Gießerei hat einen ganz eigenen, wunderbaren Charme. Gleichzeitig haben beide Locations ein Manko. Bei der Gießerei ist es die Beleuchtung, hier finde ich das Kirchenschiff für unsere Zwecke vielleicht etwas zu groß. Kommt aber wahrscheinlich darauf an, wie man die Bilder anordnet«, fasste sie ihre Überlegungen zusammen.«

Konstantin hatte ihr aufmerksam zugehört. Nun löste er den Blick von ihr und sah sich erneut um. »Ja, eine wirklich schwierige Entscheidung. Aber weißt du, was beruhigend ist?«

Sie schüttelte den Kopf.

»Du hast eine so tolle Vorauswahl getroffen, dass wir mit keiner von beiden wirklich etwas falsch machen können.«

»Freut mich, dass du das so siehst.«

»Was hältst du davon, wenn wir die Eindrücke erst einmal sacken lassen und später beim Abendessen entscheiden? Ich schulde dir schließlich noch eine Einladung.«

»Das klingt nach einer sehr guten Idee.«

25

Konstantin hatte ein japanisches Restaurant ausgesucht und damit bezüglich Valeries Geschmack voll ins Schwarze getroffen.

»Ich dachte zuerst, ich sollte vielleicht auf Nummer sicher gehen und ein Lokal aussuchen, in dem es Obazda oder Käsespätzle gibt. Da weiß ich wenigstens, dass du es isst.«

»Na, zum Glück hast du es gewagt. Ich liebe die asiatische Küche, und die japanische ganz besonders.«

Valerie staunte nicht schlecht, als sie das Restaurant betraten. Sie hatte etwas Traditionelles, Gediegenes erwartet. Dabei war das Kinchia, das beinahe idyllisch in der Auenstraße an der Isar lag, ein junges, modernes Lokal, das neben Sushi auch internationale Fusionsküche im Angebot hatte. Es war eine lebhafte Mischung aus Speiselokal und Weinbar, was nicht zuletzt durch die Funkmusik unterstrichen wurde, die dezent aus den Lautsprechern drang. Sie musterte Konstantin. Anscheinend hatte sie ihn falsch eingeschätzt, der rustikale Naturbursche war nur eine seiner Facetten. Jetzt war sie umso gespannter, weitere Seiten von ihm kennenzulernen. Als er seine Jacke auszog, bemerkte sie, dass er ein dunkles Hemd trug. Auch das war neu, bisher hatte sie ihn immer in sehr legerer Freizeitkleidung gesehen. Und einmal im Bademantel, aber das zählte nicht.

Das Kinchia war hübsch eingerichtet, exotische Pflanzen zierten die Rückwand. An der Seite erstreckte sich ein großes Fenster, davor statt Blumenstöcken ein Meer aus Weinflaschen, nicht weniger dekorativ. Ein leuchtender Schriftzug an der Wand setzte den Namen des Lokals gebührend in Szene. Sie nahmen Platz und bestellten noch vor der Menüauswahl eine Flasche Wasser.

»Schön hier«, sagte Valerie, während sie sich weiter umsah.

»Jetzt muss es nur noch schmecken. Aber da mache ich mir keine Sorgen. Der Besitzer war fünf Jahre lang Souschef im Restaurant Koi am Wittelsbacherplatz, bevor er sich hier zusammen mit seiner Schwester selbstständig gemacht hat.«

Valerie nahm die Speisekarte zur Hand. Sie machte dem guten Ruf des Kochs alle Ehre, denn sie konnte sich kaum entscheiden. Letztendlich bestellten sie ganz pärchenlike eine große Sushiplatte für zwei Personen und vorneweg Edamame mit Meersalz. Außerdem ließen sie sich einen Weißwein dazu empfehlen.

»Wie mir scheint, bist du auch ziemlich gut darin, Locations auszusuchen«, sagte Valerie, als sie sich mit ihren Weingläsern zuprosteten.

»Apropos, wo wollen wir die Ausstellung denn nun machen?«

»Ich überlasse die Entscheidung dir.«

Konstantin blies die Luft aus und schwenkte dabei nachdenklich den Wein in seinem Glas. »Wir nehmen beide«, meinte er schließlich.

»Beide?«

Er schmunzelte über ihre Verwirrung. »Zu den Todsünden passt die Kirche einfach perfekt. Das müssen wir machen. Aber die alte Gießerei hat mir auch richtig gut gefallen. Die nehmen wir einfach für die nächste Ausstellung!« Er grinste, zufrieden mit seiner Lösung.

»Da wird Frau Sperber aber traurig sein, wenn sie noch so lange warten muss«, stichelte Valerie.

Er überging ihren Kommentar, obwohl sie sicher war, dass er genau wusste, worauf sie anspielte. Auch ihm konnte nicht entgangen sein, dass die Vermieterin der alten Gießerei einen Narren an ihm gefressen hatte. Nun, wer konnte es ihr verübeln? Valerie war gewiss nicht in der Position dazu.

Da sie gerne und oft asiatisch essen ging, konnte sie mit den Stäbchen ganz gut umgehen. Auch Konstatin griff zielsicher zu den Essstäbchen, als das Sushi serviert wurde. Sie kam nicht umhin, ihn erneut zu mustern. Mit seinem schwarzen Hemd und den glatt rasierten Wangen sah er völlig anders aus als bei ihrer ersten Begegnung. Damals hätte sie nie vermutet, dass er sie eines Tages in ein schickes japanisches Lokal ausführen würde. Alles hatte sich seitdem verändert, und dabei war das noch gar nicht so lange her.

Das Sushi schmeckte wie erwartet ausgezeichnet. Valerie war sich sicher, dass dies nicht ihr letzter Besuch im Kinchia sein würde. Wenn Hedy wieder ganz auf den Beinen war, wollte sie ihre Mutter und Archie hierher ausführen.

Auf einmal fiel Valerie auf, dass Konstantin sich verkrampfte und unwohl umschaute. Sie folgte seinem Blick. Am Nachbartisch saß ein Pärchen, das bereits gegessen hatte und zu Cocktails übergegangen war. Der junge Mann hielt sein Handy in der Hand, die Kameralinse war geradewegs auf Valerie und Konstantin gerichtet. Was sollte das denn? War das etwa schon wieder ein Paparazzo-Angriff? Konstantin stützte den Kopf in seine Hand, um unauffällig sein Gesicht zu verdecken. Valerie warf dem Fotografen einen bösen Blick zu. Doch der bemerkte von alldem gar nichts, machte sein Foto, drehte sich um und knipste in die andere Richtung. Valerie atmete erleichtert aus. Die Fotos hatten überhaupt nichts mit Konstantin und ihr zu tun. Der Mann wollte lediglich das Restaurant auf Bildern festhalten. Den beiden gefiel es wohl auch hier.

Konstantin bemerkte ebenfalls, dass er sich grundlos Gedanken gemacht hatte, und entspannte sich wieder. »Ich werde wohl langsam paranoid«, brummte er.

Valerie dachte an den Internetartikel, in dem man nach seinem letzten Besuch in München über ihre Beziehung spekuliert hatte. Bisher hatten sie nicht darüber geredet. Jetzt war es wohl an der Zeit, das Thema anzusprechen.

»Hast du den Artikel über uns im Netz gesehen?«, fragte sie geradeheraus.

Er hatte sich gerade ein Nigiri schnappen wollen, nun

hielt er inne, seine Stäbchen schwebten über der Platte. »Ja, ein Bekannter hat mich darauf aufmerksam gemacht.«

»Dachte ich mir schon, als du so kurzfristig unsere Isar-auen-Wanderung abgesagt hast.«

»Nein, nein, so war das nicht. Meine Schwester hatte wirklich einen Termin. Das war keine Ausrede. Außerdem habe ich da noch gar nichts von dem Artikel gewusst.«

Valerie atmete tief durch und nahm ein Maki mit Aal und Kresse zwischen die Stäbchen. Sie tat dies mehr, um ihre Hände zu beschäftigen. Das Thema nahm sie zu sehr ein, um jetzt noch Appetit zu haben. Konstantins Reaktion auf den Fotografen am Nebentisch hatte ihr schließlich deutlich gezeigt, dass er keinen Wert auf eine Wiederholung dieses Artikels legte. »Aber es hat dich gestört, nicht wahr?«

»Natürlich hat es das. Weißt du, am Anfang fand ich es schon schmeichelhaft, dass die Leute anfingen, sich für mich zu interessieren. Als Maler steht man ja lange nicht so sehr im Rampenlicht wie zum Beispiel ein Schauspieler oder Musiker, weil die meisten mein Gesicht nicht kennen. Aber inzwischen finde ich es nicht mehr so toll. Ich möchte mein Privatleben schützen, weil ...« Er stockte, als würde er nach den richtigen Worten suchen. Jetzt erst ließ er die Stäbchen sinken und atmete tief durch. »Weißt du, ich bin nicht besonders schnell in solchen Dingen. Beziehungen, meine ich.«

Valerie schluckte. Sie war unschlüssig, ob sie hören wollte, was nun kam. Seine Miene wirkte so ernst, dass sie daran zweifelte. Doch nun gab es kein Zurück mehr.

»Ich brauche Zeit, um mich auf jemanden einzulassen, weil ich mir sicher sein möchte, und das dauert eben etwas. Da ist es natürlich nicht hilfreich, wenn in den Medien schon spekuliert wird, noch bevor ich mir überhaupt über meine Gefühle im Klaren bin.«

Autsch. Seine Worte in Verbindung mit der Tatsache, dass er sich grade förmlich versteckt hatte, um nicht von dem Mann am Nebentisch abgelichtet zu werden, konnten nur bedeuten, dass er sich bei ihr ebenfalls noch nicht wirklich sicher war. Womöglich war ihr Kuss im Auto eher dem Überschwang geschuldet gewesen, weil es wieder mit dem Malen klappte, statt echten Gefühlen.

»Hab ich was Falsches gesagt?«, fragte er zaghaft und musterte sie.

»Nein, nein. Das verstehe ich.« Sie rang sich ein Lächeln ab. »Bestimmt ist es manchmal schwierig, wenn man so belagert wird. Aber diesmal hat es sich ja glücklicherweise als falscher Alarm herausgestellt. Die beiden halten nur Erinnerungen fest, ich denke nicht, dass sie ihre Schnappschüsse verkaufen werden«, erklärte sie, um das Gespräch auf den Fotografen zu lenken. Weg von seinen Gefühlen und vor allem weg von ihnen beiden und dem, was sie sein könnten, aber seiner Ansicht nach anscheinend definitiv noch nicht waren.

Konstantin lächelte dankbar und aß weiter. Valerie hingegen legte die Stäbchen beiseite und trank einen Schluck Wein. Der Appetit war ihr endgültig vergangen, so köstlich das Sushi auch war.

26

Valerie und Konstantin hatten einen tollen Tag und Abend miteinander verbracht. Zwar war Konstantin wegen der Besichtigungen nach München gekommen, doch bestimmt hätte er sie nicht zum Essen eingeladen, wenn er ihre Gesellschaft nicht auch privat schätzen würde. Trotzdem fühlte Valerie sich nach seinem Geständnis eigenartig ernüchtert und gehemmt. Er war ihr wichtig geworden, und sie wollte es auf keinen Fall vermasseln, indem sie zu forsch auftrat und ihn womöglich unabsichtlich unter Druck setzte. Den Fehler hatte sie am Anfang ihres Kennenlernens schon einmal gemacht, wenngleich es dabei nicht um Zwischenmenschliches, sondern um seine Malerei gegangen war. So oder so wollte Valerie nicht herausfinden, ob das ein weiteres Mal so glimpflich ausgehen würde.

Sie verspürte dennoch das Bedürfnis, sich mit jemandem auszutauschen. Ihre Mutter unterhielt sich zwar grundsätzlich gern über die Männerwelt, dabei tendierte sie allerdings dazu, so sehr ins Detail zu gehen, dass Valerie rote Ohren bekam. Doch in diesem Fall würde Valerie sich nicht nur deshalb hüten, sie um Rat zu fragen. Schließlich hatte Hedy schon angemerkt, dass sie eine Verbindung zu einem Künstler der Agentur als unprofessionell und unpassend empfand. Wobei Valerie sich durchaus vorstellen konnte, dass sie nichts dagegen hätte, einen so prominenten und gefeierten Maler in ihrer Familie willkommen zu heißen. Wie Valerie sie einschätzte, war ihrer Mutter ein exklusives Image nämlich wichtiger als jede Professionalität.

Diese Überlegungen brachten sie keinen Schritt weiter. Obwohl sie nach der halben Flasche Weißwein am Vorabend nicht betrunken gewesen war, fühlte sie sich verkatert. Nur dass ihre Ernüchterung emotionaler Art war.

Das Handy brummte. Sogleich hoffte Valerie, es würde

Konstantin sein, und ärgerte sich darüber. Das Display zeigte Bettinas Namen.

»Hallo!«

»Hallo, Valerie. Wie geht's?«

Einen Moment lang wusste sie nicht, was sie antworten sollte, war es doch wahrscheinlich eher eine Begrüßungsfloskel als eine ernst gemeinte Frage. Doch sie hatte tatsächlich einigen Redebedarf. »Das weiß ich gerade selbst nicht so genau«, sagte sie daher wahrheitsgemäß.

»So? Was ist denn passiert?«

»Konstantin Brauer ist passiert.«

Gelächter drang aus dem Handy. »Da lag ich mit meiner Vermutung, dass er dir gefällt, also goldrichtig, oder?«

Valerie hörte ein Klicken und dann Bettina deutlich ein- und ausatmen. Offenbar steckte sie sich gerade eine Zigarette an. Das gab ihr Gelegenheit, sich zu überlegen, ob sie doch noch einen Rückzieher machen sollte. Allerdings hatte sie das ungute Gefühl, sie könnte platzen, wenn sie nicht bald mit jemandem über Konstantin sprach. »Das tut er tatsächlich«, gab sie schließlich zu.

»Und wo liegt das Problem?«

Valerie holte tief Luft, und schon strömten die Worte aus ihr heraus wie Wasser nach einer Schleusenöffnung. Sie schilderte ihren verkorksten Start, wobei sie ihre Rolle bei der Motivfindung für sein Gemälde der Habgier aussparte, erzählte von ihren Wanderungen und dem überraschenden Kuss. An den Internetartikel musste sie Bettina zwar nicht erinnern, doch sie tat es trotzdem und kam dann zum gestrigen Abend, zu seiner Reaktion auf den Fotografen und dem anschließenden Gespräch.

Bettina hörte geduldig zu, ohne sie zu unterbrechen. Lediglich die gelegentlichen Pustgeräusche, wenn sie Rauch ausblies, verrieten Valerie, dass sie noch dran war.

»So, jetzt weißt du alles«, endete sie.

»Okay«, meinte Bettina lang gezogen. »Lass mich kurz

zusammenfassen. »Du hast einen tollen Mann kennengelernt, etwas holprig am Anfang, aber jetzt versteht ihr euch prima. Ihr hattet einige schöne Dates, und geküsst habt ihr euch auch schon. Und nun ziehst du ein Gesicht, weil es dir nicht schnell genug geht?«

»Wenn du es so sagst, klingt es ganz schön dumm. Es geht aber gar nicht darum, dass ich ungeduldig bin, zumindest nicht in erster Linie. Seine Worte gestern haben mich einfach ernüchtert. Er ist sich seiner Gefühle nicht sicher.«

»Ich verstehe dich ja. Aber ich würde trotzdem sagen, dass es alles in allem gut läuft. Ihr hattet gestern einen tollen Abend.«

»Ja, stimmt schon.«

»Dann mach dich nicht fertig. Das Letzte, was du jetzt tun solltest, ist, ihm seine Ehrlichkeit anzukreiden. Es spricht doch für ihn, dass er so offen zu dir war. Ich denke, du musst ihm und euch einfach etwas Zeit geben. Und damit dir das leichterfällt, werde ich dich ablenken. Ich möchte nämlich heute Abend tanzen gehen, und du kommst mit.«

Valerie fügte sich und ließ sich von Bettina in verschiedene Bars und Clubs schleifen. Und auch wenn sie sich am Anfang etwas geziert hatte, musste sie schon bald zugeben, dass ihr die Ablenkung guttat. Sie starteten ihre Tour bei Bettina zu Hause. Die Freundin hatte Pizza bestellt und dozierte gut gelaunt, dass diese dank ihrer Kombination von Eiweiß, Kohlehydraten und Fett die beste Grundlage für einen süffigen Abend sei. Wo sie diese Weisheit aufgeschnappt hatte, wusste Bettina zwar nicht mehr, aber Valerie war gewillt, ihr zu glauben, und aß ein Stück. Schließlich hatte sie sich diese Gedanken ja extra für Valerie gemacht, da sie selbst keinen Alkohol trank.

Danach gingen sie in den kleinen Dönerladen unten an der Straßenecke, wo sie einen türkischen Mokka bestellten. Bettina schäkerte ausgelassen mit dem Besitzer. Sie war anscheinend Stammkundin hier. Valerie sah sich unterdessen interessiert um. Das Restaurant war ein hübscher, gemütlicher Laden, der gar nicht nach Fast Food aussah. Überall hing orientalisch anmutender Klimbim, das Licht war angenehm gedämpft, und im Hintergrund lief leise türkische Musik. Der Kaffee hingegen war nicht unbedingt nach Valeries Geschmack. Sie pustete den Schaum zur Seite, ehe sie trank, um hinterher nicht den ganzen Mund voller Kaffeepulver zu haben. Aber er war geschmacklich gut und stark genug, um sie die ganze Nacht tanzen zu lassen.

»Du musst uns noch aus dem Kaffeesatz lesen!«, rief Bettina dem Besitzer zu, als sie ausgetrunken hatten. Sie stand auf und stellte ihre leere Tasse auf den Tresen, der die beiden voneinander trennte. Valerie tat es ihr nach und schob auch ihre leere Tasse auf die Theke.

Der Mann zwirbelte mit bedeutungsvoller Miene seinen Schnurrbart, ließ sich aber nicht lange bitten und griff nach Bettinas Tasse. Mit einer raschen Bewegung drehte er sie auf den Kopf und wieder zurück, nachdem er die Öffnung mit dem Unterteller abgedeckt hatte, warf einen kurzen Blick hinein und sagte: »Da steht, du sollst mit dem Rauchen aufhören. Das ist nicht gut für dich.«

Bettina lachte laut auf. »Das sagt er jedes Mal«, meinte sie an Valerie gewandt.

»Okay, okay«, beschwichtigte der Besitzer sie lächelnd und konzentrierte sich wieder auf den Kaffeesatz. »Hier, das könnte ein Baum sein. Und da sehe ich ein Dreieck.« Er hielt ihnen die Tasse unter die Nase. Das Dreieck erkannte auch Valerie, für den Baum brauchte man viel Phantasie.

»Und was bedeutet das nun?«, hakte Bettina nach.

»Die Tasse prophezeit dir gute Gesundheit, aber nur, wenn du deinen Lebensstil änderst.«

»Du nimmst mich doch auf den Arm!«

»Nicht doch.« Er nahm Valeries Tasse, bedeckte auch diese mit dem Unterteller und drehte sie kurz um. »Eine sehr helle Tasse, das ist schon einmal gut«, murmelte er, als er anschließend hineinsah. »Hier ist ein kleines Herz, es geht also um die Liebe.«

Valerie sah das Herz, es hätte in ihren Augen jedoch auch ein fliegender Vogel sein können.

»Hier sind Stäbe, dein Herz ist vielleicht gefangen, vergeben? Und hier unten, das ist schwierig, das könnte ein Kleeblatt sein, aber auch ein Kreuz. Tja, manchmal liegen Glück und Unglück eben dicht beieinander. Ich würde bei so einer hellen Tasse aber immer vom Besten ausgehen. Meine Deutung lautet also: Du hast dein Herz verschenkt, und das war richtig so, es wird alles gut werden.«

Valerie starrte ihn mit offenem Mund an. Ehe sie etwas erwidern konnte, wurde die Tür geöffnet, und ein Klingeln kündigte neue Kundschaft an. Herein kamen zwei Männer, die Bettina und Valerie mit unverhohlener Neugier betrachteten. Während der eine die Bestellung aufgab, begann der andere ein Gespräch mit Valerie. Er wirkte nett und aufgeschlossen und sah verdammt gut aus.

Als die beiden einen Tisch auswählten, um ihre Pides zu verspeisen, fragten sie, ob Bettina und Valerie sich dazusetzen wollten. Bettina lehnte ab und erzählte ausgelassen, dass sie dringend tanzen gehen wollten und deshalb leider keine Zeit hätten.

Der Mann, der sich mit Valerie unterhalten hatte, amüsierte sich über ihre Antwort. »In welchen Club geht ihr denn? Wir könnten nachkommen. Wir tanzen nämlich auch gerne.« Dann schaute er Valerie forschend in die Augen. »Hast du Lust auf Gesellschaft?«

Valerie schüttelte langsam den Kopf. »Ich bin vergeben.«

Es war nur eine Ausrede, doch als sie ihrem Gegenüber ins Gesicht blickte und feststellte, dass er optisch genau ihr Typ war, sie aber trotzdem nicht interessierte, wurde Valerie bewusst, dass voll und ganz stimmte, was der Kaffeesatz gesagt hatte. Sie hatte ihr Herz bereits verschenkt.

27

Am nächsten Morgen kaufte Valerie beim Bäcker eine große Tüte Croissants und ging damit zu ihrer Mutter. Der Abend mit Bettina hatte ihr tatsächlich gutgetan. Sie war nicht mehr so trübsinnig und hatte beschlossen, dem Kaffeesatzleser zu glauben: Es würde alles gut werden.

Hedys Wohnung lag im Erdgeschoss eines charmanten Altbaus unweit der Agentur. Sie hatte sie schon vor vielen Jahren gekauft, als Valerie noch ein Kind gewesen war. Ein Glück, denn heute war Wohnraum in München in so zentraler Lage praktisch unerschwinglich.

Archie öffnete ihr die Tür. Wie immer sah er aus, als hätte ihn gerade ein ganzes Beautyteam zurechtgemacht. Jedes Haar lag an seinem Platz, die Nägel waren maniküert, sein Teint leuchtete rosig, und die Garderobe, eine Leinenhose zum lachsfarbenen Sommerpulli und weiche Ledermokassins, war perfekt aufeinander abgestimmt, obwohl er bei Hedy quasi zu Hause war. Er nahm Valerie zur Begrüßung herzlich in die Arme und rief nach Hedy.

Die kam sogleich mit ihren Krücken zur Tür. »Oh, wie schön, Frühstück!«

Valerie stellte glücklich fest, dass ihre Mutter putzmunter aussah und mit ihren Krücken beeindruckend zügig unterwegs war. Archies Fürsorge tat ihr offensichtlich gut. In dem kleinen Esszimmer, in dem sonst nur ein Holztisch mit passenden Stühlen stand, erblickte Valerie einen Barhocker.

Hedy steuerte ihn an, lehnte ihre Krücken an den Tisch und setzte sich. »Toll oder?«, meinte sie strahlend. »Archie hat ihn aus der Bar eines Bekannten ausgeliehen. Ich soll ja noch erhöht sitzen.«

»Ja, super!« Valerie nickte Archie anerkennend zu. »Ich sehe schon, du bist in guten Händen. Das freut mich sehr.«

»Damit du dich nicht kümmern musst!«, kam es sofort in vorwurfsvollem Tonfall von Hedy.

»Ich habe Frühstück mitgebracht. Das ist doch auch was, oder?«

Ihre Mutter schnupperte. »Sind es Croissants?«

»Jawohl.«

»Gut, dann ist das als Kümmern akzeptiert«, meinte sie.

Archie war hinausgegangen und kam mit Tellern ins Esszimmer zurück. »Der Tee muss noch etwas ziehen.« Er stellte den kleinen Stapel auf den Tisch, ging zu Hedy und gab ihr einen Kuss auf die Wange. Valerie beobachtete die beiden gerührt. Hedy war fast ihr ganzes Leben lang eine Einzelkämpferin gewesen. Umso mehr freute sie sich für sie, dass sie nun Archie an ihrer Seite hatte.

»Wie liefen die Besichtigungen der Locations mit Brauer?«, wollte ihre Mutter wissen, als Valerie sich ihr gegenüber an den Tisch setzte und die Teller verteilte.

»Bestens! Alle beide haben ihm sehr gut gefallen. Er konnte sich erst gar nicht entscheiden. Wir haben nun verabredet, diesmal die Markuskirche zu nehmen und beim nächsten Mal dann die alte Gießerei.«

»Beim nächsten Mal? Soso. Na, du scheinst ja wirklich einen guten Draht zu ihm zu haben.«

Valerie konzentrierte sich darauf, auf jedem Teller ein Croissant zu platzieren, und antwortete nicht. Sie spürte, dass ihre Mutter sie forschend ansah. Glücklicherweise kam in diesem Moment Archie mit der Teekanne herein. Hedy ließ sich von seinem Auftauchen ablenken und verzichtete darauf, noch einmal nachzuhaken.

»Hast du es ihr schon erzählt?«, fragte Archie an Hedy gewandt.

Valerie wurde hellhörig. Anscheinend hatten die beiden Neuigkeiten.

Hedy schüttelte den Kopf. »Gibt es inzwischen einen Termin für die Vernissage?«, wollte sie von Valerie wissen.

»Ende Oktober.« Sie warf ihrer Mutter einen fragenden Blick zu.

»Wunderbar, dass reicht ja locker.« Hedy und Archie sahen sich verschwörerisch an.

»Würdet ihr mich mal bitte aufklären?«, forderte Valerie ungeduldig.

»Wir haben ja vereinbart, dass du die Brauer-Ausstellung organisieren darfst. Natürlich unterstütze ich dich gerne mit Telefonaten oder E-Mails. Ich habe ein paar gute Pressekontakte, die ich persönlich informieren könnte.«

»Klingt gut. Aber das ist nicht das, was du erzählen wolltest, oder?«

»Na ja, ich werde mich auf meine Genesung konzentrieren und die Ausstellung zu meinem Comeback machen.«

»Ja?«

Hedy machte es ja wirklich spannend. Warum druckste sie denn so herum?

»Wir hatten doch schon einmal darüber gesprochen, dass ich die Zeit für ein Lifting nutzen könnte. Nun bin ich ohnehin schon ausgefallen, da würde sich das anbieten. Dann erscheine ich auf der Vernissage mit neuer Hüfte und neuem Gesicht, generalüberholt sozusagen.« Sie kicherte mädchenhaft.

Nach Valeries Meinung ließ man sich operieren, wenn man krank war, und nicht aus Spaß, stellte doch jeder Eingriff auch ein gewisses Risiko dar. Und diese Meinung hatte sie in der Zwischenzeit auch nicht geändert. »Ja, wir haben darüber gesprochen, und falls du dich erinnerst, war ich nicht besonders begeistert. Bist du sicher, dass das gut für dich ist? Ich meine, du hattest vor der letzten Operation ziemlichen Respekt. Und so ein Eingriff ist immer eine Belastung für den Körper, du bist ja schließlich nicht mehr die Jüngste.«

»Wäre ich jung, bräuchte ich ja kein Lifting«, gab Hedy pragmatisch zurück. »Und dieser kleine Eingriff ist doch im Vergleich zu einem neuen Hüftgelenk ein Klacks. Aber Archie meinte schon, dass du bestimmt dagegen bist.«

Valeries Blick wanderte hinüber zu Archie, der vorgab, sich voll und ganz darauf zu konzentrieren, sein Croissant mit Marmelade zu bestreichen. Ihm war anzusehen, dass er sich nicht wohl damit fühlte, dass Hedy ihn verpetzt hatte.

»Natürlich bin ich dagegen. Und zwar ganz einfach deshalb, weil ich mir Sorgen um dich mache. Außerdem finde ich dich schön, so wie du bist.«

Ein Lächeln glitt über das Gesicht ihrer Mutter. Doch Valerie erkannte an der Art, wie sie das Kinn hob, dass sie sich auch durch alle Komplimente der Welt nicht von ihrem Vorhaben würde abbringen lassen.

Valerie steckte sich das letzte Stück ihres Croissants in den Mund und spülte mit einem großen Schluck Tee nach. Dann suchte sie wieder Hedys Blick. »Hast du schon einen Arzt im Auge? In der Schönheitschirurgie gibt es auch viele Pfuscher.«

»Schön, dass du fragst!«, flötete ihre Mutter, als hätte sie nur drauf gewartet.

Auch für Archie war Valeries Frage anscheinend das Stichwort, denn er ließ sein Croissant fallen, zauberte quasi aus dem Nichts den großen Prospekt einer Schönheitsklinik hervor und schob ihn Valerie über den Tisch hinweg zu.

Lustlos blätterte sie ihn durch. »Fraglich, ob du da so schnell überhaupt einen Termin bekommst. Bestimmt gibt es Voruntersuchungen und eine gewisse Wartezeit«, murmelte sie.

»Bis zur Vernissage würde es klappen, alles schon geklärt«, verkündete Hedy.

Resigniert lehnte Valerie sich in ihrem Stuhl zurück und schob den Prospekt von sich weg. »Na, dann viel Spaß dort.«

Zum Glück war sie nicht Hedys Mutter, sondern umgekehrt. Letztendlich musste Hedy das selbst entscheiden, und Valerie erkannte durchaus, wenn sie auf verlorenem Posten stand.

28

Die Tage vergingen wie in Zeitlupe, nicht zuletzt deshalb, weil Valerie die Stunden zählte, bis sie Konstantin wiedersehen würde. Wollust, Hochmut, Zorn und Neid hatten nun ausreichend Zeit gehabt zu trocknen. Deshalb wollte er nach München kommen und ihr die restlichen Bilder bringen. Dann würden die sieben Todsünden komplett sein.

Am Abend vor dem vereinbarten Treffen rief Valerie ihn an, um sich zu vergewissern, dass auch alles wie geplant klappte.

»Ja, ich komme morgen«, bestätigte er. »Aber ich werde Fee mitbringen müssen. Meine Schwester hat sich eine fette Erkältung eingefangen.«

»Fee ist hier herzlich willkommen. Du nimmst sie allerdings nicht so gerne mit, oder?«

»Wenn ich es mir aussuchen kann, lasse ich sie lieber bei Marlene, das stimmt schon. Meine Schwester hat einen großen Garten. Aber es ist auch kein Problem, sie mitzubringen.«

»Und wenn ich stattdessen zu euch komme?« Valerie biss sich auf die Unterlippe, doch Konstantin reagierte ehrlich erfreut.

»Das wäre natürlich auch schön. Wir freuen uns immer über deinen Besuch! Aber wirklich nur, wenn du magst. Wie gesagt, es ist kein Problem, mit Fee nach München zu fahren.«

»Ich komme gerne zu euch«, hörte sie sich sagen. In Gedanken war sie quasi schon unterwegs. »Ihr seid im Moment aber nicht oben in der Hütte, oder?«

»Nein, du hast recht, wir sind unten im Haus.«

Sie würde also zum ersten Mal sehen, wie Konstantin normalerweise wohnte, wenn er sich nicht gerade in seiner

Atelierhütte verschanzte. Valerie lächelte in sich hinein. Das würde ein spannender Ausflug werden.

Sie schlief erwartungsgemäß unruhig. Konstantin und sie hatten sich nun schon wieder eine ganze Weile nicht gesehen. Sie hätte sich gern bereits deutlich früher bei ihm gemeldet. Aber Bettina hatte ihr geraten, sich lieber etwas rarzumachen und ihm nicht auf die Pelle zu rücken. Nun war Bettina, der ewige Single, in Liebesdingen vermutlich nicht die allerbeste Ratgeberin. Doch wenn Valerie an Konstantins Geständnis im Sushirestaurant dachte und daran, wie unangenehm es ihm gewesen war, mit ihr fotografiert zu werden, musste sie ihr trotz aller Skepsis recht geben. Umso mehr freute sie sich auf das Wiedersehen, als sie sich am nächsten Morgen auf den Weg in Richtung Süden machte. Die Gemälde und die bevorstehende Ausstellung waren perfekte Gründe, um unaufdringlich in Kontakt zu bleiben.

Als sie in die kleine Einfahrt vor seinem Haus einbog, staunte sie nicht schlecht. Konstantin hatte die Zeit seit der Fertigstellung seiner sieben Todsünden offenbar dazu genutzt, den Garten auf Vordermann zu bringen. Der Rasen war gemäht, der Kohl geerntet, die Büsche waren getrimmt, sogar die Rosen hatte er geschnitten, und der Zaun sah frisch gestrichen aus. Mitten in diesem nun perfekten kleinen Garten stand Konstantin und pflückte Äpfel vom Baum. Das unerwartete Bild rührte Valerie. Gern wäre sie einfach im Auto sitzen geblieben und hätte ihn noch ein Minütchen beobachtet. Doch er bemerkte sie natürlich sofort und kam auf sie zu.

»Wow, der Garten ist ja kaum wiederzuerkennen!«, rief sie, als sie ausstieg.

»Ja, während meiner Zeit oben auf der Hütte hat er etwas gelitten. Da musste ich dringend was tun. Fee sammelte hier jedes Mal, wenn sie kurz draußen war, unzählige Zecken ein. Das Gärtnern war also eine Art Selbstschutz.« Er zog eine Grimasse und brachte Valerie damit zum Kichern.

»Jedenfalls sieht es toll aus.«

»Danke.

Valerie ging durch das Gartentürchen auf ihn zu. Er stellte den geflochtenen Korb, der etwa zur Hälfte mit Äpfeln gefüllt war, neben sich ins kurze Gras und nahm sie in die Arme. Er drückte sie regelrecht an sich, und Valerie atmete tief seinen Duft ein. Sie hätte ihn nicht beschreiben können und doch aus Tausenden wiedererkannt. Er bewirkte, dass Valerie sich sofort wohlfühlte und ihre Anspannung verlor, als würde sie vom Wind, der durch den Garten strich, davongetragen.

Als sie sich voneinander lösten, war auch Fee zur Stelle, sprang an Valeries Beinen hoch und forderte energisch eine Streicheleinheit ein. Lachend ging sie in die Hocke und begrüßte den Beagle.

»Fee hat dich vermisst«, sagte Konstantin. »Und ich auch.«

Valerie lächelte zu ihm hinauf. Anscheinend war Bettinas Rat wirklich ganz gut gewesen.

Gemeinsam pflückten sie noch ein paar Äpfel vom Baum und gingen dann ins Haus. Interessiert sah Valerie sich dort um. Die Einrichtung gefiel ihr auf Anhieb. Es gab vereinzelt rustikale Stücke, die beinahe antik wirkten und womöglich schon immer in diesem Haus gestanden hatten. Konstantin hatte sie geschickt mit modernen Möbeln kombiniert. Die Mischung, die sich daraus ergab, war frisch und gemütlich. Der einzige Raum, der wirklich komplett neu zu sein schien, war die Küche. Sie war mit hellen Fronten und einer kleinen Kochinsel mit Barhockern stilvoll und freundlich eingerichtet. Valerie zog sich einen der Hochstühle zurück und setzte sich.

Konstantin holte Wasser und Saft aus dem Kühlschrank und stellte die Flaschen zusammen mit zwei Gläsern vor Valerie auf die Theke der Kochinsel.

»Wo sind die Bilder? Ich platze vor Neugier!«

»Bitte nicht!«, entgegnete Konstantin lachend. »Tut mir

leid, ich habe sie schon für den Transport verpackt. Du wirst dich gedulden müssen, bis du wieder in München bist.

Valerie blies die Luft durch ihre halb geöffneten Lippen. »Das ist Folter.«

Er winkte amüsiert ab und setzte sich zu ihr.

»Erzähl, wie geht es dir? Was hast du so alles gemacht in der Zwischenzeit?«, begann er das Gespräch. Und schon plauschten sie über dies und das. Sie erzählte ihm von den Lifting-Plänen ihrer Mutter, natürlich nicht, ohne ihm vorher das Versprechen abzunehmen, das Thema weder Hedy noch sonst jemandem gegenüber zu erwähnen. Sie war ja schließlich nicht lebensmüde. Konstantin reagierte belustigt. Meinte dann aber ernst, dass Hedy das doch gar nicht nötig habe und super aussehe.

»Es würde ihr bestimmt schmeicheln, dass du das sagst, aber sprich es bloß nicht an!«, erwiderte Valerie lachend.

»Nein, versprochen.« Konstantin hob die Hand zum Schwur. »Ich weiß schon, dass mit Hedwig Gschwendt manchmal nicht zu spaßen ist. Da bist du umgänglicher. Inzwischen jedenfalls.«

Sie boxte ihn in gespielter Empörung. Die Stimmung war ausgelassen. Um sich zu amüsieren, brauchte es eben kein teures Lokal oder eine fancy Location, sondern lediglich die passende Gesellschaft.

»Was machst du denn eigentlich mit den ganzen Äpfeln?«, wollte Valerie wissen, als ihr Blick auf den gefüllten Korb fiel.

»Das weiß ich noch nicht genau. Vielleicht einen Kuchen?«

»Du kannst backen?«

»Na ja, ich kann lesen. Und im Internet gibt es Hunderte von Rezeptseiten.«

»Das sagst du so einfach. Ich muss zugeben, ich kann es nicht. Kochen geht gut, aber Backen ist für mich ein ewiges Mysterium.«

Er lachte auf. »Dann sollte ich dir vielleicht eine Unterrichtsstunde geben.«

»Ich bin nicht sicher, ob dir klar ist, worauf du dich da einlässt«, meinte sie mit zweifelnder Miene.

Entschlossen stand er auf und holte ein Stück zusammengefalteten Stoff aus einer der unteren Schubladen. Erst als er es ausbreitete, erkannte Valerie, dass es sich um eine Schürze handelte.

Konstantin nahm ihre Hand und zog sie vom Barhocker herunter. Dann streifte er ihr den Träger der Schürze über den Kopf und trat hinter sie, um die Bänder in ihrem Rücken zusammenzubinden. Dabei beugte er sich mit seinem Mund nahe an ihr Ohr. »Ich bin gespannt, wie du dich schlägst«, sagte er leise. Sein Atem streichelte dabei Valeries Hals und schickte ihr eine Gänsehaut über Rücken und Arme. Der wohlige Schauer wollte ihr ein Seufzen entlocken, das sie sich gerade noch verkneifen konnte. Okay, überredet.

29

Valerie bekleckerte sich mehr mit Mehl und Teig als mit Ruhm bei ihren Backbemühungen, doch es machte ihr nichts aus und erstaunlich viel Spaß. Und das Ergebnis konnte sich sehen lassen. Konstantin hatte die Äpfel entkernt und in Spalten geschnitten, die nun in einer mit Butterstreuseln bedeckten Spirale den Kuchen krönten. Ein verlockender Duft strömte aus dem Ofen. Valerie atmete ihn schnuppernd ein. »Das riecht, als hätten wir einiges richtig gemacht.«

»Bei deiner unkonventionellen Art, Eier aufzuschlagen, war ich kurz skeptisch«, stichelte Konstantin. Er spielte darauf an, dass ihr ein Ei als Ganzes mitsamt der Schale in die Rührschüssel gefallen war.

Valerie winkte ab. »Am Ende zählt, wie der Kuchen schmeckt.«

Und das tat er ausgezeichnet. Da waren Konstantin und Valerie sich einig, als sie wenig später an der Küchentheke saßen und warmen Apfelkuchen mit Vanilleeis aßen. Fee guckte so treuherzig, dass Konstantin ihr einige Leckerlis gab. »Wenn wir schon schlemmen, sollst du auch nicht leer ausgehen.«

Als jeder zwei Stücke verdrückt hatte, beschlossen sie, die Kalorien bei einem Spaziergang wieder loszuwerden. Fee hüpfte voller Vorfreude umher, als Konstantin zur Leine griff. Sie schlüpften in ihre Jacken und gingen hinaus. Konstantin ließ die Leine lang, damit Fee vorauslaufen konnte. Sie verließen das Dorf auf einem Feldweg. Er führte vorbei an Kuhweiden und Feldern. Die Landschaft war hier weit und offen. In der Ferne leuchteten bereits einige Laubbäume in den schönsten Herbsttönen.

»Freust du dich schon auf die Vernissage?«, wollte Valerie wissen. »Es werden bestimmt viele Leute da sein.«

»Ja, da muss ich wohl durch.« Er zog eine Grimasse, grinste dann aber verschmitzt. »Auch wenn ich viele Menschen auf einem Haufen nicht besonders mag, hoffe ich natürlich, dass die Vernissage gut besucht sein wird. Und ich werde ja nicht allein dort sein.«

Valerie spürte, wie er sachte ihre Hand mit seinen Fingerspitzen berührte. Ein warmes Gefühl durchströmte sie trotz des Windes, der etwas aufgefrischt hatte. Wie von selbst verschränkten sich ihre Finger ineinander. Valerie konnte sich nicht erinnern, wann sie zum letzten Mal händchenhaltend spazieren gegangen war. Sie hielt sich eigentlich nicht für sehr romantisch, doch vielleicht hatte sie sich da getäuscht. Denn seine Hand in ihrer fühlte sich wunderbar an. Wie viel Nähe doch so eine kleine Berührung geben konnte.

Gemeinsam überlegten sie, wie sie die Bilder im Kirchenschiff am besten arrangieren, welche Häppchen sie in Auftrag geben und wem sie alles eine Einladung schicken sollten. Während sie so liefen, vertieft in ihre Planungen, schwirrten plötzlich zwei Libellen zwischen ihnen hindurch. Valerie zuckte erschrocken zusammen, beobachtete dann aber fasziniert ihren Flug.

»Die beiden genießen ihre letzten Tage«, sagte Konstantin, der ihnen ebenfalls nachblickte.

»Wie meinst du das?«

»Die meisten Libellen sterben im Herbst. Die Winterlibelle ist die einzige Art bei uns, die als erwachsenes Tier überwintert. Und die ist braun, wenn ich mich richtig erinnere.«

Valerie war sofort aufgefallen, dass die vorbeifliegenden Körper bläulich im Sonnenlicht glänzten. Winterlibellen konnten es demnach tatsächlich nicht sein. »Das ist traurig.«

Konstantin hob leicht die Schultern. »Nicht wirklich. Na gut, ein bisschen vielleicht.« Er lächelte ihr zu. »So ist eben der Lauf der Zeit, alles ist vergänglich.«

»Du hast recht. Ein alltäglicher Fakt und trotzdem so

spannend. Vielleicht solltest du dem Thema deine nächste Bildserie widmen.«

»Was genau meinst du?«

»Die Vergänglichkeit.«

»Nach den sieben Todsünden nun ein Memento mori? Ist das nicht etwas sehr düster?«

»Zu *memento mori* gehört auch *carpe diem*. Außerdem meintest du doch gerade selbst, es sei nicht traurig.«

»*Touché.* Ich werde darüber nachdenken.«

Als sie in einem weiten Bogen zu Konstantins Haus zurückkehrten, war die Dämmerung hereingebrochen.

»Ich sollte mich langsam auf den Weg machen, morgen muss ich früh raus. Ich habe versprochen, meine Mutter in die Schönheitsklinik zu fahren.«

»Oh, schade. Dann lass uns die Bilder einladen. Ich habe sie schon vorbereitet.«

Natürlich hatte Valerie mit dem Gedanken gespielt, erst morgen herzukommen, mit einem gepackten Trolley im Kofferraum und mehreren Tagen und Nächten Zeit, doch insgeheim war sie froh, dass sie mit Hedys Lifting-Termin eine gute Ausrede hatte, nach Hause zu fahren. Denn solange Konstantin sich versteckte, wenn jemand in der Öffentlichkeit ein Foto von ihnen beiden schoss, und sich seiner Gefühle für sie nach eigenen Angaben nicht sicher war, so lange wollte sie auch nicht bei ihm übernachten. Das würde sich spätestens am nächsten Morgen nicht gut anfühlen, und das wollte sie sich lieber ersparen. Schließlich mussten sie, falls es privat kein Happy End für sie geben sollte, immer noch miteinander arbeiten können.

Diesen rationalen Überlegungen zum Trotz spürte sie eine eigenartige Melancholie in ihrem Herzen, als der Abschied näher rückte. Die Bilder waren schnell verstaut. Nun standen sie voreinander neben ihrem Fiat, und Valerie hatte das untrügliche Gefühl, dass keiner von ihnen schon bereit war, sich zu verabschieden. Konstantin trat etwas unschlüssig von einem Fuß auf den anderen. Da fasste Valerie sich ein Herz. Sie würde ihn nicht drängen, das hatte sie sich fest vorgenommen. Aber er machte tatsächlich den Eindruck, als wollte er sie noch nicht gehen lassen, ein wunderbares Gefühl.

Sie ging einen Schritt auf ihn zu und schloss damit die Lücke zwischen ihnen. Er wirkte etwas überrascht, legte aber sogleich die Arme um sie und drückte sie an sich.

»Fahr vorsichtig«, flüsterte er in ihr Haar.

Sie lehnte sich leicht zurück und blickte zu ihm auf, nur wenige Zentimeter trennten ihre Gesichter voneinander. Valerie verharrte für einen Moment, sie konnte die Spannung zwischen ihnen förmlich knistern hören. Dann schloss sie die Augen und legte ihre Lippen auf seine. Er erwiderte ihren Kuss sofort. Valerie drückte sich an ihn und genoss die Liebkosungen seiner Zunge.

»Willst du nicht doch hierbleiben?«, fragte er leise, als sie sich voneinander lösten.

»Wenn du mich so küsst, aber nicht hier in deiner dämmrigen, menschenleeren Einfahrt, sondern mitten auf dem Marienplatz. Dann bin ich zu allem bereit.«

Ein wissendes wie wehmütiges Lächeln überzog sein Gesicht. »Ich verstehe.« Er küsste sie sanft auf die Nasenspitze, dann stieg sie ein.

Wenn sie doch nur nicht so ein Sturkopf wäre! Fast bereute sie ihre Entscheidung, als sie losfuhr und im Rückspiegel sah, wie er ihr nachwinkte. Doch trotz einer entgangenen Nacht, in der wohl alles hätte passieren können, hatte sie das Gefühl, dass es gut so war, wie es war, auch wenn sie ihn bereits jetzt vermisste.

30

Gut sah er aus. Angetan betrachtete Valerie das große Foto von Konstantin in der Zeitung. Im Hinblick auf die bevorstehende Ausstellung hatte er einem Interview zugestimmt. Valerie hatte der Zeitung im Vorfeld eine kleine Liste an ausgeschlossenen Themen übermittelt, und der Journalist hatte sich auch daran gehalten. Das Interview umschiffte daher private Themen wie zum Beispiel Konstantins Beziehungsstatus. Auch zur Trennung von Lydia Caspari hatte er sich nicht äußern wollen. Dieser Punkt auf der Liste schmerzte Valerie. Erst dadurch hatte sie nämlich erfahren, dass die Theaterschauspielerin, mit der Konstantin einige Jahre liiert gewesen war, keineswegs verstorben war. »Sie ist von mir gegangen und hat meine Muse mitgenommen«, hatte er gesagt. Ihr Fehler. Sie hatte aus seiner Traurigkeit und Wortwahl geschlossen, dass Lydia Caspari nicht mehr lebte. Nun aber wusste sie, dass sie sich bester Gesundheit erfreute und dass Konstantin bloß noch nicht über ihre Trennung hinweg war. Natürlich wünschte Valerie ihr nicht den Tod an den Hals, doch sie tat sich schwer, mit der Nachricht von der plötzlich wieder quicklebendigen Konkurrentin umzugehen. Vielleicht mochte sie das Interview auch deshalb so, weil Lydia Caspari darin dank des thematischen Ausschlusses keine Rolle spielte. Sie schaute das Foto erneut an. Konstantin hatte den Blick in die Ferne gerichtet, hinter ihm strahlend blauer Himmel. Ja, gut sah er aus.

Sie riss sich von dem Anblick los und öffnete den Laptop. Konzentriert klickte sie sich durch ihre Mails, bestätigte zwei weitere Interviewtermine und leitete die Daten an Konstantin weiter. Das öffentliche Interesse übertraf sogar noch die ohnehin schon hochgesteckten Erwartungen. Ihre Mutter war völlig aus dem Häuschen. Zum Glück verlief Hedys

Heilung nach dem Lifting wie gewünscht. Als Valerie sie direkt nach der OP zum ersten Mal gesehen hatte, befürchtete sie schon das Schlimmste. Der Anblick hatte sie restlos davon überzeugt, sich selbst niemals liften zu lassen. Aber zum Glück heilte alles gut und rasch, und Hedy war voller Hoffnung, dass keine auffälligen Narben zurückbleiben würden. Entsprechend enthusiastisch plante sie ihr Comeback in der Münchner Gesellschaft. Sie hatte sich an die zehn Kleider von verschiedenen Designern schicken lassen und lag Valerie nun ständig damit in den Ohren, dass sie sich nicht entscheiden konnte, welches sie zur Vernissage tragen sollte. Archie bekam das mit Sicherheit noch deutlich häufiger zu hören, er tat Valerie in dieser Phase fast ein bisschen leid, aber er hielt sich wacker und beriet Hedy geduldig bei den heimischen Modenschauen.

Valerie rief sich zur Ordnung. Sie sollte nicht zu harsch über ihre Mutter urteilen. Schließlich hatte sie sich selbst ebenfalls neu eingekleidet. Ihre Wahl war auf einen marineblauen Hosenanzug gefallen. Kurz hatte sie ebenfalls mit einem Kleid geliebäugelt, doch sie wollte ja in erster Linie kompetent und professionell wirken, und der Hosenanzug stand ihr ausgezeichnet.

Auch einen Friseurtermin hatte sie ausgemacht. Zwar fand sie es grundsätzlich etwas affig, wenn Frauen so sehr auf ihr Äußeres bedacht waren. Aber bei dieser Vernissage würde nicht nur Konstantin, sondern auch sie ein bisschen im Rampenlicht stehen. Unzählige Fotos würden gemacht werden. Da wollte sie sich auf den Bildern doch auch gefallen.

Die Security-Firma war bereits fest gebucht. Nun stand noch das Catering auf dem Plan. Sie hatten sich für mediterrane Häppchen entschieden. Valerie ging noch einmal die Auswahl durch und gab sie schließlich final an den Catering-Service weiter. Da klingelte das Telefon, Bettina war dran.

»Du hörst dich gestresst an«, stellte sie ohne Umschweife fest.

»Echt? So fühle ich mich eigentlich gar nicht. Die Vorbereitungen für Konstantins Vernissage laufen gut, und das Organisieren macht mir richtig Spaß.«

»Stimmt auch gar nicht, dass du gestresst klingst.« Bettina kicherte. »Ich wollte dich nur zu einem Wellnessnachmittag überreden und dachte, das wäre ein guter Einstieg.«

»Haha, du bist unmöglich.«

»Danke.«

»Ein Wellnessnachmittag? Hast du nichts zu tun?«

»Das sind die seltenen Freuden der Selbstständigkeit. Ich könnte mich ab halb vier freischaufeln.«

»Okay, woran genau hast du denn gedacht?«

»Bei mir um die Ecke hat ein neuer Salon aufgemacht. Da gibt es alle möglichen Anwendungen für Gesicht und Körper. Du wirst die Qual der Wahl haben. Die sind eigentlich auf Wochen ausgebucht, aber ich kenne die Besitzerin und habe sie gebeten, mich anzurufen, wenn kurzfristig was frei wird. Ein Pärchen hat heute abgesagt. Das wäre unsere Chance.«

Ein Pärchen. Unweigerlich schob sich das Bild von Konstantin in ihre Gedanken, einen Handtuchturban auf dem Kopf und Gurkenscheiben auf den Augen. Sie verkniff sich ein Kichern. Schlimm genug, dass sie ständig an ihn denken musste, diesen Umstand wollte sie Bettina nicht auch noch auf die Nase binden. »Halb vier müsste ich auch hinbekommen. Ich bin dabei.«

Valerie war nie so der Wellnesstyp gewesen. Sauna war ihr zu heiß, die Entspannungsliegen zu langweilig, und nach einer Gesichtsmassage hatte sie einmal tagelang geglänzt wie eine Speckschwarte. Umso mehr überraschte sie nun dieser neue Salon. Er war stylish eingerichtet und wirkte extrem neu und sauber. Sie wurden herzlich empfangen. Zur Überbrückung der nicht einmal zehnminütigen Wartezeit verköstigte man sie etwas klischeehaft mit Prosecco, der aber ausgezeichnet schmeckte. Bettina bekam ein Gurkenwasser.

Valerie entschied sich für eine Gesichtsmaske mit Fango und eine Mani- sowie Pediküre. Bettina erkundigte sich erst einmal, ob Fango womöglich unangenehm roch, und entschied sich, als man ihr glaubhaft versicherte, dass die Maske nicht stank und man sogar ein extra geruchsarmes Produkt im Angebot habe, nach kurzem Überlegen ebenfalls dafür. So saßen sie wenig später in bequemen Liegesesseln, jede eine Packung Schlamm im Gesicht, und genossen zur Einstimmung eine Fußmassage.

»Wie läuft es mit deinem Lieblingskünstler?«, wollte Bettina nach einiger Zeit wissen.

»Ich weiß nicht. Ich habe herausgefunden, dass seine Ex noch lebt.«

Bettina lachte laut auf. »Na und? Hegst du jetzt Mordgelüste?«

»Natürlich nicht. Ich hatte nur fälschlicherweise angenommen, sie wäre verstorben. Im Grunde tut das ja auch gar nichts zur Sache. Aber ich glaube, er hängt noch an ihr.«

»War das nicht diese Theaterschauspielerin, diese Ly–«

»Ja, genau die«, warf Valerie ein und schnitt Bettina so das Wort ab. Sie wollte die Diskretion des Salonpersonals nicht überstrapazieren. Ihr war es lieber, wenn die Angestellten nicht so genau wussten, von wem sie sprachen.

»Na, das hätte ich dir auch sagen können, dass die noch putzmunter ist. Sie hat gerade erst eine Auszeichnung bekommen, wenn ich mich nicht irre.«

»Schon gut, ich weiß, ich bin auf dem Gebiet eine Banausin. Theater liegt mir nicht.«

»Mach dir ihretwegen keine Gedanken. Wäre es die große Liebe gewesen, wären die beiden ja noch zusammen.«

»Hmm.«

Valerie wollte lieber nicht weiter über Lydia Caspari sprechen. Aus Neugier hatte sie den Namen gegoogelt und war erstarrt vor ihrer Schönheit. Nun hatte sie auch noch eine Auszeichnung bekommen. Je mehr sie über diese Frau erfuhr, desto schlechter fühlte sie sich. Na ja, wenigstens würde sie dank Bettina gleich eine wunderbare Haut und gepflegte Hände und Füße haben. Ein netter, aber leider etwas schwacher Trost.

31

Valerie fühlte sich fabelhaft, als sie die Markuskirche betrat. Tags zuvor war sie beim Friseur gewesen und hatte ihrem blonden, halblangen Haar wieder etwas mehr Schwung verleihen lassen. Außerdem erfüllten sie die betriebsamen Vorbereitungen hier im Kirchenschiff mit Vorfreude und Stolz.

Konstantin und sie hatten entschieden, die sieben Todsünden in einer Reihe, jedoch leicht versetzt in der Mitte des Kirchenschiffs aufzustellen, sodass die Gäste beim Besichtigen quasi im Zickzack auf den Altarraum zuliefen. Weiße Staffeleien waren bereits an den betreffenden Stellen positioniert. Die Gemälde wurden gerade gerahmt und würden wegen der Diebstahlgefahr erst kurz vor der Veranstaltung hergebracht werden. Die Security hatte darauf gedrängt, und Valerie war es ganz recht so. Auch sie wollte nicht nur im Hinblick auf die winkenden Provisionen lieber auf Nummer sicher gehen.

Zu beiden Seiten hinter den Säulen und Rundbogen bauten die Helfer der beauftragen Firma Dutzende Stehtische auf. Sie würden für mehr Festlichkeit in Stoffhussen gekleidet werden. Im Augenblick glänzten sie noch in blankem Metall.

Da erblickte sie Konstantin. Er hatte heute wieder einen Pressetermin in München gehabt und versprochen, danach vorbeizukommen. Obwohl es für sie also keine Überraschung war, ihn hier anzutreffen, tat ihr Herz einen aufgeregten Hüpfer, als er hinter einer Säule hervortrat und mit einem strahlenden Lächeln auf sie zukam.

Sie nahmen sich kurz in die Arme, dann blickte Konstantin sich interessiert um. »Wunderbar. Das nimmt ja alles schon richtig Gestalt an.«

»Es sind ja auch nur noch ein paar Tage.«

»Ja, Wahnsinn, wie schnell das jetzt plötzlich ging. Ich

muss zugeben, dass ich froh bin, wenn es endlich so weit ist. Du hast mich ganz schön ausgebucht mit Presseterminen.« Er warf ihr einen vorwurfsvollen Blick zu, doch Valerie merkte, dass er es nicht ganz ernst meinte.

»Apropos. Der Artikel von Herrn Schrödter müsste heute erscheinen. Wollen mir mal nachsehen?«

»Gerne, für einen Spaziergang bin ich immer zu haben. Selbst wenn er durch Häuserschluchten statt durch Berge führt«, meinte er leichthin und ließ ihr galant den Vortritt.

Die beiden verließen die Markuskirche und schlenderten die Straße entlang. In einem kleinen Lokal, eine urige Mischung aus Stehcafé und Zeitschriftenladen, erstanden sie jeder einen Cappuccino und die aktuelle Ausgabe einer bekannten Münchner Tageszeitung. Sie stellten ihre Becher auf einem der Stehtische ab und blätterten gespannt zu den Kulturteilen vor.

»Da ist er ja«, stellte Konstantin fest. »Immer noch ein komisches Gefühl, sein eigenes Gesicht in der Zeitung zu sehen.«

Während er schon zu lesen begann, brauchte Valerie noch einen Moment, um die richtige Seite zu finden. Als sie sie aufschlug, erstarrte sie. Das Interview mit Konstantin nahm wie angekündigt eine halbe Seite ein, ein Foto von ihm war mittig im Text platziert. Doch zu Valeries Entsetzen bedeckte die untere Hälfte der Seite ein Artikel über Lydia Caspari. Das Foto von ihr war wieder äußerst vorteilhaft. Selbst auf dem stumpfen Zeitungspapier schienen ihre schwarzen langen Haare zu glänzen. Spätestens bei der Überschrift wollte Valerie schreien: »Ich werde seine Kunst immer lieben.«

»Was ist, gefällt dir der Artikel nicht?«, fragte Konstantin. Es war Valerie ein Rätsel, wie er das Konterfei seiner Ex auf derselben Seite hatte übersehen können. Oder wollte er die Situation einfach kommentarlos überspielen?

Valerie streckte die Hand aus und tippte in seinem Zeitungsexemplar auf Lydias Bild.

Stirnrunzelnd folgte Konstantin ihrem Fingerzeig. »Oh!«
Er wirkte ehrlich überrascht. Wenigstens etwas.

Der Artikel stammte vom selben Journalisten. Auch eine
Art, sich über die Interviewvorgaben hinwegzusetzen, dachte
Valerie. Womöglich war der Kerl ja ein heimlicher Fan von
Lydia und Konstantin als Paar gewesen. Jedenfalls hatte er
das alles äußerst gekonnt arrangiert.

Sie kam sich blöd vor, ihre Eifersucht zu zeigen, doch diese
Zeitungsseite hatte sie kalt erwischt. Zumal die Theaterschauspielerin schon im ersten Absatz versicherte, dass Konstantin
und sie immer eine starke Verbindung haben würden und sie
auf keinen Fall seine nächste Vernissage verpassen wollte:
»Ich bin immer an seiner Seite, ob wir nun gerade das Bett
teilen oder nicht.« Valerie wurde übel. Das Letzte, wirklich Allerletzte, was sie sich für dieses Event wünschte, war
Lydias Anwesenheit. Ein Triumph hatte sie werden sollen,
diese Veranstaltung. Von jenem Hochgefühl war aber gerade
nicht mehr viel übrig.

Doch nicht nur das störte sie. Die Totgeglaubte war auf
einmal sehr präsent. Was sollte das überhaupt heißen, »immer an seiner Seite, ob wir nun gerade das Bett teilen oder
nicht«? Wollte die Frau damit etwa eine On-off-Beziehung
andeuten? »Habt ihr denn noch Kontakt?«, wollte Valerie
von Konstantin wissen.

»Sporadisch.«

Sporadisch? Das konnte alles bedeuten. Auf jeden Fall war
es mehr, als Valerie vermutet hatte. Schließlich hatten ihre
Recherchen ergeben, dass Lydia Caspari inzwischen ander-
weitig liiert war.

Der Text des Artikels rotierte in Valeries Kopf. »Hast du
sie zur Vernissage eingeladen? Auf der Liste steht sie nämlich
nicht.«

Konstantin schüttelte langsam den Kopf. Er war wohl
von dem Artikel ebenfalls etwas überrumpelt. Doch im
Unterschied zu ihr schien ihm der Inhalt nichts auszuma-

chen. »Dann setzen wir sie halt noch mit drauf«, meinte er gleichmütig. »Wir können sie ja schlecht vor der Tür stehen lassen.«

Valerie atmete scharf ein. Und ob ich das kann, hätte sie am liebsten gesagt. Stattdessen nickte sie widerwillig.

»Ist das ein Problem für dich?« Konstantin sah sie ein wenig verunsichert an. Anscheinend konnte Valerie nur sehr schlecht verbergen, wie es in ihr brodelte.

»Natürlich nicht«, wehrte sie ab und bemerkte, dass sie schnippisch klang. Sie nahm einen Schluck aus ihrem Pappbecher und verbrannte sich prompt die Lippen. Verdammt. Unwirsch rieb sie sich über den Mund. Dann holte sie tief Luft, um sich zu sammeln. Reiß dich zusammen, du bist doch sonst nicht so emotional, schalt sie sich im Stillen, setzte ein Lächeln auf und hoffte inständig, dass es einigermaßen echt wirkte. »Du bist der Star des Abends. Es ist deine Vernissage, und deshalb folge ich natürlich gerne deinem Wunsch und setze sie auf die Gästeliste.«

»Das klingt, als ginge das Ganze von mir aus. Ich reagiere doch nur. Von diesem Artikel hier wusste ich gar nichts. Wenn du also sauer bist, dann bitte nicht auf mich, sondern auf diesen Schrödter.«

Oder auf Lydia. Sie konnte diese Schauspielerin jetzt schon nicht leiden, obwohl sie bis vor ein paar Tagen kaum etwas über sie gewusst hatte und ihr nie begegnet war. »Ich bin nicht sauer auf dich. Dazu habe ich doch gar keinen Grund.«

»Hast du wirklich nicht.«

Valeries Blick streifte erneut Lydias Foto, das nun zwischen ihnen auf dem Stehtisch lag. Darüber das Bild von Konstantin. Ein schönes Paar gaben sie ab, das musste Valerie zugeben. Die Schauspielerin und der Maler, eine Verbindung, wie geschaffen für die Medien und das Interesse der High Society. Hätte Valerie sich nur doch ein schickes Kleid gekauft. Mit ihrem Hosenanzug, so gut er auch saß, würde sie neben Lydia Caspari völlig unsichtbar sein.

»Gehen wir noch mal zurück zur Markuskirche?«, fragte Konstantin in ihre Gedanken hinein.

Valerie hatte sich so darauf gefreut, ihn wiederzusehen. Doch im Augenblick wollte sie nur noch weg. Ihr brannten viele Fragen auf den Lippen, und keine davon wollte sie stellen, da sie für die Antworten womöglich nicht bereit war.

»Tut mir leid, ich muss mich leider ausklinken. Ich habe noch einen wichtigen Termin, den ich nicht verschieben konnte.«

Seine bedauernde Miene verriet nicht, ob er ihr vorbehaltlos glaubte oder die Ausrede bemerkte. Zum Abschied nahm er sie in die Arme. Dann drehte Valerie sich auf dem Absatz um und verließ fluchtartig das kleine Lokal.

Kaum hatte sie ein paar Straßen zwischen sich und das Café gebracht, kam sie sich schrecklich blöd vor, dass sie Konstantin einfach hatte stehen lassen. Ihr Zorn galt ja eigentlich nicht ihm, nicht einmal dieser Ex-Muse Lydia, sondern ihrer eigenen Unsicherheit. Kurz haderte sie mit sich, dann machte sie kehrt und lief zurück. Doch leider kam sie zu spät. Konstantin war inzwischen ebenfalls aufgebrochen und nirgends mehr zu entdecken. Sie eilte zurück zur Markuskirche. Dort stieß sie auf einen Reinigungstrupp und Professor Holdermann, der sichtlich angetan war von der Aussicht, die Ausstellung eines so renommierten Künstlers in der Universitätskirche präsentieren zu dürfen. Doch vom Künstler selbst war auch hier nichts zu sehen.

Valerie unterhielt sich kurz mit dem Professor und machte sich dann auf den Rückweg zur Agentur. Unterwegs dachte sie darüber nach, seit wann Liebe und Beziehungen eigentlich so knifflig waren. Mit Alessandro hatte sie solche Probleme nicht gehabt. Sie konnte sich an kein einziges Mal erinnern, dass sie seinetwegen gegrübelt oder gezweifelt hätte. Nun grübelte sie die ganze Zeit. Darüber, ob sie sich kindisch verhielt, ob Konstantin sie nun mochte oder nicht und, wenn ja, wie sehr eigentlich. Und meistens darüber, ob er sie jemals küssen würde, so wie sie es sich gewünscht hatte, mitten auf dem Marienplatz vor allen Leuten. Außerdem fragte sie sich ernsthaft, warum sie ständig alles hinterfragen musste. Damit machte sie sich schließlich nur selbst das Leben schwer. Statt nun voller Selbstzweifel allein zur Agentur zurückzukehren, hätte sie den Tag auch einfach mit Konstantin genießen können. Ob sie ihn anrufen sollte? Sie könnte behaupten, ihr ach so dringender Termin sei ausgefallen. Doch bestimmt würde er die Lüge durchschauen, und sie käme sich dann noch blöder vor. Vielleicht war es ganz gut, dass sie ihn nicht mehr angetroffen hatte, so konnte sie wenigstens dieser Peinlichkeit entgehen. Sicherlich hatte er bemerkt, wie sehr Lydias Interview ihr zugesetzt hatte und dass sie fürchterlich eifersüchtig auf diese Frau war. Beides hatte sie zu überspielen versucht, doch womöglich war ihr das nicht sehr gut gelungen. Wenn sie an Konstantins Miene dachte, war es ihr wohl eher überhaupt nicht gelungen.

Schlecht gelaunt kam sie an der Agentur an. Trotz des halbstündigen Fußmarsches hatte sie sich gegen U- und Straßenbahn entschieden. Die Sonne schien, und sie hatte gehofft, so auf andere Gedanken zu kommen. Leider vergebens. Sie drückte die Haustür auf und ging die Treppe in den ersten Stock hinauf. Noch ehe sie ganz oben war, erblickte sie am Eingang der Agentur einen ungewohnten Farbtupfer. Am Türdrücker klemmte eine große Sonnenblume. Valerie nahm schnell die letzten Stufen und löste die Blume vorsichtig aus ihrer misslichen Position. Ein kleines Kärtchen hing daran, auf dem stand: »Liebe Valerie, ich freue mich auf unsere Vernissage. Bis dann, Konstantin«.

Anscheinend hatte sich ihr abrupter Abschied für ihn ebenfalls falsch angefühlt. Das fröhliche Gelb der Sonnenblume und vor allem natürlich seine Nachricht vertrieben einen guten Teil der düsteren Wolken aus Valeries Kopf.

32

Und dann war er schließlich da, der große Abend, auf den Valerie so lange gewartet hatte. Die Vernissage zu den sieben Todsünden würde ihre Feuertaufe sein, und die wollte sie natürlich bestmöglich meistern. Da war kein Platz für irgendwelche Gefühlswirrungen. Sie musste sich auf ihre Aufgabe als Agentin fokussieren. Das würde nicht nur der Veranstaltung guttun, sondern auch ihr selbst.

Am Nachmittag hatte sie noch einmal einen Kontrollgang vor Ort gemacht und die Lieferung und Aufstellung der Bilder beaufsichtigt. Nun stand sie zu Hause im Bad und sprach ihrem Spiegelbild Mut zu. Sie duschte lange und heiß, föhnte Volumen in ihr Haar und schlüpfte in ihren Hosenanzug. Dazu ein dezentes Make-up, auffallende Ohrringe und klimpernde Armreife. Zufrieden betrachtete sie sich im Spiegel. »Ahoi, auf in den Kampf«, flüsterte sie. Das hatten sie an Bord des Kreuzfahrtschiffes immer gesagt, wenn ein größeres Event bevorstand. Zwar hatte Valerie heute festen Boden unter den Füßen, doch ein bisschen Kampfgeist konnte sie trotzdem gut gebrauchen.

In Anbetracht ihrer hochhackigen Schuhe gönnte sie sich ein Taxi zur Markuskirche. Bis auf Catering und Security war sie die Erste hier. Ihre Mutter würde heute für ihren großen Auftritt mit Sicherheit eher etwas später kommen. Konstantin hingegen hatte zugesagt, ebenfalls zeitig aufzutauchen.

Sie blickte auf die Uhr. Die Gäste wurden erst in einer halben Stunde erwartet. Klar, ein paar Ungeduldige würden sicherlich früher da sein, aber Valerie hatte trotzdem noch etwas Zeit. Sie passierte einen livrierten Keller und betrat das Kirchenschiff. Im gedämpften Licht wirkte es noch feierlicher als tagsüber. Die Gemälde wurden zusätzlich beleuchtet, und draußen hatten sie Strahler aufgestellt, um die hohen Buntglasfenster im Altarraum in Szene zu setzen. Valerie freute sich, wie beeindruckend der Saal wirkte. Die Stimmung, die sie hier kreiert hatten, war eine wunderbare Mischung aus Ehrfurcht, Eleganz und Neugier. Sie trat an das erste Bild heran. Es war die Trägheit. In diesem Ambiente wirkte der gelangweilte Jüngling noch eine Spur dekadenter. Valerie liebte das Bild noch immer, am liebsten hätte sie es selbst erstanden. Doch der Preis lag leider weit über ihrem Budget.

Sie hatten überlegt, die Gemälde mit Glas oder Kunststoffscheiben zu schützen. Der Optik zuliebe hatten sie es schließlich jedoch gelassen und stattdessen die Security noch etwas verstärkt. Außerdem gab es strikte Vorgaben zum Einlass. Wer nicht auf der Liste stand, musste draußen bleiben. Valerie hoffte inständig, dass ihre Sicherheitsvorkehrungen gut genug waren und sich weder Diebe noch mit Tomatensoße bewaffnete Aktivisten einschleichen würden.

Sie streifte die unschönen Gedanken ab. Lieber wollte sie sich auf das Hier und Jetzt konzentrieren. Im Zickzack ging Valerie von einem Bild zum nächsten in Richtung Altarraum. Eines war beeindruckender als das andere. Einen Augenblick lang verweilte sie vor dem Gemälde des Zorns. Eine hübsche junge Frau mit geballten Fäusten war darauf zu sehen, Licht und Schatten zeichneten scharfe Linien in ihr angestrengtes Gesicht, und in ihren Augen loderte blanke Wut. Im Hintergrund waren in verschiedenen Grautönen Sprechblasen angedeutet, die auf die Frau einströmten, sie förmlich erdrückten. Ein beklemmendes und aufwühlendes Bild; nie hatte Valerie Female Rage besser eingefangen gesehen.

Als sie vor ihrem verzerrten Selbstbildnis, der Habgier, stand, hörte sie Schritte hinter sich. Es war Konstantin. Er trug einen dunklen Anzug, war frisch frisiert und rasiert und trat lächelnd auf sie zu. Er war sichtlich nervös, was ihn in Valeries Augen nur noch attraktiver und liebenswerter machte. »Ich bin so aufgeregt«, gestand er und drückte ihre Hände.

»Keine Sorge. Sobald wir unsere Begrüßungsansprachen hinter uns haben, ist es quasi eine coole Party.«

»Erinnere mich nicht an die Begrüßung. Mir wird schon schlecht, wenn ich nur daran denke.«

Valerie nahm ihn in die Arme und gab ihm einen sachten Kuss auf die Wange. »Es wird wunderbar werden«, sagte sie und meinte es auch so.

Er nickte kaum merklich und schaute sie an. Im gedämpften Licht des Kirchenschiffs wirkten seine braunen Augen fast schwarz. Valerie hatte das Gefühl, in ihnen zu versinken, wenn sie sie zu lange ansah, und wandte sich ab. Zusammen schlenderten sie an den Gemälden entlang zurück, um sich am Eingang zu postieren und die Gäste zu begrüßen. Keiner von ihnen sprach ein Wort, doch Valerie spürte überdeutlich Konstantins Hand auf ihrem unteren Rücken. Es war nur der Hauch einer Berührung, viel weniger, als wenn er tatsächlich den Arm um sie gelegt hätte. Doch es genügte, dass sich ein Kribbeln durch Valeries Körper zog. Sie versuchte, es auszublenden. Auch ohne ihre Gefühle für ihn tat es gut, Konstantin an ihrer Seite zu wissen. Seine Nähe vermittelte Geborgenheit und Zuversicht. Valerie war nicht allein; sie würden diesen Abend gemeinsam meistern.

Tatsächlich hatten sich bereits Gäste am Eingang eingefunden. Ein paar standen noch etwas weiter weg, so als würden sie auf Bekannte warten, um dann gemeinsam hereinzukommen, andere hatten sich direkt vor der Tür aufgebaut und drängten darauf, eingelassen zu werden, genau wie diverse akkreditierte Medienvertreter. Valerie gab dem Security-Mann ein Zeichen. Die Show konnte beginnen.

Während die Fotografen sich postierten, begrüßten sie das erste Paar, das den Eingangsbereich betrat, herzlich, obwohl sich im Nachhinein herausstellte, dass weder sie noch Konstantin wusste, wer die beiden waren. Valerie war beruhigt, dass Konstantin sich in der Münchner High Society offenbar ebenso schlecht auskannte wie sie selbst. Und dass sie es beide gut überspielten. Sie schüttelten immer mehr Hände und drückten jedem einen edlen Flyer mit einer Auflistung der Gemälde in die Hand. Konstantin deutete bei zwei älteren, etwas schrillen Damen sogar Handküsschen an, was die beiden in fröhliches Entzücken versetzte.

»An dir ist ja ein echter Entertainer verloren gegangen«, flüsterte sie ihm amüsiert zu.

Konstantin schnaubte abschätzig und machte ein leidendes Gesicht. »Erinnere mich bitte gleich noch mal daran, wenn ich die Begrüßungsworte sprechen muss.«

»Wir fassen uns kurz. Deine Bilder sprechen schließlich für sich.« Sie zwinkerte ihm aufmunternd zu.

Da hörte sie eine wohlbekannte Stimme. Hedy war eingetroffen und begrüßte überschwänglich jemanden in der Schlange am Einlass. Dann stöckelte sie selbstbewusst an den Wartenden vorbei. Archie beeilte sich hinterherzukommen. Der Security-Mann blickte Valerie fragend an, und sie nickte hastig, bevor er noch auf die Idee kam, Hedys Auftritt zu sabotieren.

Ihre Mutter würdigte den Mann keines Blickes. Sie fixierte Valerie und Konstantin und breitete schon die Arme aus, noch ehe sie durch die Tür war. Zum ersten Mal in ihrem Leben bekam Valerie von Hedy etwas affektierte Küsschen auf beide Wangen gedrückt. Sie grinste in sich hinein und verkniff sich mühevoll einen Kommentar. Rasch ergriff sie Archies Hand, damit der nicht auf den Gedanken kam, Hedys Begrüßungsbeispiel zu folgen. Auch Konstantin wurde geherzt, und Hedy genoss es sichtlich, mit ihm für die Presse zu posieren. Dann zog ihre Mutter in ihrer schillernden Robe weiter, um sich von den Gästen bewundern zu lassen. Und bewundern würden sie Hedy, denn sie sah wirklich phantastisch aus, was aber nicht unbedingt an dem Lifting lag. Zumindest nicht nur.

Valerie sah ihr belustigt nach. Sie wollte sich gerade an Konstantin wenden, um zu sticheln, dass Hedy sich bestimmt auch über einen Handkuss gefreut hätte. Da bemerkte sie, wie er an ihr vorbeisah und sich versteifte. Sie folgte seinem Blick, und augenblicklich bildete sich ein dicker Kloß in ihrem Hals. Lydia Caspari war aufgetaucht. Und sie war noch schöner als auf den Fotos, die Valerie von ihr gesehen hatte. Eine Aura von Eleganz und Luxus umwehte sie wie ein goldener Schimmer. Das schwarze Haar fiel ihr in schweren Locken über die zarten Schultern. Und ihr makelloser Körper steckte in einem dunkelroten, langen Abendkleid mit tiefem Dekolleté, gegen das sogar Hedys schillernde Robe nicht anstinken konnte.

Valerie versuchte, die negativen Emotionen und die enorme Unsicherheit, die Lydias Auftauchen in ihr ausgelöst hatten, abzustreifen, doch es wollte ihr nicht gelingen.

33

Valerie hatte das Gefühl, als hätte sie Konstantin in dem Moment verloren, in dem Lydia aufgetaucht war. Auf einmal schien er nicht mehr ganz bei der Sache zu sein und wirkte irgendwie reserviert. Sie beobachtete ihn genau, als Lydia sich zur Begrüßung sachte an ihn drückte. Obwohl er ja gewusst hatte, dass sie kommen würde, wirkte er nervös, fast überfordert. Auch sah er ihr eindeutig zu lange nach, als sie mit ihrem Begleiter hineinging.

Valerie bemerkte, dass sie vor Anspannung die Luft angehalten hatte, und atmete tief durch.

Der Andrang vor dem Eingang war inzwischen verebbt. Valerie ging zu dem Security-Mann, um zu klären, ob alle da waren. Zwei Personen fehlten noch – und Bettina. Valerie hatte vergessen, sie von der Liste zu streichen, obwohl sie abgesagt hatte. Bettina war schon wieder im Urlaub. Sizilien diesmal. Von der Provision der verkauften Bilder, die Hedy und sie sich teilen würden, konnte Valerie vielleicht auch eine schöne Reise machen. Zwei ausgebliebene Gäste waren jedenfalls ein guter Schnitt, und vielleicht würden die beiden ja noch eintrudeln. Ein paar Minuten wollten sie mit den Begrüßungsworten ohnehin noch warten, damit die Gäste sich kurz akklimatisieren und mit Getränken eindecken konnten.

Als Valerie wieder hineinging, sah sie sich sogleich nach Konstantin um. Zu ihrer Erleichterung stand er nicht bei Lydia, die sie trotz der zahlreichen Besucher in ihrem dunkelroten Kleid sofort erspähte. Hedy hatte ihn in Beschlag genommen. Unter anderen Umständen hätte er Valerie vielleicht ein bisschen leidgetan, jetzt war sie froh darum.

Ein Kellner mit einem Tablett voll Champagnerschalen lief an ihr vorbei. Valerie schnappte sich zwei, trank eine sofort leer und stellte sie auf das Tablett zurück. Die andere behielt sie, um sich daran festzuhalten. Außerdem konnte sie sich auf das Spiel der Blubberbläschen konzentrieren, wenn wieder ein dunkelrotes Kleid in ihr Blickfeld kam und sie dringend Ablenkung brauchte. Sie besann sich auf ihre Rolle, hielt hier und da ein bisschen Small Talk, bei dem sie sich spröde und einfallslos vorkam. Schließlich hielt sie es nicht mehr aus und ließ sich das Mikrofon geben. »Sobald wir unsere Begrüßungsansprachen hinter uns haben, ist es quasi eine coole Party«, hatte sie zu Konstantin gesagt. Leider war sie sich da inzwischen nicht mehr so sicher.

Zum Glück hatte sie ihre kurze Rede gut einstudiert. Valerie hatte das Gefühl, dass sie mit ihrer Darbietung sowohl Aufregung als auch Eifersucht gut überspielte. Die Leute lachten an den richtigen Stellen und blickten ihr wohlwollend entgegen, es hätte weitaus schlimmer kommen können. Zum Ende ihres Parts kündigte sie an, dass auch der Künstler selbst gerne noch ein paar Worte sagen wollte.

Von Applaus begleitet, trat Konstantin auf sie zu. Valerie lächelte ihn an, als sie ihm das Mikro übergab, und zog sich dann etwas zurück. Dabei kam sie sich vor wie ein Groupie, das am Rand der Bühne stand und seinen Star anhimmelte. Doch wer wurde es ihr verdenken? Konstantin sah umwerfend aus in seinem anthrazitfarbenen Anzug. Er wirkte nun auch überhaupt nicht mehr schüchtern oder aufgeregt, sondern eher, als sei er wirklich der geborene Entertainer und wie gemacht für das Rampenlicht. Nicht nur Valerie, sondern auch die Gäste hingen an seinen Lippen, als er über die sieben Todsünden sprach, die die Leute von jeher faszinierten und schon verschiedene Künstler inspiriert hatten.

»Doch auch wenn ich den Pinsel geschwungen und meine Interpretationen der Sünden auf Leinwand gebannt habe, so ist der eigentliche Star des Abends meine Agentin Valerie Gschwendt.«

Valerie traute ihren Ohren kaum, als er das sagte. Sie spürte, wie Hitze in ihr aufstieg und sich als Röte über ihre

Wangen legte. Zum Glück stand sie bei einer der Säulen, an einem etwas schummrigen Platz, sodass die Gäste das hoffentlich nicht so genau erkennen konnten.

»Ohne sie würde es nicht nur diese Vernissage nicht geben, die sie so wunderbar organisiert hat, sondern ebenso keines der heute ausgestellten Gemälde. Darum stoßen Sie bitte mit mir auf Valerie an.« Er erhob sein Glas, und Valerie wusste nicht, ob sie vor Scham lachen oder vor Rührung weinen sollte.

Sie prostete ihm zu, während sie die Blicke der Gäste auf sich spürte und Gläser sachte klirren hörte, ehe wieder applaudiert wurde.

Konstantin gab das Zeichen zur feierlichen Enthüllung der Gemälde, schaltete das Mikrofon aus und kam auf sie zu, während die Gäste unter entzückten »Ah«- und »Oh«-Rufen zu den ausgestellten Bildern strömten. Da schob sich auf einmal jemand in seinen Weg. Dunkelroter Stoff und schwarze Locken. Valerie stolperte zurück, als sei sie an einer Gummiwand abgeprallt. Die Blubberbläschen in ihrem Champagner versagten ihren Dienst der Ablenkung. Am liebsten hätte sie Lydia Caspari das Glas an den Kopf geworfen.

Hedy kam mit Archie im Schlepptau auf Valerie zugestöckelt. Sie strahlte über das ganze Gesicht. »Wunderbar! Ich muss wirklich sagen: Chapeau, Valerie. Eine tolle Veranstaltung hast du hier auf die Beine gestellt.«

Archie pflichtete ihr bei und tätschelte freundschaftlich Valeries Oberarm.

Die zwang sich ein Lächeln ins Gesicht. Sie hatte einmal gelesen, dass sich das Gehirn irgendwann überlisten ließ und mitgrinste, wenn die Gesichtsmuskeln es nur hartnäckig genug vormachten. So wie sie sich gerade fühlte, konnte sie sich nicht vorstellen, dass es funktionierte, doch einen Versuch war es wert. Irgendwie musste sie diesen Abend schließlich überstehen. »Danke, ihr beiden.«

Sie stießen miteinander an und leerten die Gläser. Dann

schlenderten sie in Richtung der Häppchen, während das Gros der Gäste noch damit beschäftigt war, die Gemälde genauer zu betrachten. Während sie sich durch die verschiedenen mediterranen Köstlichkeiten probierten, gab Hedy in verschwörerischem Flüsterton ein paar Anekdoten und Gerüchte zu verschiedenen Anwesenden zum Besten. Sie hatte Valerie mit der Gästeliste geholfen und brachte ihr nun, da sie den meisten Namen auch Gesichter zuordnen konnte, den Klatsch und Tratsch über die Reichen und Schönen Münchens nahe. Valerie hörte eher gelangweilt zu. Sie nahm sich eine neue Champagnerschale vom Tablett einer Kellnerin, während Hedy sich über einen Geschäftsmann ausließ, dessen Unternehmen vor ein paar Jahren den Bach runtergegangen war.

»Was will er denn dann hier? Wenn er pleite ist, hat er doch sicherlich kein Geld für Kunst.«

»Wenn du dich da mal nicht täuschst.« Hedys Augen funkelten. Sie war in dieser kleinen konspirativen Champagnerrunde voll in ihrem Element. »Seine Firma ist zwar futsch, aber er musste durch keine Privatinsolvenz. Er fährt noch immer seinen Sportwagen, ist Mitglied im Golfclub geblieben, und das Haus haben sie auch nicht verloren.«

»Na dann.« Valerie unterdrückte ein Gähnen. Da fiel ihr Blick auf Konstantin. Er stand noch immer bei Lydia. Gerade lachte sie und warf elegant ihre Locken zurück. Auch er wirkte froh und amüsierte sich gut. Valerie musterte ihren Begleiter. Nun, wenn schon Gossip, dann wenigstens interessanten, dachte sie und fragte möglichst gleichmütig: »Wer ist denn der Mann, der da bei Konstantin steht?«

Hedy schnappte sogleich nach dem Stöckchen, das sie geworfen hatte. »Gutes Auge, mein Kind. Das ist Gregor Ballis, einer der wohl begehrtesten Junggesellen Süddeutschlands. Angeblich soll die Caspari den Brauer für ihn verlassen haben. Er stammt aus einer wohlhabenden Bauunternehmerfamilie. Außerdem soll er ein glückliches Händchen an der

Börse haben. Und nebenbei sieht er doch zum Anbeißen aus, findest du nicht?«

Valerie betrachtete den Mann. Dunkles, welliges Haar, ein einnehmendes Lächeln, schmale, aber kräftige Statur. Ja, er sah wirklich gut aus. Außerdem hatte er ein wenig Ähnlichkeit mit Konstantin. Lydia schien einen bestimmten Typ Mann zu bevorzugen. Valeries Blick schweifte zwischen Ballis und Konstantin hin und her. Je genauer sie die beiden musterte, desto mehr kam sie zu dem Schluss, dass Gregor Ballis wie eine gesetztere, etwas ältere Ausgabe von Konstantin aussah.

»Na, und das daneben ist wie gesagt Lydia Caspari«, plapperte Hedy munter weiter. »Die kennst du ja wahrscheinlich, die kennt ja jeder. Sie sieht wieder umwerfend aus. Tolles Kleid, nicht wahr?«

Valerie schluckte erneut vergebens gegen ihren Frust an. »Hm. Ganz toll.«

34

Zwar gesellten sich immer wieder Menschen zu Konstantin, um ein paar Worte mit dem Star des Abends zu wechseln, doch Lydia wich nicht mehr von seiner Seite. Valerie kostete es einige Anstrengung, sie nicht die ganze Zeit über grimmig anzustarren. Auch zu ihr kamen viele Gäste und signalisierten Interesse an dem ein oder anderen Gemälde. Dank ihrer Gefühlslage konnte sie sich nicht so sehr darüber freuen wie erhofft, aber immerhin. Während sie sich mit Professor Holdermann unterhielt, der sie mit unverhohlener Aufregung ausdrücklich darum gebeten hatte, ihn doch bitte auch auf die Gästeliste zu setzen, beobachtete sie, wie Lydia ihrem Begleiter ihre leere Champagnerschale in die Hand drückte. Pflichtergeben machte sich Gregor Ballis auf den Weg zu einem der Kellner, um ihr ein neues Getränk zu holen. Bestimmt hatte sie das nur getan, um mit Konstantin allein zu sprechen. Denn sobald Gregor Ballis ihnen den Rücken zugekehrt hatte, trat sie einen Schritt näher an ihn heran.

Valerie presste verärgert die Lippen aufeinander und versuchte, sich wieder auf das Gespräch mit Holdermann zu konzentrieren, der gerade von seiner Reise nach Tibet erzählte. Was er zu berichten hatte, war durchaus interessant, trotzdem fiel es ihr schwer, seinen Ausführungen zu folgen. Ihre Gedanken klebten an Konstantin und ließen sich kaum von ihm lösen.

Irgendwann verabschiedeten sich die ersten Gäste, wenn auch zunächst nur vereinzelt. Die meisten würden noch eine Weile bleiben. Valerie versicherte sich kurz beim Catering, dass noch genügend Häppchen und Getränke vorhanden waren. Dann seilte sie sich ab, um etwas durchzuatmen, und schlenderte an den Gemälden entlang in Richtung des Altarraums, wie sie es schon früher am Abend getan hatte, bevor der ganze Trubel losgebrochen war.

Und so wie bei ihrem vorherigen Rundgang tauchte auch diesmal wieder Konstantin neben ihr auf. Als sie gerade eines der Bilder betrachtete, stand er auf einmal hinter ihr und machte mit einem leisen »Hey« auf sich aufmerksam.

»Hey. Was machst du denn hier? Ist Lydia Caspari etwa schon weg?«, fragte sie, ohne darüber nachzudenken, und drehte sich zu ihm um.

Konstantin wirkte irritiert. »Nein, sie ist noch da. Warum?«

Valerie winkte müde ab. »Nicht so wichtig.«

Er machte noch einen Schritt auf sie zu, sodass sie nun direkt nebeneinander zwischen den Gemälden standen. »Ist doch ein gelungener Abend, oder?«

»Ja, wie es aussieht, haben wir schon genug Kaufinteressenten für alle Bilder.«

»Das ist großartig. Aber ich meinte mehr den Abend an sich. Eine wirklich schöne Veranstaltung.«

Valerie nickte.

»Ich bin auch sehr froh, dass Lydia gekommen ist. Als ich ihren Vorstoß in der Zeitung gelesen hatte, war ich zuerst etwas skeptisch. Aber es ist gut, dass sie da ist.«

Nicht nur, dass er den ganzen bisherigen Abend mit seiner Verflossenen verbracht hatte. Jetzt laberte er sie auch noch mit seiner Freude darüber voll. Valerie spürte richtig, wie sie sich versteifte. Sie wollte nichts mehr hören von dieser Frau.

»Mir ist nämlich etwas klar geworden«, redete Konstantin unbeirrt weiter. Falls er ihre Abwehrhaltung registrierte, ließ er sich nichts davon anmerken.

»Aha. Und das wäre?«, fragte Valerie, obwohl sie es eigentlich überhaupt nicht wissen wollte. Sie konnte nicht verhindern, dass sie etwas gereizt klang.

»Dass sie mir nichts mehr bedeutet.«

Valerie starrte ihn an. Wie in Zeitlupe rieselten seine Worte in ihr Bewusstsein. »Nicht?«, hauchte sie verblüfft.

»Ich habe einer schönen Erinnerung nachgehangen und versucht, sie festzuhalten. Das hat mich gebremst. Leider. Ich bin froh, dass ich das jetzt endlich abstreifen konnte, denn eigentlich habe ich schon länger gespürt, dass ich etwas ganz anderes will. Jemand ganz anderes.« Ein zaghaftes Lächeln legte sich auf seine Lippen.

Valerie konnte nicht fassen, was er da sagte. Und sie traute sich auch gar nicht, in Erwägung zu ziehen, dass er womöglich sie meinte, sie wollte. Gerade erst hatte sie versucht, einen Schutzpanzer um ihr Herz zu legen. Sie brauchte einen Moment, um ihn wieder aufzubrechen. Da spürte sie, wie seine Fingerspitzen vorsichtig nach ihrer Hand tasteten. Als ihre Finger seine zarte Berührung wie von selbst erwiderten, kam er noch etwas näher heran.

»Das hier ist zwar nicht der Marienplatz«, flüsterte er ihr zu. »Aber vielleicht sind es genug Leute, um dich zu überzeugen, dass ich es ernst meine.«

Die Erinnerung an den Moment, auf den er anspielte, schob sich in ihr Bewusstsein und ließ ihre Wangen heiß werden. Ehe sie richtig verstand, was nun folgen könnte, beugte er sich ihr entgegen. Valerie schloss die Augen, als sich ihre Lippen trafen. Ein paar aufgeregte Sekunden lang war ihr die Präsenz der Gäste mehr als bewusst, und sie fragte sich, wie viele Augenpaare wohl gerade auf sie beide gerichtet waren. Dann ließ sie sich fallen, und es gab es nur noch sie beide.

Konstantin zog sie fest an sich, und Valerie schlang ihre Arme um seinen Nacken. Sie wollte sich verlieren in diesem Kuss, doch trotz des Kribbelns, das durch ihren Körper strömte, wurde ihr schließlich wieder bewusst, dass sie zwischen den Gemälden fast wie auf einer Bühne standen. Sie zog sich etwas zurück. Stirn an Stirn genoss sie noch kurz seine Nähe, dann wagte sie es, ihre Augen zu öffnen. Sie blickte ihn lächelnd an, und überschwängliche Freude durchflutete sie, als sie in seine Augen sah. Liebe und Verlangen funkelten darin. Er hatte sich für sie entschieden, voll und ganz, und die ganze Welt durfte es wissen.

Er beugte sich erneut zu ihr. »Sollen wir verschwinden?«, flüsterte er nah an ihrem Ohr, und sein Atem kitzelte ihren Hals.

»Ist das dein Ernst?«, fragte sie kichernd. »Wir sind doch die Gastgeber.«

»Man muss Prioritäten setzen, oder?«, meinte er provokant. »Außerdem habe ich schon genug Zeit verschwendet.«

»Vielleicht können wir es unauffällig machen.«

»Sag bloß, jetzt bekommst du auf einmal kalte Füße«, stichelte er mit einem schelmischen Grinsen.

Sie hakte sich bei ihm ein, und gemeinsam spazierten sie in den vorderen Teil des Kirchenschiffs, wo sich die meisten Gäste aufhielten. Manche wandten sich etwas peinlich berührt ab, der Großteil wirkte ehrlich amüsiert. Valerie kniff die Lippen zusammen. Nicht weil ihr die Situation peinlich war, sondern weil sie versuchte, ein breites Strahlen zu unterdrücken.

Sie gingen zu Hedy, die ausnahmsweise mal etwas aus dem Konzept gebracht war. Sie konnte sich ganz offensichtlich nicht entscheiden, ob sie lachen oder eine vorwurfsvolle Miene aufsetzen sollte. Überfordert sah sie von Konstantin zu Valerie und dann zu Archie.

Valerie beugte sich ein wenig vor und flüsterte ihr ins Ohr: »Vorsicht mit deiner Mimik, sonst gibt es womöglich neue Falten.«

Der freche Kommentar löste Hedys Anspannung, und sie brach in schallendes Gelächter aus.

Valerie wagte es trotz aller Verlockung nicht, die Vernissage mit Konstantin vorzeitig zu verlassen. Zum Glück blieben die Gäste nicht mehr allzu lange. Sie fühlte sich ein bisschen erschöpft von dem langen Tag, und auch die Emotionen, die sie den ganzen Abend nahezu überwältigt hatten, die angenehmen wie die unangenehmen, waren anstrengend gewesen. Als sie schließlich Konstantins Hotelzimmer betraten, war Valeries Müdigkeit jedoch längst ganz anderen Gefühlen gewichen.

Konstantin drückte die Tür hinter sich ins Schloss, ohne sie aus den Augen zu lassen. Sie machten kein Licht, der Schein der Straßenlaternen drang zum Fenster herein und reichte aus, sein Gesicht zu erhellen. Sein Blick war intensiv, als wollte er sie festhalten, dann zuckte er kurz zu ihren Lippen. »Es tut mir leid, dass ich so lange gebraucht habe.«

»Es tut mir leid, dass ich so ungeduldig war.«

Er beugte sich zu ihr, und sie sah in seinen Augen, die im Zwielicht schwarz wirkten und tief, dass er nun nicht weniger ungeduldig war als sie. Valerie kam ihm entgegen und küsste ihn, sanft und vorsichtig zuerst, bald drängender. Als sie die Arme um seinen Nacken legte, hob er sie hoch, und sie schlang die Beine um seine Hüften. Ohne den Kuss zu unterbrechen, trug er sie ins Zimmer und legte sie sanft auf das Bett. Sie hielt ihn an der Knopfleiste seines Hemdes fest, damit er nicht auf die Idee käme, mit seinen wunderbaren Liebkosungen aufzuhören.

Die Hitze, die als leises Kribbeln begonnen hatte, tobte nun förmlich in Valerie und füllte sie aus, vom Scheitel bis zu den Zehen. Sie vergrub die Finger in seinen Locken, während er mit seinen Lippen ihren Hals und das Schlüsselbein liebkoste. Kleine Wellen der Erregung breiteten sich in Valeries Körper aus, und sie flüsterte seinen Namen.

Konstantin ließ seine Hände unter ihre Bluse wandern und knöpfte sie schließlich quälend langsam auf. Valerie zog sein Hemd aus der Hose und strich mit den Fingern über seinen Rücken. Sie konnte es kaum erwarten, dass sie ihre Kleidung loswurden. Sie wollte mehr von ihm spüren, Haut an Haut, ohne störenden Stoff dazwischen. Hungrig fuhr sie ihm über die Brust, nachdem er sein Hemd ausgezogen hatte, und entlockte ihm ein Seufzen.

Es war, als hätten sie sich in einen Kokon zurückgezogen und die Welt ausgeschlossen. Valerie hörte nur noch seinen Atem und das rauschende Wummern ihres eigenen Herzens und gab sich ihren Gefühlen hin.

35

Erschöpft und glücklich lag Valerie in Konstantins Arm und vergrub die Nase an seinem Hals. Er roch so gut, irgendwie nach frischem Gras und Farbe, doch vielleicht waren das auch einfach die Dinge, die sie mit ihm verband, und ihre Sinne spielten ihr einen Streich. Sie malte mit dem Finger Kringel auf seine nackte Brust. Im Zwielicht der Straßenlaternen bemerkte sie, dass er lächelte.

»Bist du nicht müde?«, fragte er mit rauer Stimme.

»Ich bin zu glücklich zum Schlafen.«

Sein Lächeln wurde breiter. Er drehte sich zu ihr und legte die Arme um sie, zog sie ganz dicht an sich heran. Valerie genoss seine Nähe, ließ sich von seiner Wärme einhüllen. Ihr aufgeregtes Herz beruhigte sich allmählich, und so schlief sie, ein wohliges Gefühl im Bauch, irgendwann doch noch ein.

Als die ersten Sonnenstrahlen durchs Fenster hereinfielen und sie weckten, kam es ihr vor, als wäre nur ein Augenblick vergangen. Valerie streckte sich im Bett lang aus. Dafür hatte sie viel Platz, denn Konstantin war schon aufgestanden. Nebenan im Badezimmer hörte sie Wasser prasseln. Kurz überlegte sie, ob sie zu ihm gehen sollte, da verebbte das Geräusch. Sie seufzte glücklich, als sie sich unter der Bettdecke räkelte und ihr die vergangene Nacht wieder in den Sinn kam. Hätte sie doch nur geahnt, wie wundervoll der Abend enden würde, sie hätte sich weit weniger Sorgen um Lydia gemacht und die Vernissage viel mehr genießen können. Manchmal machte man sich das Leben eben einfach unnötig schwer. Doch jetzt war alles gut, und das war das Wichtigste.

Die Badezimmertür wurde geöffnet, und Konstantin trat heraus, ein weißes Hotelduschtuch um die Hüfte gewickelt.

»Ich hoffe, ich habe dich nicht geweckt?«

»Ich wünschte, du hättest es, dann wäre ich mit dir duschen gegangen.«

»Verlockende Vorstellung.« Er warf sich so schwung-
voll neben ihr aufs Bett, dass die Matratze wackelte und sie
durchschüttelte. Valerie strich ihm durch das nasse Haar,
und er lehnte sich in ihre Berührung. Dann nahm er ihre
Hand und küsste sanft ihre Finger. »Ich muss leider bald
los und Fee abholen. Marlene ist heute zu einer Hochzeit
eingeladen.«

Bei diesen Worten machte sich Bedauern in Valerie breit,
und das gleiche Gefühl spiegelte sich in seinem Blick.

»Ich habe das Auto bei ihr stehen lassen und bin mit der
Bahn nach München reingefahren. Ich dachte, das wäre
stressfreier. Jetzt bereue ich es, mein Zug geht leider schon
in einer Dreiviertelstunde.« Zärtlich strich er ihr über die
Wange.

»Und wenn ich dich hinfahre? Dann hätten wir doch noch
etwas mehr Zeit, oder?«

Seine Augen blitzten belustigt auf. »Da wir dein Auto
ja erst noch holen müssten, macht es wohl nicht viel aus.
Zwanzig Minuten vielleicht.«

Valerie drückte sich an ihn und spürte deutlich, dass er
sich leicht überreden lassen würde. Prompt streifte er das
Handtuch ab und schlüpfte zu ihr unter die Decke, um dort
weiterzumachen, wo sie in der Nacht aufgehört hatten.

Im Taumel ihrer Emotionen verging die Zeit umso schnel-
ler, und als sie das Hotel verließen, waren sie trotz der ge-
schenkten Minuten ein bisschen spät dran. Im Laufschritt
joggten sie zu Valeries Auto, das zum Glück bei der Agentur
und damit nicht sehr weit vom Hotel entfernt stand.

»Wenn wir jetzt einen Stau auf der Autobahn haben, wird
meine Schwester mich umbringen!«, meinte Konstantin, als
er seinen Trolley auf die Rückbank warf.

»Ich habe nachgesehen, während du an der Rezeption
warst und ausgecheckt hast. Sieht gut aus, keine Sorge.«

Er beugte sich zu ihr und drückte ihr einen schnellen Kuss auf die Wange, während sie den Motor startete.

Als sie den innerstädtischen Verkehr hinter sich gelassen hatten und endlich die Stadt in Richtung Süden verließen, löste sich ihrer beider Anspannung. Der Verkehr floss dahin, und weder Radio noch Navi, in das Konstantin die Adresse eingegeben hatte, meldeten irgendwelche Behinderungen auf ihrer Strecke.

»Warum war deine Schwester eigentlich nicht auf der Vernissage? Wir hätten sie doch problemlos auf die Gästeliste setzen können.« Valerie war automatisch davon ausgegangen, dass sie wegen Fee zu Hause bleiben würde. Doch wenn sie nun genauer darüber nachdachte, hätte sich für den kleinen Beagle sicherlich auch eine andere Lösung gefunden.

Konstantin winkte ab. »Sie macht sich nichts aus so etwas. Der Rummel und das Rampenlicht sind ihr eher zuwider.«

»Na, da habt ihr ja etwas gemeinsam«, meinte Valerie schmunzelnd, und Konstantin setzte einen leicht schuldbewussten Ausdruck auf.

Da klingelte Valeries Handy, das sich beim Einsteigen wie immer automatisch mit der Freisprechanlage verbunden hatte. Die Ansicht des Navis verschwand vom Display des Wagens, und stattdessen wurde dort nun Hedys Name angezeigt.

»Hallo, Mama«, nahm Valerie den Anruf an. Sie wollte gerade ergänzen, dass Konstantin neben ihr saß und mithörte. Schließlich kannte sie ihre Mutter und deren Hang zu frivolen Späßen, eine Peinlichkeit, die sie sich lieber ersparen wollte. Zumal sie am Vorabend keine Gelegenheit mehr gehabt hatten, allein miteinander zu sprechen.

Doch da plapperte Hedy schon ungebremst los: »Morgen, Valerie! Also, über deine Methoden kann man ja geteilter Meinung sein, aber ich muss zugeben, ich bin beeindruckt, wie du unseren Goldesel wieder in die Spur gebracht hast!

Die Vernissage war ein voller Erfolg und wird uns ein hübsches Sümmchen einbringen!«

Oh. Mein. Gott. Hatte Hedy das gerade wirklich gesagt? Verzweiflung kroch sauer wie Sodbrennen Valeries Kehle hinauf. Vorsichtig warf sie Konstantin einen Seitenblick zu. Wie befürchtet nahm er Hedys Worte gar nicht gut auf. Er schaute stur geradeaus und hatte die Zähne fest zusammengebissen.

»Hallo? Bist du noch da? Hast du schlechten Empfang?«, kam es fragend aus der Freisprechanlage.

»Valerie ist da. Und Ihr Goldesel auch. Schön, dass ich Sie wieder zufriedenstelle, Frau Gschwendt«, antwortete Konstantin.

Valerie brachte noch immer keinen Ton heraus. Sie war mit der Situation hoffnungslos überfordert, und darüber hinaus musste sie sich schließlich auf den Verkehr konzentrieren, der gerade auch noch dichter wurde.

»Oh, ich wusste nicht, dass Sie zuhören«, sagte Hedy etwas unbeholfen.

»Ach was«, gab Konstatin zurück.

Einen Moment blieb es still, dann hatte Hedy sich wieder gefasst. »Ach, nichts für ungut, Herr Brauer. Sie sind ja bestimmt auch froh, dass Sie Ihre Krise überwunden haben, oder?«

Valerie wollte ihre Mutter anschreien, dass sie endlich die Klappe halten sollte. Sie hatte gehofft, sie würde sich einfach entschuldigen und versuchen, ihren blöden Kommentar aus der Welt zu schaffen. Stattdessen machte sie alles nur noch schlimmer. Ehe Hedy weitersprechen konnte, unterbrach Valerie die Verbindung.

Die Stille, die sich nun in dem kleinen Auto ausbreitete, fühlte sich schwer an wie Blei.

»Es tut mir leid«, sagte Valerie leise. Ihre Stimme klang rau, und sie räusperte sich unwohl.

Konstantin antwortete nicht. Er sah sie nicht einmal an,

sondern hatte den Kopf in die andere Richtung gewandt und blickte schweigend zum Beifahrerfenster hinaus.

Valerie überlegte aufgewühlt, wie sie den Graben, der sich auf einmal zwischen ihnen aufgetan hatte, wieder schießen sollte. Sie griff über die Mittelkonsole und legte ihre Hand auf Konstantins Unterarm. Doch das vergrößerte den Abstand zwischen ihnen nur noch mehr, denn die einzige Reaktion, die auf ihre Berührung folgte, war, dass er sich versteifte.

»Bitte, Konstantin, bestrafe mich nicht dafür, dass meine Mutter ist, wie sie ist«, flüsterte sie.

»Es geht hier nicht um deine Mutter.«

Nicht? Valerie schwieg irritiert. Ein dunkler Audi zog auf die linke Spur, ohne zu blinken. Sie nahm die Hand von seinem Arm und legte sie wieder zurück ans Lenkrad. Dann verkündete das Navi, dass sie die Autobahn an der nächsten Abfahrt verlassen sollte. Sie waren fast da.

»Worum geht es denn dann?«

Konstantin ließ sich Zeit mit einer Antwort. »Lydia war nicht der einzige Grund, warum ich unsicher war«, sagte er schließlich.

Valerie strich sich über den Hals. Der Druck auf ihre Kehle wurde langsam unerträglich.

»Ich hatte auch Bedenken, was du in mir siehst.«

»Wie meinst du das?«

»Du hast mich aufgesucht, weil du wolltest, dass ich wieder male. Du wolltest Bilder verkaufen, Geld verdienen. Und du warst unausstehlich am Anfang. Erst als du dein Ziel erreicht hattest, als ich wieder malte, bist du freundlicher geworden«, erklärte er nahezu tonlos.

Valerie war für einen Moment zu geschockt, um zu antworten. Dachte er wirklich, er sei nur ein lukratives Geschäft für sie? Ein Goldesel, wie Hedy es genannt hatte? »So war das doch gar nicht!«, rief sie aufgewühlt. »Ich war nicht freundlicher, weil ich mein Ziel erreicht hatte. Es war dein Porträt von mir, die Habgier. Das Bild hat mir die Augen geöffnet, mir wurde klar, wie blöd ich mich verhalten hatte.«

Konstantin blickte weiter zum Beifahrerfester hinaus.

»In fünfhundert Metern erreichen Sie Ihr Ziel. Das Ziel liegt links«, verkündete das Navi, und Valerie hätte schreien mögen.

36

Im Schneckentempo ließ sie den Wagen die Straße entlangrollen. Sie wollte nicht im Streit mit ihm auseinandergehen, wollte diese unglückliche Sache unbedingt geklärt wissen, ehe er ausstieg.

»Es ist da vorne, das hellgelbe Haus«, sagte er.

Valerie hatte seinen Jeep schon entdeckt, der vor besagtem Grundstück auf dem Seitenstreifen parkte. Egal, wie langsam sie fuhr, sie würden das Zuhause seiner Schwester jeden Moment erreichen, im Grunde waren sie ja schon da. »Konstantin, du kannst doch nicht ernsthaft alles anzweifeln, was zwischen uns ist, nur weil meine Mutter einen dummen Spruch abgelassen hat«, sagte sie flehend.

Endlich wandte er sich ihr zu. Sie schauderte, als sie in seine Augen sah. Alle Wärme war daraus gewichen. »War es das denn? Nur ein dummer Spruch?«

Der Zweifel in seiner Stimme schmerzte Valerie. Denn sie begriff, dass ihn tatsächlich nicht nur Lydia und seine eigenen Gefühle gebremst hatten. Nein, es waren ihre Gefühle, ihre Absichten gewesen, denen er nicht getraut hatte. Und nun hatte Hedy mit ihrer unbedachten Äußerung anscheinend viel zu viel Öl in das wohl noch nicht ganz erloschene Feuer gegossen.

Sie stoppte den Wagen vor dem hellgelben Haus, es ließ sich nicht mehr länger hinauszögern. Wie auf Kommando tauchte eine Frau in der Haustür auf. Sie hatte lange braune Haare, in denen vorne noch ein großer Lockenwickler steckte. Das rosafarbene lange Kleid mit dem funkelnden Paillettenmieder zerstreute die letzten Zweifel. Das musste Marlene sein, und sie war praktisch schon auf dem Sprung zu dieser Hochzeit.

Sobald das Auto stand, öffnete Konstantin die Beifahrertür.

»Da bist du ja endlich!«, hörte Valerie Marlene rufen. Schnell stieg sie ebenfalls aus.

»Sorry, aber ich bin ja noch rechtzeitig, oder?«, antwortete Konstantin, während er sich in den Fond des Autos beugte und seinen Trolley von der Rückbank nahm.

»Ja, gerade noch so. Komm schon, beeil dich!«

Valerie stand in der offenen Fahrertür, im Bewusstsein, dass Konstantin im Begriff war, ihr durch die Finger zu flutschen, und wusste nicht, was sie tun sollte. Da fiel Marlenes Blick auf sie, und sie nickte Valerie zu. Jetzt fühlte Konstantin sich anscheinend bemüßigt, sie vorzustellen. »Das ist Valerie Gschwendt. Sie war so freundlich, mich herzufahren, nachdem ich meinen Zug verpasst hatte.«

»Oh, du Schussel! Nächstes Mal fährst du lieber wieder mit dem Auto, dann kann dir das nicht passieren.« Marlene schluckte Konstantins Ausrede, ohne mit der Wimper zu zucken, und Valerie war damit zur bloßen Fahrerin degradiert.

Konstantin schlug die Autotür zu und entfernte sich mit dem Trolley in der Hand vom Wagen. Es war offensichtlich, dass er ihr Gespräch nicht in Anwesenheit seiner Schwester weiterführen wollte. Die schaute etwas unschlüssig drein. Ob er Marlene jemals etwas von Valerie erzählt hatte, war an ihrer Miene nicht abzulesen.

»Es tut mir leid, dass ich Sie nicht hereinbitte«, meinte sie entschuldigend und knetete ihre schlanken Finger. »Aber ich muss gleich auf eine Hochzeit, wissen Sie.«

»Schon okay«, antwortete Valerie lahm, obwohl für sie gerade gar nichts okay war.

Konstantin war bereits durch das niedrige Gartentürchen gegangen. Sie rief seinen Namen, damit er stehen blieb und nicht einfach wegging. Er stoppte und wandte sich zu ihr um.

Bitte komm zurück, lass uns das klären und hau nicht einfach ab, flehte sie im Stillen. Sie bekam keines der Worte heraus. Marlene stand noch immer vor dem Haus, und so schwieg Valerie.

Konstantin zögerte, fuhr sich mit der freien Hand durchs Haar. In der anderen hielt er noch immer seinen Koffer. »Danke für den Fahrdienst«, sagte er dann, drehte sich auf dem Absatz um und ging weiter in den Garten hinein, wo Fee ihn schon freudig erwartete.

Valerie wollte ihm nachlaufen, doch unter dem skeptischen Blick seiner Schwester wagte sie es nicht. Das würde ihn womöglich bloß noch mehr verärgern und von ihr wegtreiben. Nur mit größter Anstrengung gelang es ihr, sich loszureißen. Widerwillig stieg sie wieder in ihr Auto und ließ den Motor an. Sie hatte die Straße noch nicht einmal verlassen, da liefen ihr schon die Tränen über die Wangen.

Sie konnte nicht fassen, wie diese wunderbare Liebesgeschichte, die sich nun endlich zwischen ihnen entwickelt hatte, so einfach den Bach hatte runtergehen können. Vor wenigen Stunden noch war ihr ganz taumelig gewesen vor Glück. Jetzt fühlte sie sich, als wäre sie in ein dunkles Loch gefallen, aus dem sie keinen Ausweg fand.

Sie wischte sich über das Gesicht, um sich einigermaßen auf den Straßenverkehr zu konzentrieren. Auf der Autobahn reihte sie sich auf der rechten Spur zwischen zwei Lkw ein und rollte wie in Trance in Richtung München. Dabei ließ sie die Geschehnisse immer und immer wieder Revue passieren. Hätte sie dieses Debakel irgendwie verhindern können? Vielleicht hätte sich die Situation zu ihren Gunsten gewandelt, wenn sie nach Hedys Äußerung sofort für Konstantin in die Bresche gesprungen wäre und ihre Mutter gerügt hätte. Doch sie war wie gelähmt gewesen, hatte den Mund nicht aufbekommen. Und selbst wenn, Hedys Worte waren ja schon ausgesprochen und hatten sich unheilvoll im Auto aufgebläht wie dunkle Monster.

Dass er an ihren Gefühlen für ihn zweifelte, versetzte ihr einen schweren Stich. Hatte er denn keine Augen im Kopf? Konnte er nicht sehen, wie viel er ihr bedeutete?

Der Zorn auf Hedy verrauchte und ließ eine fade Leere

in Valerie zurück. Was sagte es über sie aus, wenn der Mann, den sie liebte, ihr zutraute, dass sie ihn nur aus Berechnung umgarnt hatte? Dass sie ihm Gefühle vorgaukelte, sogar die Nacht mit ihm verbrachte, um ihn bei der Stange und am Malen zu halten für den eigenen Profit? Valerie schluchzte auf bei dem Gedanken. Das Gemälde der Habgier schob sich vor ihr inneres Auge. Damals hatte er gemalt, was er in ihr sah. Valerie hatte dennoch gehofft, ja geglaubt, dass das der Vergangenheit angehörte. Nie hätte sie für möglich gehalten, dass dieser erste Eindruck, den sie bei ihm hinterlassen hatte, sie so grausam einholen würde.

Wieder wischte sie sich über die nass geweinten Augen. Sie sollte anhalten, frische Luft schnappen und sich etwas beruhigen, ehe sie weiterfuhr. Ihr Kopf wusste das genau. Doch ihr Bauch verdrängte diese rationalen Pläne sofort wieder. Sie war wie auf Autopilot geschaltet und völlig außerstande, anzuhalten oder überhaupt irgendetwas anderes zu tun, als stur weiterzufahren. Sie wollte nur noch nach Hause und sich die Decke über den Kopf ziehen.

37

Zu Hause angekommen, nahm Valerie eine viel zu lange und viel zu heiße Dusche. Danach fühlte sie sich in der Lage, Konstantin eine Nachricht zu schreiben. Sie wollte diese Sache so dringend aus der Welt schaffen, dass sie sich beim Tippen völlig verkrampfte. Nachdem sie die dritte Version des Textes endlich abgeschickt hatte, starrte sie wie beschwörend auf den Messenger. Er zeigte ihr an, dass Konstantin prompt online ging und ihre Nachricht las. Mit flatterndem Herzen fixierte Valerie das Display. Doch dann verließ Konstantin die App, ohne ihr zu antworten.

Frustriert warf Valerie sich auf die Couch und schaltete den Fernseher ein. Lustlos zappte sie durch die Kanäle, blieb irgendwo hängen und konnte nach einer Weile trotzdem nicht sagen, was sie sich da eigentlich gerade angeschaut hatte. Nichts interessierte sie, alles erschien ihr belanglos und unwichtig. Immer wieder nahm sie das Smartphone zur Hand. Konstantin ließ nichts von sich hören. Sie atmete zitternd aus. Wenn sie nicht verrückt werden wollte, musste sie sich ablenken.

Valeries Wahl fiel auf die Küche. Sie räumte alle Fächer komplett leer, wischte sie aus und räumte alles neu sortiert und ausgemistet wieder ein. Für die Dauer dieser Grundreinigung hatte ihr Aktionismus Valerie durchaus gutgetan. Doch kaum war sie fertig, kroch das schäbige Gefühl der Leere zurück in ihre Glieder.

Sie zog sich ihre Sportklamotten an und verließ das Haus zu einer Joggingrunde. Kaum hatte sie die Tür hinter sich zugezogen, klingelte ihr Handy. Hastig fummelte sie es aus der Tasche, nur um enttäuscht festzustellen, dass nicht Konstantin der Anrufer war, sondern Hedy. Auf die hatte Valerie jetzt gar keinen Bock. Auch wenn ihr Missmut sich inzwischen von ihrer Mutter auf sie selbst verlagert hatte, war sie immer noch sauer auf sie.

»Ja?«, meldete sie sich unwirsch.

»Bist du allein, oder hört wieder jemand mit?«

»Ich bin allein.« Die Worte schmeckten bitter auf ihrer Zunge.

»Archie ist beim Tortekaufen etwas eskaliert. Kommst du auf einen Kaffee vorbei?«

»Soll das ein verschleiertes Friedensangebot sein?«

»Sind wir denn im Krieg?«

Valerie atmete so tief durch, dass sie meinte, ihre Lungen müssten platzen. »Du hast alles kaputtgemacht«, sagte sie mit erstickter Stimme.

»Jetzt komm erst mal her«, antwortete Hedy nach kurzem Zögern.

»Na gut. Ich wollte eh gerade eine Runde laufen.«

»Bis gleich.«

Valerie legte auf und steckte das Handy zurück in ihre Tasche. Dann rannte sie los, als wäre der Teufel hinter ihr her. Oft schon hatte das Laufen ihren Kopf klären können, wenn etwas sie in Aufruhr versetzt hatte. Doch heute klappte es nicht. Völlig außer Atem kam sie bei Hedy und Archie an. Und doch spürte sie, als sie die warme Wohnung betrat, schon wieder dieses Gefühl der Leere in ihrer Brust.

Archie hatte ihr die Tür geöffnet und erzählte nun schwärmerisch von einer neuen Konditorei, die erst vor Kurzem bei ihnen in der Nähe eröffnet hatte und deren lecker aussehende Kuchen und Torten er nun unbedingt endlich einmal probieren wollte. Valerie konnte sich das nur zu gut vorstellen, denn für Süßes war er immer zu haben. Als sie das Esszimmer betrat, musste sie trotz ihrer Traurigkeit schmunzeln. Hedy hatte nicht übertrieben, als sie von einer Torteneskalation gesprochen hatte. In der Mitte des Esstisches thronte tatsächlich eine ganze Torte, wobei jedoch jedes Stück eine andere Sorte war. Dafür, dass die beiden eigentlich nur zu zweit Kaffee trinken wollten, hatte Archie ganz schön zugelangt.

Hedy lehnte an dem Barhocker, mit dem Sitzen war sie immer noch vorsichtig. Als sie Valeries Blick auffing, deutete sie auf den Tisch. »Siehst du? Wer soll das denn alles essen?«

»Es war ein Kennenlernangebot. Außerdem wird das bestimmt nicht gleich schlecht, wenn wir nicht alles schaffen«, verteidigte sich Archie.

Valerie spürte, dass das alltägliche Gekabbel der beiden ihr guttat, und ließ sich auf einen der Esszimmerstühle fallen. »Also ich brauche irgendetwas Schokoladiges. Soll doch angeblich glücklich machen.«

Hedy rutschte etwas verlegen auf ihrem Barhocker herum, während Archie sich sofort daranmachte, Valerie ein Stück Schoko-Nuss-Torte auf den Teller zu tun.

»Und? Wirkt es?«, fragte Hedy, als Valerie sich die erste Gabel in den Mund schob.

»Noch nicht. Aber sie ist wirklich sehr lecker.« Sie nickte Archie zu, der sofort ein paar Zentimeter zu wachsen schien und Hedy seinen typischen Hab-ich-doch gesagt-Blick zuwarf.

Als sie alle drei einträchtig kauten und noch ein paar lobende Worte über die Torten gefallen waren, fixierte Hedy sie schließlich mit neugierigem Blick. »Nun erzähl schon endlich.«

»Was genau willst du denn wissen? Wie Konstantin auf deinen Anruf reagiert hat? Das kannst du dir ja wohl denken. Nicht gut natürlich.«

Mit zusammengekniffenen Lippen stocherte Hedy in ihrer Torte herum. Sie wirkte beinahe etwas schuldbewusst. Ein ungewohnter Anblick. »Ich werde mich bei ihm entschuldigen.«

Valerie nickte, und ein Funken Hoffnung flammte in ihr auf. Vielleicht sah Konstantin dann ja ein, dass sie für Hedys verbalen Ausrutscher nichts konnte, und er würde wieder mit ihr reden.

»Und vorher so? Hattet ihr einen schönen Abend?«, fragte Hedy weiter. »Was ist denn das nun zwischen euch?«

»Es war alles toll«, sagte Valerie und stockte. »Ich dachte zumindest, jetzt wäre endlich alles toll. Doch dann hast du es verdorben.«

Hedy schnaufte verdrossen, wich Valeries Blick aus und konzentrierte sich wieder auf die Orangen-Mandarinen-Sahnetorte auf ihrem Teller. »Ich weiß ja, dass das keine Glanzleistung von mir war. Dass er zuhört, konnte ich aber doch nicht wissen. Und es war auch gar nicht böse gemeint, eher lustig.« Sie ließ unzufrieden die Kuchengabel sinken, so als hörten sich ihre Rechtfertigungen selbst in ihren Ohren lahm an. »Trotzdem finde ich das Ganze ein bisschen übertrieben«, erklärte sie dann unwirsch. »Wenn er dich wirklich mag, wird ihn das dumme Geschwätz einer alten Frau ja wohl nicht von dir fernhalten.«

Archie nickte zustimmend mit vollem Mund, und genau das wollte Valerie auch glauben. Sie hoffte von ganzem Herzen, dass Hedy recht behalten würde. Was Konstantin im Auto über seine wahren Bedenken zu ihr gesagt hatte, ließ sie jedoch befürchten, dass es so einfach wohl nicht war. »Möglicherweise hast du einen Nerv getroffen«, murmelte sie traurig.

Hedy steckte sich gerade die letzte Gabel ihrer Torte in den Mund. Dann stand sie auf und verschwand im Nebenzimmer. Als sie zurückkam, hatte sie ein Kuvert in der Hand. Es war groß und dunkelblau, und sie schwenkte es verheißungsvoll. »Das ist eine Einladung zu einer Wohltätigkeitsveranstaltung nächstes Wochenende hier in München. Verschiedene Künstler haben Kohlezeichnungen zur Verfügung gestellt, die für den guten Zweck verkauft werden. Dein Konstantin ist auch dabei und wird deshalb sicherlich vor Ort sein. Geh du hin statt meiner. Wir waren eh unsicher, ob ich den Termin wahrnehmen soll, weil Archies Bruder an dem Tag Geburtstag hat.«

Sie schob ihr das Kuvert über den Tisch hinweg zu. Valerie war die Veranstaltung, die regelmäßig alle drei Jahre stattfand, durchaus ein Begriff. Dass es schon wieder so weit war, hatte sie nicht gewusst und vor allem nicht geahnt, dass Konstantin diesmal dabei sein würde. Bestimmt war das alles schon in die Wege geleitet worden, bevor sie ihn besser kennengelernt hatte. Nachdenklich nahm sie das Kuvert in die Hand. Sie hoffte inständig, dass sie Konstantin schon vorher ans Telefon bekam. Falls aber nicht, würde sie vielleicht wirklich dorthin gehen. Spätestens wenn er ihr wieder gegenüberstand, würde er mit ihr reden müssen.

38

So schwer es Hedy am Anfang gefallen war, die Zügel locker zu lassen, so sehr genoss sie nun ihre neue Freiheit. Zwar wollte sie immer über alles in ihrer Agentur genau informiert sein, doch Valerie war und blieb voll eingebunden und wickelte auch die Verkäufe der sieben Todsünden nahezu allein ab, während Hedy und Archie ein paar Tage in einem Wellnesshotel verbrachten. Sie war mehr als froh darüber, nicht nur, weil ihre Mutter ihre Fähigkeiten und ihre Leistung endlich doch zu schätzen gelernt hatte, sondern auch, weil die Arbeit sie von ihren trüben Gedanken ablenkte. Konstantin hatte noch immer nicht zurückgeschrieben, und auch zwei verzweifelte Anrufversuche von Valerie sowie Hedys Entschuldigungsbrief waren unbeantwortet geblieben. Langsam, aber sicher verwandelte sich Valeries Traurigkeit in Wut. Sie verstand ja, dass er verletzt war, auch seine wieder aufgekommene Unsicherheit konnte sie ein Stück weit nachvollziehen, aber musste er sie wirklich so auflaufen lassen?

Missmutig räumte sie den Schreibtisch auf und wollte gerade in den Feierabend gehen, als Bettina anrief. »Hi, meine Liebe, ich bin wieder im Lande. Erzähl, wie ist die Vernissage gelaufen?«

»Puh.« Valerie stieß geräuschvoll die Luft aus. »Das ist nicht mit einem Satz zu beantworten, fürchte ich.«

Bettina ließ ihr rauchiges Lachen hören, bei dem Valerie regelmäßig fürchtete, es würde jeden Moment in einen Hustenanfall übergehen. »Ich hab da so was munkeln hören von einem spektakulären Kuss!«

Oh nein, auch das noch. Valerie hatte zum Selbstschutz darauf verzichtet, nachzusehen, ob ihr romantisches Intermezzo auf der Vernissage mediale Kreise gezogen hatte. Dass das passieren würde, war ihr natürlich klar gewesen, trotzdem spürte sie, wie ihr Puls kurz nach oben schnellte, als sie es nun aus Bettinas Mund hörte.

Gleichzeitig wollten sich ihre Mundwinkel beim Gedanken an den Kuss und die darauffolgende Nacht unweigerlich nach oben ziehen. Was für ein Gefühlswirrwarr. In ihrem Hirn herrschte ganz offensichtlich noch Chaos. Und in ihrem Herzen auch.

»Ganz so einfach ist es leider nicht.«

»Oh, das klingt wahrhaftig nach längerem Redebedarf. Hast du heute Abend schon etwas vor?«

»Nein, und ich wäre wirklich froh, wenn du vorbeikommst.«

»Wie schlimm ist es, brauchen wir Eiscreme?«

»Eindeutig ja.«

Bettina nahm ihre Rolle als Kummerbeistand überaus ernst, und Valerie liebte sie dafür. Pünktlich zur verabredeten Zeit stand sie am Abend vor Valeries Tür und war mit einer großen Tasche bepackt. Daraus förderte sie nicht nur zwei verschiedene Sorten Eis zutage, sondern auch alkoholfreien Gin, Grapefruitsaft, eine große Packung Papiertaschentücher und feuchtigkeitsspendende Tuchmasken fürs Gesicht im Tiger- und Pandabären-Look.

Valerie begrüßte sie herzlich, und wenig später hatten es sich die beiden im Wohnzimmer gemütlich gemacht. »Salted Caramel oder Strawberry-Cheesecake?«, fragte Bettina und hielt die beiden Eisbecher hoch.

»Klingt beides toll, such du aus, ich nehme das andere.«

»Dann lass uns nach der Hälfte tauschen.«

Sie begannen, das Eis direkt aus den Packungen zu löffeln. Valerie hatte das immer für einen Mythos aus amerikanischen Liebesfilmen gehalten, aber sie hatte tatsächlich das Gefühl, dass es ein bisschen half. Oder wahrscheinlich lag es einfach an Bettinas Anwesenheit. Endlich war sie nicht mehr allein und konnte ihre emotionale Achterbahnfahrt mit jemandem teilen.

»Leg los, ich platze vor Neugier«, forderte Bettina mit vollem Mund.

»Ich weiß gar nicht, wo ich anfangen soll.«

»Bei eurem Kuss am besten.« Sie grinste wissend, und Valerie erzählte ihr nach und nach, was am Abend der Vernissage alles passiert war. Die Freundin lauschte mit verzückter Miene.

Als die Erzählung in Konstantins Hotelzimmer ankam, waren die Eisbecher zur Hälfte geleert, und sie tauschten wie verabredet.

»Das klingt doch alles ganz und gar wunderbar!«, meinte Bettina.

»Das war es bis dahin auch, aber ich bin ja leider noch nicht fertig. Am nächsten Morgen ist nämlich alles den Bach runtergegangen.«

»Was ist denn passiert?«

»Hedy ist passiert.«

Bettina runzelte fragend die Stirn, und Valerie erzählte, was ihre Mutter über die Freisprechanlage ins Auto posaunt und wie Konstantin darauf reagiert hatte.

Nun guckte Bettina nicht mehr verzückt, sondern eher, als hätte sie Zahnschmerzen. »Auweia!«

»Du sagst es.«

»Aber das muss sich doch wieder kitten lassen«, meinte sie im Brustton der Überzeugung.

»Bisher nicht.« Valerie zuckte resigniert mit den Schultern. »Vor Ort konnte ich es nicht klären, weil seine Schwester dabei war. Irgendwie hatte ich Hemmungen, ihn durch ihren Garten zu verfolgen.«

»Hm, das ist verständlich. Und nun?«

»Seitdem geht er nicht ans Telefon, ignoriert meine Nachrichten.« Sie warf die freie Hand in die Luft, eine Geste voller Hilflosigkeit.

Bettina starrte nachdenklich in ihren Eisbecher. »Das kriegt ihr schon wieder hin. So wie du das schilderst, findet er dich toll und hat nur Schiss.«

»Schön auf den Punkt gebracht«, meinte Valerie trocken. »Die Erkenntnis bringt mir nur nichts, wenn seine Angst uns so hartnäckig im Weg steht.«

Bettina stand auf und trat mit grüblerischer Miene auf den Balkon hinaus, um eine zu rauchen. Valerie hatte schon darauf gewartet, sie war immerhin schon eine ganze Weile da. Das Eis schien sie von ihrem Verlangen nach Nikotin abgelenkt zu haben.

»Man müsste ihn irgendwo abfangen. Irgendwo, wo er nicht einfach wieder wegkann«, sagte sie, als sie wieder hereinkam.

Valerie erzählte ihr von der bevorstehenden Wohltätigkeitsveranstaltung.

Erfreut klatschte Bettina in die Hände. »Wunderbar! Sag das doch gleich!«

»Denkst du wirklich, das ist eine gute Idee? Ich will ihn ja einerseits sehen und das besprechen, aber gleichzeitig bin ich mir nicht sicher, wie so ein Überfall bei ihm ankommt. Vielleicht sollte ich lieber auf Abstand bleiben und warten, bis er sich beruhigt hat.«

»Nichts da. Außerdem wollte ich schon immer auf so eine Veranstaltung. Deine Einladung ist doch sicherlich plus eins, oder?« Sie grinste breit, deutete mit beiden Daumen auf sich selbst und ließ die Augenbrauen wackeln.

Valerie musste lachen. »Na schön, wenn du mitkommst, wirkt es wenigstens nicht unbedingt so, als würde ich ihm auflauern. Von der habgierigen Agentin zur Stalkerin ist nicht gerade die Entwicklung, die ich in seinen Augen durchmachen möchte.«

»Das wird schon«, meinte Bettina und tätschelte beruhigend Valeries Bein.

»Wollen wir es hoffen.«

Trotz ihres Liebeskummers war es ein schöner Abend. Spätestens als Bettina ihr mit der Pandabärenmaske im Gesicht Komplimente wegen der hübschen Schnurrhaare auf ihren Wangen machte, hatte Valerie das Gefühl, es würde sich vielleicht doch noch alles in Wohlgefallen auflösen. Richtig freuen konnte sie sich auf die Wohltätigkeitsveranstaltung trotzdem nicht, dazu war sie nach wie vor zu angespannt.

39

Bis zum Samstagabend hatte sich Valeries Nervosität auf ein nahezu unerträgliches Maß hochgeschraubt. Bettina kam zu ihr, und von Valeries Wohnung aus teilten sie sich ein Taxi. Die Freundin war ebenfalls etwas zappelig, aber bei ihr war es lediglich die Vorfreude auf das noble Event. Sosehr Valerie versuchte, sich davon anstecken zu lassen, es wollte ihr nicht recht gelingen.

Statt eines Hosenanzugs hatte sie heute zu einem Etuikleid gegriffen. Der dunkle Braunton schimmerte leicht, was dem Stoff einen metallischen Look verlieh, dafür war es schlicht geschnitten. Valerie fühlte sich trotzdem ein bisschen over-dressed, und als sie nun inmitten der anderen Gäste die gesponserten Kohlezeichnungen betrachtete, wünschte sie, sie hätte wieder einen Hosenanzug angezogen.

Die Zeichnungen hingen in regelmäßigen Abständen an einer der langen Wände des Saales. Das gemeinsame Thema waren Tiere. Valerie erkannte Konstantins Zeichnung, ohne auf das Schild blicken zu müssen. Aus hohen, etwas wirr wirkenden Grashalmen wurde darauf ein Köpfchen in die Höhe gereckt. Der wache, freche Blick ließ keinen Zweifel daran, dass Fee ihm für die Zeichnung Modell gestanden hatte. Trotz ihrer Anspannung schmunzelte Valerie in sich hinein. Bettina, bei der sie sich untergehakt hatte, schaute auf das Schild, lächelte ihr aufmunternd zu und tätschelte ihre Hand.

Nachdem sie die Zeichnungen abgeschritten hatten, es waren zehn an der Zahl, holten sie sich etwas zu trinken und postierten sich am Rand des Saals, um sich einen Überblick zu verschaffen. Bettina flüsterte Valerie die Namen von ein paar Leuten zu. Auch Valerie erkannte einige Gäste ihrer Vernissage wieder. Im Stillen betete sie, dass niemand auf die Idee käme, sie auf Konstantin anzusprechen. Denn dann müsste sie trotz der marmornen Platten, die im ganzen Saal verlegt waren, augenblicklich im Erdboden versinken.

Konstantin hatten sie bisher noch nicht entdeckt. Ob er womöglich doch nicht auftauchte? Vielleicht hatte seine Schwester heute keine Zeit, um auf Fee aufzupassen?

Valeries Blick streifte dunkle Locken am anderen Ende des Saales. Sie erstarrte. Da so viele Gäste zwischen ihr und dem Lockenkopf standen, konnte sie nicht genau erkennen, ob es Konstantin war.

Bettina folgte ihrem Blick. Wahrscheinlich hatte sie an ihrem Arm gespürt, wie Valerie sich verkrampfte. »Hast du ihn entdeckt?«

»Ich bin nicht sicher.« Sie nickte leicht in die betreffende Richtung. Doch außer den Haaren und einem Stück des dunkelblauen Jacketts sahen sie nicht viel.

Bettina wollte sich in Bewegung setzen, doch Valerie hielt sie zurück. Ihre Füße fühlten sich bleischwer an, so als seien ihre Pumps an den Fliesen festgeklebt.

»Nun komm schon, du Angsthase. Deshalb sind wir doch schließlich hier«, flüsterte Bettina ihr zu.

»Ich bin noch nicht bereit.«

Bettina machte ein vorwurfsvolles Gesicht. Doch sie hielt es nicht lange durch, ihre Züge wurden schnell wieder weich. Sie einigten sich schließlich darauf, noch einmal an den Kohlezeichnungen entlangzulaufen, um sich dem Mann unauffällig zu nähern.

»Vielleicht ist er es ja gar nicht«, murmelte Valerie auf halbem Weg. Doch just in diesem Moment erhaschte sie einen Blick auf sein Profil, und es durchfuhr sie wie ein Stromschlag. Es war tatsächlich Konstantin. Und gut sah er aus. Fröhlich. Er stand bei einem Kunstagenten, den Hedy ihr vor längerer Zeit einmal vorgestellt hatte. Der ältere Herr hatte sein graues, lockiges Haar mit etwas Gel zurückgekämmt. Wüsste Valerie es nicht besser, sie hätte ihn für Konstantins

Vater gehalten. Die beiden schienen sich gut zu verstehen und amüsierten sich augenscheinlich über irgendetwas.

Valerie wandte sich abrupt ab und der nächstgelegenen Zeichnung zu. Es war eine recht detailgetreue Abbildung einer Hummel. Mit Fee konnte sie natürlich nicht mithalten, war aber auch durchaus ansprechend. Mit weichen Knien betrachtete sie die feinen Härchen des Tieres. Verdammt, was hatte sie sich nur dabei gedacht, hierherzukommen? Vielleicht konnte sie flüchten und die Veranstaltung unbemerkt verlassen, bevor Konstantin sie entdeckte.

»Oha, jetzt wird es spannend«, flüsterte Bettina neben ihr. »Ich lass euch allein.«

»Moment, was?« Valerie wandte sich ihr fragend zu, doch Bettina hatte sich bereits von ihr gelöst und ging davon. Irritiert blickte sie ihr nach, da stand er plötzlich vor ihr, der Grund für den eiligen Rückzug. Konstantin.

»Oh. Hi!«

»Hallo. Ich dachte mir schon, dass ich dich heute hier treffe.« Aus seinem Tonfall war nicht herauszuhören, ob er das gut oder schlecht fand.

»Ich mir auch«, gab Valerie zu. »Gut siehst du aus.«

Sein Blick wanderte an ihrem Kleid hinab. »Du auch.« Als er ihn wieder hob, meinte sie, in seinen Augen verschiedene Emotionen miteinander ringen zu sehen. Erst war da Bewunderung, die Valeries Herz höherschlagen ließ, dann ein leises Flehen.

Doch als sie gerade einen Schritt auf ihn zumachen wollte, weil sie dachte, er sei offen für eine Versöhnung, wich die Wärme aus seinen braunen Augen. Er griff in die Innentasche seines Jacketts und zog einen Umschlag heraus, den er ihr reichte. Verdutzt nahm Valerie ihn entgegen. Doch er ignorierte ihren fragenden Blick, wünschte ihr noch einen schönen Abend und schritt dann einfach wieder davon.

Valerie blieb verdattert zurück. Sie sah ihm nach, bis er wieder bei dem Kunstagenten ankam, mit dem er sich vorhin schon unterhalten hatte. Der Name fiel ihr nicht mehr ein. Er war auch nicht wichtig. Viel interessanter war, was in diesem Umschlag steckte. Scheute Konstantin eine direkte Aussprache, und hatte er ihr deshalb einen Brief geschrieben? Beinahe andächtig fuhr sie mit den Fingerspitzen über das dicke cremeweiße Papier.

»Na, das ging ja schnell. Das heißt wohl, es lief nicht wirklich gut, oder?« Bettina war mit skeptischer Miene und zwei Gläsern Eistee in der Hand zurückgekehrt.

Ihr mitfühlender Blick ließ Valeries Knie noch weicher werden, als sie sowieso schon waren. »Ich weiß es nicht«, antwortete sie und hob beide Schultern. »Das hier hat er mir gegeben.«

Bettina schnalzte mit der Zunge und reichte ihr eines der Gläser. »Dann lass uns darauf trinken, dass bitte eine schöne Überraschung in diesem Umschlag auf dich wartet.«

Valerie nahm das Glas entgegen. Es fühlte sich angenehm kühl an zwischen ihren feuchten Fingern. »Denkst du, er hat einen Brief geschrieben, weil er nicht darüber reden will?«

»Sieht fast so aus«, meinte Bettina etwas ratlos. »Allerdings war euer Gespräch wirklich verdammt kurz. Mach dir lieber keine allzu großen Hoffnungen.«

Ihr Pragmatismus zehrte an Valeries Nerven. Sie wollte unbedingt diesen Brief lesen, doch gleichzeitig fürchtete sie sich regelrecht davor. Außerdem fühlte sie sich beobachtet. Ob wohl jemand die unbeholfene Szene zwischen Konstantin und ihr mitbekommen hatte? Ihre Begegnung heute stand in krassem Gegensatz zu dem Kuss auf der Vernissage. Die Leute hatten sich sicherlich längst ihren Reim darauf gemacht.

»Komm, wir gehen kurz raus. Ich will eh eine rauchen«, meinte Bettina.

Valerie nickte dankbar und folgte ihr durch zwei hohe Flügeltüren nach draußen auf eine große Terrasse. Auf dem massiven Steingeländer standen in regelmäßigen Abständen

Aschenbecher. Bettina steuerte einen davon an und holte ihre Zigaretten heraus. Die Gläser stellten sie auf dem breiten Geländer ab. Valerie drehte das Kuvert unschlüssig in ihren klammen Fingern hin und her. Schließlich gab sie sich einen Ruck, holte ihren Schlüsselbund aus der Tasche und öffnete es mit ihrem Wohnungsschlüssel wie mit einem Brieföffner. Als sie das Blatt herausholte und auffaltete, stutzte sie. Der Text war wider Erwarten nicht mit der Hand, sondern mit dem Computer geschrieben.

»Und?«, fragte Bettina neugierig, während Valeries Blick über die Zeilen flog.

Sie hatte das Gefühl, sämtliche Wärme würde mit einem Schlag ihren Körper verlassen. Ihr wurde auf einmal bewusst, wie kalt die Herbstluft inzwischen war, und sie fröstelte.

»Es ist tatsächlich eine Überraschung«, erklärte sie mit belegter Stimme. »Allerdings keine schöne. Er hat unseren Vertretungsvertrag gekündigt.«

40

»Fristlose Kündigung wegen Vertrauensverlust«, wiederholte Hedy. Sie klang, als hätte sie eine heiße Kartoffel im Mund. Die Worte kamen ihr anscheinend nur schwer über die Lippen. »Meine Güte, da sind wir seit gerade mal zwei Stunden aus dem Wellnessurlaub zurück, und die ganze Erholung ist schon wieder dahin.«

Valerie kniff die Lippen zusammen. Es kostete sie Überwindung, Hedy nicht vorzuhalten, dass ihre Erholung gerade das kleinste Problem war. Doch Streit mit ihrer Mutter würde die Situation auch nicht besser machen, und sie fühlte sich schon elend genug.

»Hat er etwas zu meinem Entschuldigungsschreiben gesagt?«

»Nein. Vielleicht hat er es nicht bekommen. Oder es hat ihn nicht interessiert. Wie auch immer, es ist, wie es ist.«

»Hm.«

Eine Weile herrschte Stille in der Leitung, und Valerie überlegte gerade, das Telefongespräch an dieser Stelle zu beenden, alles Wesentliche war ja bereits gesagt, da ergriff Hedy wieder das Wort.

»Und wie geht es dir jetzt?«

Valerie ließ sich Zeit mit einer Antwort. Nicht, weil sie nicht mit Hedy darüber reden wollte, es fehlten ihr schlichtweg die Worte. Sie fühlte sich stumpf und leer. »Nicht gut«, sagte sie. Die Untertreibung des Jahrhunderts.

»Dann ruf ihn an.«

Hedys Ratschlag überraschte sie. »Was soll denn das bringen? Er will nicht mit mir reden, ich habe es doch schon versucht, habe ihm Nachrichten geschrieben, ihn angerufen und ihm sogar auf diesem Wohltätigkeitsevent aufgelauert. Und was hat es mir gebracht? Nichts!«

»Ich weiß doch auch nicht, was wir machen sollen«, gab ihre Mutter gereizt zu. Dann fuhr sie ruhiger fort: »Es tut mir leid, Valerie. Du weißt, ich war am Anfang nicht so begeistert von eurem Flirt, wegen der beruflichen Verbindung. Aber dich so traurig machen, das wollte ich nie. Und wenn ich es irgendwie wiedergutmachen kann, dann lass es mich wissen, ja?«

Hedys Worte rührten sie. Sie nickte, obwohl Hedy das ja nicht sehen konnte.

»Möchtest du vorbeikommen? Du solltest jetzt vielleicht nicht allein sein. Archie könnte uns wieder etwas Leckeres zum Kaffee holen. Was meinst du?«

»Das ist lieb, danke. Aber heute nicht. Ich brauche einen Tag für mich. Ab morgen lenke ich mich in der Agentur ab. Zwei Verkäufe aus der Vernissage sind noch abzuwickeln. Ich komme schon klar.«

Ihre Mutter schwieg, obwohl Valerie spürte, dass sie gerne widersprochen hätte. »Wie du willst«, meinte sie nach einer längeren Pause. »Ich strecke in der Zwischenzeit mal die Fühler aus. Ob Konstantin Brauer nun beim Kollegen Wollschläger unterschrieben hat, interessiert mich natürlich schon.« Sie hatte aufgrund von Valeries Beschreibung gleich gewusst, wer der Mann war, mit dem sich Konstantin am Vorabend so ausgiebig unterhalten hatte.

»Tu, was du nicht lassen kannst.« Valerie legte auf und starrte noch eine Weile auf das Smartphone in ihrer Hand. Keine Nachricht von Konstantin. Inzwischen war ihr schmerzlich bewusst, dass sie vergeblich hoffte und auch keine mehr kommen würde. Mit der Kündigung hatte er einen deutlichen, nahezu plakativen Schlussstrich unter ihre Beziehung gesetzt. Er wollte nichts mehr mit ihr zu tun haben, weder beruflich noch privat.

Diese Erkenntnis legte sich um Valeries Schultern wie ein bleierner Umhang. Und sosehr sie es auch versuchte, es gelang ihr während der nächsten Tage nicht, ihn abzustreifen.

Zwar tat die Arbeit in der Agentur ihr gut, doch sie schleppte sich förmlich durch die Woche. Auch Bettina schien sich Sorgen um sie zu machen. Jeden Abend rief sie an, um sich zu erkundigen, wie es ihr ging, und den einen oder anderen Aufheiterungsversuch zu starten. Valerie rechnete es ihr hoch an, da sie zurzeit nicht gerade die unterhaltsamste Gesellschaft abgab.

Passend zu Valeries Stimmung war das Wetter von eintönigem Grau. Die goldenen Sonnenstrahlen des Oktobers waren dicken Regenwolken gewichen. Der November, als trister Monat bekannt, machte seinem Ruf alle Ehre.

Die Verkäufe der letzten beiden Todsünden verliefen reibungslos. Valerie mahnte außerdem die wenigen noch ausstehenden Vertragsergänzungen zum Gebrauch von künstlicher Intelligenz an. Trotz anfänglicher Vorbehalte hatten am Ende alle unterschrieben. Eine Künstlerin aus ihrer Kartei, die bekannt war für ihre Aquarelle vom Meer, meldete sich, und sie begannen, eine kleine Ausstellung miteinander zu planen. Es war im Grunde so gekommen, wie Valerie es sich immer gewünscht hatte. Sie hatte in der Agentur Fuß gefasst, akzeptiert sowohl von Hedy als auch von der Kundschaft. Und doch ertappte sie sich immer wieder dabei, wie sie am Fenster stand und trübsinnig die Regentropfen beobachtete, die die Fensterscheiben hinabrannen.

Konstantins Schweigen tat ihr nicht gut. Nicht nur, dass Valerie traurig war, sie entwickelte auch die Angewohnheit, ihn zu googeln. Dass sie sich dabei vorkam wie eine Stalkerin, machte die ganze Sache nicht besser. Insgeheim fürchtete sie bei jeder Suchanfrage, auf die Meldung zu stoßen, dass er wieder mit Lydia Caspari zusammen war oder jemand Neues kennengelernt hatte. Was dann? Dass er mit ihr gebrochen hatte, war schlimm genug. Ihn sich auch noch in den Armen einer anderen Frau vorzustellen brachte Valerie an ihre Grenzen.

Ein Onlinemagazin über die Kunst- und Kulturszene in

und um München meldete in seiner Rubrik »Kurz notiert«, dass Konstantin Brauer nun vom Agenten Peter Wollschläger vertreten wurde. Valerie leitete den kleinen Artikel an Hedy weiter. Ihr »Fühlerausstrecken«, durch das sie bislang kaum etwas in Erfahrung gebracht hatte, konnte sie sich damit sparen. Der Bruch zwischen Konstantin und den Gschwendts war damit amtlich.

Missmutig klappte Valerie den Laptop zu. Sie musste aufhören, Konstantin online zu verfolgen. Erstens wurde sie dadurch eher noch verzweifelter, und zweitens brachte ihr das, wie man an der Meldung zu seinem Agenturwechsel sah, nur weiteren Gram, auch wenn es zum Glück keine Neuigkeiten zu seinem Privatleben zu geben schien.

41

Tatsächlich hielt Valerie sich wacker und googelte nicht mehr nach News über Konstantin und seine Arbeit. Trotzdem ließ es sich wegen der regionalen Nähe und des einfachen Umstands, dass sie in derselben Branche arbeiteten, nicht vermeiden, dass sie immer mal wieder seinem Namen begegnete. Jedes Mal spürte sie einen kleinen, schmerzhaften Stich in ihrem Herzen.

So bekam sie zum Beispiel eine E-Mail von Frau Sperber, der Vermieterin der alten Gießerei. Schon als sie mit Konstantin dort gewesen war, um die Industriehalle als mögliche Ausstellungslocation zu besichtigen, war ihr deutlich anzumerken gewesen, dass sie ein großer Fan von Konstantin war. Nun schrieb sie, dass sie über die gelungene Veranstaltung in der Markuskirche gelesen habe. Sie beglückwünschte Valerie und wollte das zum Anlass nehmen, sich noch einmal für kommende Events in Erinnerung zu bringen. Außerdem bestellte sie allerherzlichste Grüße an den Künstler. Valerie tippte ein paar Zeilen, um klarzustellen, dass sie gerne über zukünftige Ausstellungen mit anderen Malern reden konnten, sie aber für Brauer nicht mehr die richtige Ansprechpartnerin war. Dafür verwies sie sie an die Agentur Wollschläger. Sie brauchte einige Zeit, bis sie bereit war, die Mail abzuschicken. Immer wieder las sie den Text, feilte an den Worten. Als sie endlich auf »Senden« drückte, fühlte es sich an wie eine neuerliche Niederlage.

Um sich abzulenken, ging Valerie die Post durch. Darunter war die ersehnte Broschüre für eine anstehende Auktion, bei der sie ein Bild eines ihrer Künstler platziert hatte. Sie vergewisserte sich, dass alle Daten richtig wiedergegeben und das Gemälde gut präsentiert waren. Dann blätterte sie durch die Broschüre einer anderen Auktion desselben Hauses, die man der Sendung versehentlich oder als Werbung beigelegt hatte.

Auch hier stieß Valerie auf Konstantins Namen. Meine Güte, inzwischen konnte man fast meinen, nicht sie stelle ihm nach, sondern er ihr mit seiner allgegenwärtigen Präsenz. Wie sollte sie ihn und alles, was war, vergessen, wenn sie ihm ständig auf diese Weise begegnete?

Sie löste den Blick von seinem Namen und ließ ihn zu dem zu verauktionierenden Gemälde wandern. Valerie blinzelte ungläubig. Ihr Gehirn setzte für einen Moment aus, ehe tausend Gedanken gleichzeitig auf sie einstürzten.

Es war das Porträt einer Frau mit halblangen blonden Haaren. Der Wind kam seitlich und wehte ihr einzelne Strähnen vors Gesicht. Wie bei allen Gemälden von Konstantin nahmen die Augen den Betrachter auch hier auf Anhieb gefangen. In tiefem, fast bläulichem Grau waren darin Berggipfel angedeutet, so gekonnt, dass man nicht sicher sein konnte, ob sie eine Reflexion der Aussicht darstellten oder ob das Gebirge direkt in der abgebildeten Frau wohnte. Valerie schluckte. Sie war immer recht zufrieden mit sich gewesen, hatte sich aber nie als außergewöhnlich schön empfunden. Doch die Frau auf dem Bild wirkte auf eine melancholische und faszinierende Art nahezu engelsgleich, und sie konnte nicht umhin, sich in ihr zu erkennen. Verblüfft las sie den Titel des Bildes. Er lautete: »Die Farbe der Alpen«.

Eine verwirrende Mischung aus Schwere und Euphorie erfasste sie. Konstantin hatte sie gemalt. Das allein war noch kein Grund zur Aufregung, schließlich hatte er das schon einmal getan, und das Abbild ihrer Habgier war alles andere als schmeichelhaft gewesen. Doch wie er sie diesmal gemalt hatte, verschlug Valerie die Sprache.

Sie erinnerte sich noch genau an ihre Wanderung, an das wunderbare Panorama, das er ihr gezeigt hatte. Sie sah vor ihrem geistigen Auge, wie sie sich auf dem steinernen kleinen Plateau niederließen, wie sie über seine Bilder redeten, darüber, wie gut er es verstand, den Betrachter mit den Augen seiner Motive in den Bann zu ziehen. Und sie hörte seine Stimme in ihrem Kopf, als er sagte: »Deine Augen haben eine schöne Farbe. Sie haben die Farbe der Alpen.«

Es war einer ihrer ersten nahen Momente gewesen. Vielleicht erinnerte sich Valerie deshalb so genau daran. Sie stolperte über diesen Gedanken. Auch er hatte die Szene allem Anschein nach nicht vergessen, oder war es schon länger her, dass er das Bild gemalt hatte? Selbst wenn, der Moment – und nicht zuletzt sie – war es ihm wert gewesen, ein Kunstwerk daraus zu machen. Das musste doch etwas bedeuten. Oder bedeutet haben? Es war gut möglich, dass die Entstehung dieses Bildes schon einige Zeit zurücklag, dass er sie so porträtiert hatte, bevor alles in die Brüche gegangen war.

Wehmütig strich Valerie mit den Fingerspitzen über die Abbildung des Gemäldes. Vielleicht reagierte sie gerade über, vielleicht sah sie so viel in diesem Gemälde, weil sie sich nichts sehnlicher wünschte als ein Zeichen von ihm. Aber trotz aller durch sein hartnäckiges Schweigen hervorgerufenen Zweifel war ihr, als hätte er es mit Liebe gemalt, nicht nur mit seiner Liebe zur Kunst, sondern auch mit Liebe zu ihr. Und wenn dem so war, dann konnte das doch nicht alles verloren sein, dann konnte eine unbedachte Äußerung ihrer Mutter doch nicht all diese Gefühle ausgelöscht haben.

Valerie blätterte zurück zum Anfang der Broschüre. Die Auktion fand schon übermorgen statt. Wie sie Konstantin kannte, standen die Chancen gut, dass er persönlich anwesend sein würde. Er hatte zwar kein bevorzugtes Hotel, in das er sich standardmäßig einbuchte, wenn er in München war. Hedy hatte aber erwähnt, dass Peter Wollschläger, der in Landshut wohnte und kein »echter Münchner« war, wie sie es ausdrückte, eines hatte. Vielleicht war sein alltäglicher Abstand zur Großstadt der Grund, warum er auf allen Auktionen und Veranstaltungen seiner Klienten Präsenz zeigte und es ihm nie zu viel war, dafür nach München zu kommen.

Und Hedy wusste auch, dass er sich dann immer im Hotel Platzl einmietete.

Der Gedanke an das beliebte Vier-Sterne-Hotel befeuerte Valeries emotionales Gedankenkarussell, lag es doch in unmittelbarer Nähe zum Hofbräuhaus. Wie unbeschwert Konstantin und sie an jenem Nachmittag dort im Wirtsgarten bei Sonne und Brotzeit doch gewesen waren. Nicht nur wegen des trüben Novemberwetters kam es ihr vor, als wäre das ewig her.

Sie blätterte wieder zu Konstantins Gemälde. Die Farbe der Alpen. Valerie atmete tief durch und straffte die Schultern. Vielleicht war es töricht, doch sie konnte das nicht ignorieren, konnte nicht einfach so tun, als hätte sie dieses Porträt von sich nicht gesehen. Sie musste wissen, ob von der Zuneigung, die aus diesem Bild sprach, noch etwas übrig war, und Konstantin endlich dazu bekommen, mit ihr zu sprechen. Und wenn sie ihn dafür ein letztes Mal überfallen musste, dann sollte es eben so sein.

42

Bis zum nächsten Abend hatte Valeries Entschlossenheit einige Risse bekommen. Sie saß mit Bettina in ihrem Wohnzimmer und zweifelte, ob sie sich wirklich auf den Weg zum Hotel Platzl machen sollte.

»Wenn du ihn nun trotz des Porträts und der Fragen, die es aufgeworfen hat, ziehen lässt, ohne noch einmal mit ihm zu sprechen, dann wirst du es bereuen«, gab Bettina zu bedenken.

»Mag sein«, murmelte Valerie missmutig. »Aber ich weiß ja nicht einmal genau, ob er überhaupt schon hier in München ist. Vielleicht kommt er erst morgen früh zur Auktion, vielleicht gar nicht. Vielleicht bucht er auch ein anderes Hotel. Ich finde, das sind ziemlich viele Vielleichts für blinden Aktionismus.«

»Na, das lässt sich ja wohl leicht herausfinden«, meinte Bettina und schnappte sich ihr Handy. Sie tippte kurz darauf herum und hielt es sich dann mit konzentrierter Miene ans Ohr.

»Was hast du vor?«

»Pssst!« Sie legte mahnend den Zeigefinger auf die Lippen und brachte Valerie damit zum Schweigen. »Guten Tag, Meier hier. Ich würde gern mit einem Ihrer Gäste sprechen, sein Name ist Konstantin Brauer. Können Sie mich bitte verbinden?«

Valerie zog scharf die Luft ein. Wenigstens hatte Bettina einen falschen Namen genannt.

»Danke Ihnen«, flötete die Freundin und legte dann schnell auf. Triumphierend grinste sie Valerie an. »Sie wollten mich gerade zu ihm durchstellen. Das heißt, er hat bereits dort eingecheckt.«

»Du bist unmöglich!«, rief Valerie lachend und schlug spielerisch gegen Bettinas Arm.

»Jetzt hast du jedenfalls keine Ausrede mehr, meine Liebe.«
Valerie wurde wieder ernst. Er war also da, ganz in der Nähe. Und doch fühlte sie sich so weit entfernt von ihm, als befände er sich auf einem anderen Kontinent. War es wirklich möglich, diese Distanz, die sich zwischen ihnen aufgetan hatte, zu überbrücken? Hoffnung wollte in Valerie aufflammen, aber ihre Zweifel wogen schwer genug, um das Flackern augenblicklich zu ersticken.

»Komm schon. Wir klären das jetzt.« Bettina nahm ihre Hand und drückte sie.

»Wir?«

»Ja, ich fahre dich hin. Nicht dass du es dir unterwegs noch einmal anders überlegst.«

Valerie verzog das Gesicht zu einer leidenden Grimasse.

»Morgen bist du froh darüber.«

»Woher bist du dir so sicher, dass es gut ausgeht?«

»Das bin ich nicht«, gab Bettina ein wenig zerknirscht zu. »Aber alles ist besser als das ewige Zweifeln und Hoffen.«

Valerie nickte. Auch wenn es ihr schwerfiel. Bettina hatte recht. Seit sie das wunderbare Porträt von sich in der Broschüre gesehen hatte, kreisten ihre Gedanken wieder nur darum, was vielleicht sein könnte. Diese Was-ware-wenn-Spiralen waren anstrengend und brachten sie keinen Schritt weiter. Sie musste das klären.

Vor dem Hotel gab es ein paar Parkplätze, doch sie waren alle besetzt. Samstagabend, sie hatten nichts anderes erwartet. Bettina hielt kurzerhand auf der Straße direkt vor dem Eingang. Es war bereits dunkel, sodass die goldenen Lettern des Hotels beleuchtet waren und beinahe festlich glänzten. Valerie traute sich gar nicht, richtig hinzusehen, und schaute stattdessen hilfesuchend zu Bettina.

»Raus mit dir, hinter mir ist ein Taxi, das weiterwill«, meinte diese mit Blick in den Rückspiegel. »Ich hab das Handy laut. Ruf mich an, okay?«

In diesem Moment hupte auch schon das Taxi, als wollte es Bettinas Worte unterstreichen, und Valerie setzte sich hastig in Bewegung. »Drück mir die Daumen«, bat sie, und Bettina zwinkerte ihr aufmunternd zu.

Sie drückte die Autotür zu und blickte dem Wagen nach, bis er verschwunden war. Valerie haderte noch einen Moment mit sich, obwohl sie insgeheim längst wusste, dass sie hineingehen würde.

Die Hotellobby empfing sie mit einer gediegenen Gemütlichkeit, die an ein Kaffeehaus erinnerte. Holzvertäfelte Wände und Ohrenbackensessel wurden von tief hängenden Lampen in warmes Licht getaucht. Der helle Steinboden und dünne, zurückgebundene Vorhänge an den Rundbogenfenstern lockerten das Ambiente auf. Valerie blickte neugierig zur hoteleigenen Bar. Ob Konstantin sich womöglich dort aufhielt? Unschlüssig blieb sie stehen.

»Guten Tag, kann ich Ihnen helfen?«

Valerie drehte sich zu der Stimme um. Eine der Rezeptionistinnen lächelte sie freundlich an. Valerie versuchte trotz ihrer Anspannung, das Lächeln zu erwidern. »Ich möchte zu Konstantin Brauer, bitte.«

Das Gesicht der jungen Frau, die als Arbeitskleidung in einem feschen anthrazitgrauen Dirndl mit dunkelroter Schürze und blütenweißer Bluse steckte, hellte sich noch zusätzlich auf. Mit einem Nicken deutete sie schräg hinter Valerie. »Der sitzt da drüben.«

Valerie wurde heiß, und gleichzeitig lief ihr ein kühler Schauer über den Rücken. Sie hatte eigentlich gedacht, sie würde auf dem Weg in die Bar oder zu Konstantins Zimmer noch Zeit haben, sich die passenden Worte zurechtzulegen oder vielleicht sogar den Rückzug anzutreten. Konnte sie Konstantin, als sie die Lobby gerade flüchtig in Augenschein genommen hatte, tatsächlich übersehen haben? Wie in Zeitlupe drehte sie sich um und musterte angestrengt den großen Raum. Noch immer entdeckte sie ihn nicht, doch dafür fiel ihr Peter Wollschläger ins Auge. Er unterhielt sich mit jemandem, der mit dem Rücken zu Valerie saß, fast vollständig verdeckt durch die hohe Lehne seines Sessels. Das musste dann wohl Konstantin sein. Kein Wunder, dass sie ihn nicht bemerkt hatte.

Valerie atmete tief durch und versuchte, ihre Aufregung hinunterzuschlucken. Wäre sie nicht sicher, dass er nichts von ihrem Besuch wusste, würde sie meinen, er versteckte sich dort vor ihr. Dass sein neuer Agent gerade bei ihm saß, gefiel ihr nicht. Lieber hätte sie ihn von allen anderen ungesehen in seinem Hotelzimmer aufgesucht. Doch nun gab es kein Zurück mehr. Seit ihrem Kuss in aller Öffentlichkeit auf der Vernissage zerrissen sich manche Leute bestimmt eh schon den Mund über sie. Sollte Wollschläger es also ruhig mitbekommen, das würde sie nicht aufhalten.

Valerie fühlte sich zwiegespalten, als sie sich den beiden langsam näherte. Einerseits zog es sie wie magnetisch zu Konstantin hin. Andererseits wäre sie am liebsten davongelaufen. Vor Wollschläger stand ein Tumbler. Konstantin beugte sich gerade vor und stellte ein halb leeres Bierglas auf dem Tisch zwischen ihnen ab. Valerie verspürte einen Stich. Auch mit seinem neuen Agenten ging er vertraut um, und sie verbrachten gerade einen netten Abend zusammen. Hatte sie womöglich zu viel in seine Freundlichkeit und gute Zusammenarbeit hineininterpretiert? Wäre das hier ein Date, wenn sie an Wollschlägers Stelle säße, oder eben auch nur ein gemütliches Beisammensein?

Diese Frage bremste unweigerlich ihren Schritt. Hing sie womöglich einem Hirngespinst nach? War sie gerade auf dem besten Weg, sich völlig lächerlich zu machen? Wie betäubt starrte sie auf die beiden Männer. Wollschläger lachte über etwas, das Konstantin gesagt, Valerie aber nicht verstanden hatte. Dabei legte er den Kopf in den Nacken, und auf einmal trafen sich ihre Blicke. Tapsig wich Valerie einen Schritt zurück. Konstantin, der ja mit dem Rücken zu ihr saß, hatte

sie noch nicht bemerkt. Vielleicht konnte sie noch die Reiß-
leine ziehen und diese ganze Aktion hier abbrechen.

»Hallo, junge Dame. Wollen Sie zu uns? Können wir etwas
für Sie tun?«, sagte da Peter Wollschläger. Offenbar erkannte
er sie nicht.

Valerie wusste nicht, ob sie das gut oder schlecht finden
sollte, in diesem Moment wusste sie überhaupt nichts mehr.
Sie wollte gerade den Kopf schütteln, da drehte Konstantin
sich zu ihr um.

43

Das Lächeln aus seiner Konversation mit Wollschläger umspielte immer noch seine Lippen. Als er Valerie erblickte, verblasste es wie eine alte Fotografie. Seine Augenbrauen schnellten überrascht in die Höhe. Anscheinend hatte er wirklich ganz und gar nicht mit ihr gerechnet. Womöglich hatte er längst mit ihr abgeschlossen. Seine Miene wurde ernst. Es war fast, als würde er einen Vorhang zwischen ihnen zuziehen, unsichtbar zwar, aber doch trennend.

Valerie hatte Mühe, sich aus der Lähmung zu befreien, die Konstantins Blick in ihr auslöste. Zögerlich trat sie näher, bis sie direkt neben ihm stand. »Ich bin hier wegen des Bildes. Die Farbe der Alpen«, sagte sie halblaut zu ihm.

Konstantin wandte sich ab. Mit fahrigen Bewegungen griff er nach seinem Glas und trank einen Schluck. Als er es auf den Tisch zurückstellte, schwenkte sein Blick erneut zu ihr. Was lag darin? Valerie konnte es nicht deuten. Angenehm schien ihm ihr Überfall jedenfalls nicht zu sein. Das bemerkte wohl auch Peter Wollschlager, obwohl er eindeutig nicht durch schaute, worum es hier ging.

»Es tut mir leid, junge Dame, da müssen Sie schon den offiziellen Weg gehen«, erklärte der Agent in geschäftsmäßigem Tonfall. »Das Bild wird morgen versteigert. Wenn Sie wirklich daran interessiert sind, muss ich Sie bitten, zur Auktion zu kommen.« Ganz der Verkäufer, zog er ein Papier aus der Tasche und reichte es ihr.

Valerie erkannte, obwohl es einmal gefaltet war, dass es sich um die Broschüre handelte, in der sie das Gemälde entdeckt hatte.

Sie verzichtete darauf, sich gegenüber Wollschläger zu erklären, und wandte sich wieder an Konstantin. Um auf Augenhöhe mit ihm zu sein, ging sie neben seinem Sessel in die Hocke. Er wirkte noch immer überrumpelt, konnte ihrem Blick kaum standhalten.

»Ich habe das Bild gesehen und wusste, dass es etwas zu bedeuten hat.«

Konstantin fuhr sich mit der Hand durch die Locken. Schon oft hatte sie ihn bei dieser Geste beobachtet, doch nie hatte sie so angestrengt gewirkt wie heute. »Natürlich hat es das«, entgegnete er abweisend. »Aber es ist lange her, dass ich es gemalt habe.«

Seine Worte trafen sie mitten ins Herz. Im Augenwinkel nahm sie wahr, dass Wollschläger sich zurücklehnte und den Blick abwandte. Anscheinend hatte er begriffen, dass sie nicht als Kaufinteressentin hergekommen war. Sie versuchte, seine Anwesenheit auszublenden. »Ich weiß, dass Hedys Kommentar dich gestört hat. Mir hat er auch nicht gefallen. Aber wenn du denkst, ihr Geschwätz hätte irgendetwas verraten, irgendetwas offenbart, dann liegst du falsch!«

Konstantin drehte den Kopf weg, blickte stur geradeaus. Dass ihre Worte ihn dennoch nicht kaltließen, konnte sie daran erkennen, dass er die Zähne fest aufeinanderbiss. Das gab Valerie neuen Mut.

»Du meintest, ich sei unausstehlich gewesen am Anfang. Du hast recht, und es tut mir von Herzen leid. Damals warst du für mich bloß ein Künstler, den ich wieder zum Malen bringen wollte, um mit ihm Geld zu verdienen. Es stimmt, und ich will es nicht schönreden, auch wenn ich mich inzwischen dafür schäme, wie ich mich damals verhalten habe. Aber das hat nicht das Geringste mit dem zu tun, was ich jetzt, was ich seit Langem für dich empfinde. Das musst du doch spüren, Konstantin. Wie kannst du so hartnäckig an mir zweifeln, nach allem, was war?«

Valerie holte tief Luft, hörte das Zittern in ihrem Atemzug und versuchte, ruhig zu bleiben. Wenn er sich doch nur nicht so unnahbar geben würde. Sie hatte das Gefühl, förmlich an ihm abzuprallen.

»Es haben sich doch außerdem nicht allein meine Gefühle verändert. Dir ging es genauso, und doch drehst du mir daraus einen Strick!«, rief sie anklagend. »Vergleich nur mal die beiden Bilder, die du von mir gemalt hast. Sie sind der Beweis. Am Anfang hast du mich auch anders gesehen, und zwar nicht gerade schmeichelhaft. Hätte ich dich darauf festnageln und deinen Gefühlen misstrauen sollen?«

Konstantin wiegte kurz den Kopf, holte Luft, als wollte er etwas sagen. Blieb aber still.

»Bitte, Konstantin, sprich mit mir«, flehte sie.

Aber er kniff noch immer stumm die Lippen zusammen. Plötzlich wurde Valerie unangenehm bewusst, dass nicht nur Wollschläger, sondern auch die anderen Hotelgäste sie anstarrten. Sogar in der angrenzenden Bar war ein Pärchen aufgestanden und schaute mit unverhohlener Neugier zu ihnen herüber. Sie hatte erfolgreich versucht, das ungebetene Publikum auszublenden. Nachdem Konstantin sie aber so unnachgiebig auflaufen ließ, wollte es ihr nicht mehr gelingen. Sie sprang auf, taumelte ein paar Schritte zurück, fuhr herum und stürzte dann, so schnell sie konnte, aus dem Hotel. Tränen verschleierten ihre Sicht. Sie rannte in eine Gruppe Passanten hinein, entschuldigte sich hastig und schniefend. Sie wollte nur noch weg.

Valerie fuhr sich mit beiden Händen über das Gesicht. Da hielt ein Taxi direkt neben ihr. Eine ältere Dame stieg aus und ging mit energischen Schritten auf den Hoteleingang zu. Schnell riss Valerie die Tür des Taxis wieder auf. Der Fahrer drehte sich verdutzt zu ihr um. An seiner Miene konnte Valerie ablesen, dass sie einen erbärmlichen Eindruck machte. »Bitte nehmen Sie mich mit«, keuchte sie.

Der Mann nickte. Erleichtert ließ Valerie sich auf den Rücksitz fallen und zog die Wagentür zu. Sie nannte dem Fahrer ihre Adresse, lehnte den Kopf zurück und schloss die Augen. Was hatte sie sich nur dabei gedacht, Konstantin öffentlich zu konfrontieren? Eigentlich kannte sie ihn doch gut genug, um zu wissen, dass das nicht der richtige Weg sein konnte. Tränen rannen ihre Wangen hinab. Valerie spürte, wie das Taxi sich langsam in Bewegung setzte, und drückte sich tiefer in den Sitz, als die Autotür neben ihr erneut aufgerissen wurde. Das Taxi stoppte abrupt. Erschrocken öffnete Valerie die Augen und blickte unverhofft in Konstantins Gesicht, der sich zu ihr in den Fond drückte. Was machte er hier? War er sauer auf sie? Sie hatte tausend Fragen, aber keine schaffte es über ihre Lippen.

Auch er schien nicht genau zu wissen, was er sagen sollte. Doch in seinem Blick sah Valerie, dass er nicht böse auf sie war. Im Gegenteil. So viel Gefühl lag darin – und eine Sehnsucht, die Valeries Herz berührte.

»Es tut mir leid«, flüsterte er. »Alles. Alles tut mir so leid. Ich hab mich verrannt, und dabei hätte ich beinahe den Weg zu dir zurück nicht mehr gefunden.«

Valerie streckte die Hand nach ihm aus, wagte jedoch nicht, ihn zu berühren. Zögerlich schwebten ihre Finger neben seinem Gesicht.

Da ergriff er sie, überbrückte die fehlenden Zentimeter und drückte sie an seine Wange. »Ich dachte, die Kündigung wird zeigen, ob ich dich auch noch interessiere, wenn ich dir keine Provision mehr einbringe. Als du dich danach nicht mehr gemeldet hast, dachte ich, das war es.«

»Ich hatte es als Zeichen gedeutet, dass du nichts mehr mit mir zu tun haben willst«, flüsterte Valerie. Seine Worte machten sie traurig und versetzten sie zugleich in Aufregung. Vielleicht hatten sie wertvolle Zeit verschwendet, aber was er jetzt sagte, klang doch ganz so, als gäbe es noch eine Chance für sie. Hoffnung loderte in Valerie auf und vertrieb die Dunkelheit, die sie während der letzten Wochen so sehr im Griff gehabt hatte.

»Ach, was war ich dumm«, seufzte Konstantin in ihre Hand, die er noch immer an seine Wange gedrückt hielt.

Valerie zog ihn an sich und küsste ihn. Keine Sekunde

länger konnte sie auf seine Nähe verzichten, und ihm schien es ganz genauso zu gehen. Der Kuss war wie eine Befreiung, als würden sie die Ketten abstreifen, die sie voneinander getrennt hatten. Endlich.

44

Der Taxifahrer war anfänglich etwas irritiert über Konstantins plötzliches Auftauchen. Schnell merkte er aber, dass die beiden nicht durch unnötige Fragen gestört werden wollten, und fuhr kurzerhand zwei Fahrgäste zu Valeries Wohnung.

Trunken vor Glück stolperten die beiden ins Haus und die Treppe hinauf. Zwar spürte Valerie noch immer einen Hauch Wehmut über die verschwendete Zeit, und auch die Erinnerung an ihren Herzschmerz war noch nicht ganz verblasst, doch Konstantin verscheuchte diese Schleier der Vergangenheit nach und nach mit seinen Küssen. Und mit jedem Kleidungsstück, das auf den Boden fiel, fiel auch ein Stück Distanz von ihnen ab, bis nur noch Liebe und Glücklichsein übrig blieben.

Als Valerie einige Zeit später an Konstantins Brust lag und seinen gleichmäßigen Atemzügen lauschte, ließ sie ihre gemeinsame Geschichte Revue passieren. Lange hatte sie sich das verboten und jegliche Erinnerung zur Seite geschoben. Nun, da sich alles doch noch zum Guten gewendet hatte, schwelgte sie förmlich darin. Wie sie miteinander durch die Alpen gewandert waren, zusammen die Bibliothek am Marienplatz besucht hatten. Wie er sie zum ersten Mal geküsst hatte, so überraschend und zärtlich. Sie lächelte bei dem Gedanken an Fee, die damals im Auto prompt eifersüchtig geworden war. Und mit diesem Lächeln auf den Lippen nickte sie ein.

Müde öffnete Valerie die Augen. Im ersten Moment wollte sie sich dagegen wehren, hatte sie doch das Gefühl, aus einem wunderschönen Traum zu erwachen. Dann hörte sie Konstantins Stimme, und ihr noch etwas schlaftrunkenes Hirn realisierte, dass ihr wunderschöner Traum Wirklichkeit war. Valerie richtete sich auf und sah sich suchend nach ihm um.

Er telefonierte mit gedämpfter Stimme. Wahrscheinlich hatte er das Schlafzimmer verlassen, um sie nicht zu wecken.

»Ich weiß, das ist nicht optimal so kurzfristig, aber bitte tun Sie mir den Gefallen«, hörte sie ihn sagen.

Valerie streckte sich ausgiebig. Dann kam er auch schon zurück, krabbelte wieder zu ihr ins Bett und küsste ihre restliche Müdigkeit weg.

»Gibt es Probleme?«, wollte sie schließlich wissen. »Dein Telefonat gerade hat sich etwas schwierig angehört.«

Er kuschelte sich neben sie und spielte mit ihrem Haar. »Nein, keine Probleme. Peter war nur nicht begeistert, dass ich das Bild zurückgezogen habe.«

»Zurückgezogen?«

Er nickte. »Ich wollte ›Die Farbe der Alpen‹ unbedingt loswerden, weil so viele schmerzhafte Erinnerungen daran hingen. Aber nun ist das anders. Nun steht das Bild für unser Happy End.«

Valerie streckte sich ihm entgegen und küsste dann erneut seine weichen Lippen, von denen sie niemals genug bekommen würde. »Rede nicht von einem Happy End«, flüsterte sie. »Ich will es lieber als einen Anfang sehen.«

Er zog sie an sich und vergrub das Gesicht in ihrem Hals. Sein Atem streichelte ihre Haut.

Da vibrierte Valeries Handtasche, die auf dem Schlafzimmerboden lag. Sie rappelte sich auf und griff sich das Handy, das darin lag. »Es ist Hedy«, sagte sie mit Blick auf das Display. »Ich werde sie auf Lautsprecher stellen, damit du siehst, dass ich nichts zu verbergen habe.«

Konstantin lachte auf. »Gott bewahre! Für deine Mutter bin ich noch nicht wach genug. Ich gehe in der Zwischenzeit lieber duschen.« Er küsste sie sachte auf die Nasespitze und ging hinaus.

Valerie brauchte noch eine Sekunde, um ihren Blick von seinem nackten Körper loszureißen, ehe sie den Anruf annahm.

»Guten Morgen! Geht es dir gut?«, wollte Hedy wissen. Hatte ihre Mutter hellseherische Fähigkeiten entwickelt, oder was sollte dieser Anruf? Um diese Zeit lag die Langschläferin normalerweise selbst noch im Bett.

»Ja, wieso?«

»Bettina hat gerade angerufen. Sie hat die halbe Nacht versucht, dich zu erreichen, und macht sich Sorgen um dich.«

Auweia, sie hatte ganz vergessen, der Freundin Bescheid zu geben. Klar, dass sie wissen wollte, was los war. Schließlich war ja nicht sicher gewesen, wie Valeries Gespräch mit Konstantin laufen würde.

»Ich rufe sie gleich an«, antwortete sie schuldbewusst.

»Sie hat mir erzählt, dass sie dich gestern ins Hotel Platzl gefahren hat.« Die Neugier war Hedy deutlich anzuhören.

Valerie biss sich auf die Unterlippe und ließ sie ein bisschen zappeln.

»Nun erzähl schon«, forderte Hedy ungeduldig.

»Was willst du denn hören?« Inzwischen grinste Valerie so breit, dass sie meinte, Hedy müsste das selbst durch das Telefon bemerken.

»Wenn du mich so frech auf die Folter spannst, ist das hoffentlich ein gutes Zeichen«, brummte sie.

»Ist es. Und jetzt muss ich aufhören, ich habe nämlich Besuch.«

Nun war Valerie diejenige, die Hedys Grinsen hören konnte.

»Dann lass mich Bettina anrufen. Genieß du die Zeit mit deinem Besuch.«

»Danke.«

Ja. Genau das würde sie tun. Valerie legte auf, sprang aus dem Bett dem neuen Tag entgegen und dann zu Konstantin unter die Dusche.

45

Valerie atmete tief die duftige Frühlingsluft ein, als sie ihren Fiat 500 auf Konstantins Auffahrt geparkt hatte und ausgestiegen war. Pünktlich mit dem Temperaturanstieg hatte Konstantin sich auf seine Hütte verzogen, um zu malen, und Valerie konnte es kaum erwarten, ihn in der Idylle dort oben zu besuchen. Noch nie hatte sie Ostern auf einer einsamen Berghütte verbracht. Doch im letzten halben Jahr hatten Konstantin und sie viele erste Male miteinander erlebt, und jedes davon war wunderbar gewesen.

Sie nahm ihren Rucksack, in dem ein Schokoosterhase, zwei Flaschen dunkles Hofbräu-Bier und Leckerlis für Fee steckten, schlug jedoch nicht den gewohnten Weg dorfauswärts ein, sondern spazierte zum Hof gegenüber. Sie fand Lisbeth in ihrem Gemüsegarten. Die junge Bäuerin kniete dort auf der Erde und war gerade dabei, Zwiebeln zu stecken. Als Valerie sie schon von Weitem begrüßte, stand sie auf, wischte sich die erdigen Hände an der Hose ab und kam ihr entgegen.

»Guten Morgen! Ich hab schon alles vorbereitet.«

Sie führte Valerie in den angrenzenden Schuppen. Dort stand ein blau glänzendes Quad. Lisbeth deutete überflüssigerweise darauf, obwohl sie direkt davorstanden. Der Schlüssel steckte.

Lisbeth nahm den Helm, der auf dem Sitz lag, und reichte ihn Valerie. »Der Unterzieher ist frisch gewaschen.«

Valeries Herzschlag beschleunigte sich vor Aufregung. Schon lange hatte sie einmal so ein Gefährt ausprobieren wollen. Und als Konstantin kürzlich von diesem Wunsch erfuhr, hatte er sofort mit Lisbeth eingefädelt, dass Valerie sich ihr Quad für ihren Besuch bei ihm ausleihen durfte. Hinten auf dem kompakten Fahrzeug war eine große Box befestigt, in der sich die verschiedenen Lebensmittel befanden.

Lisbeth öffnete sie und warf einen kritischen Blick hinein. »Ich denke, ich habe an alles gedacht«, murmelte sie. »Eine Flasche Eierlikör hab ich euch auch eingepackt. Der ist ganz frisch, habe ich gestern erst gemacht.«

Valerie bedankte sich und ließ sich noch kurz in die Bedienung des Gefährts einweisen.

»Fahrt nicht zu viel damit herum«, mahnte Lisbeth am Ende ihrer Ausführungen mit erhobenem Zeigefinger. »Dort oben könnt ihr es schließlich nicht aufladen. Wenn ihr den Akku leer fahrt, muss ich es mit dem Hänger herunterholen.«

Valerie nickte. Sie hatte nicht vor, damit unnötig lange spazieren zu fahren. Konstantin und sie hatten sich immerhin die ganze Woche nicht gesehen. Wenn es nach Valerie ging, würden sie sich erst einmal in der Hütte verschanzen und ihr Wiedersehen auskosten.

Vorsichtig steuerte sie das Quad vom Hof. Es zu fahren fühlte sich ungewohnt an, aber auch richtig gut. Als sie aus dem Dorf hinaus war, wurde sie etwas mutiger, wagte ein paar Schlangenlinien zum Test. Die Kühe auf einer nahe gelegenen Weide schauten zu ihr herüber, als wollten sie sich über sie amüsieren. Als die Straße endete und Valerie das Quad über das freie Feld steuerte, da der Wanderpfad zu schmal war, war sie voll in ihrem Element. Nun verstand sie Lisbeths Mahnung doch. Dieses Gefährt war durchaus verlockend. Valerie konnte sich gut vorstellen, damit noch ein paar Runden durch Wald und Wiese zu drehen.

Obwohl der Elektromotor leise war, bemerkte Fee sie sofort und kam direkt angelaufen, als Valerie die Hütte erreichte. Übermütig hüpfte der Beagle erst ein paarmal an ihrem Hosenbein hoch und sprang dann nach hektischem Schwanzgewedel auf das Quad und ihren Schoß. Valerie nahm sich einen Moment, um Fee zu kraulen. Als sie ein Geräusch hörte und den Kopf hob, sah sie Konstantin. Er trat aus der Hütte heraus und kam ebenfalls zu ihr.

»Mich würde mal interessieren, ob Fee dich trotz des

Helms erkannt hat oder ob sie ein noch schlechterer Wachhund ist, als ich angenommen hatte«, meinte er lachend.

Valerie zog sich den Helm vom Kopf und Konstantin für einen Begrüßungskuss näher an sich heran. »Wie läuft das Malen? Ich kann es kaum erwarten, deine Feen und Trolle zu sehen!«

Sie hatten vor Kurzem ihren ersten gemeinsamen Urlaub in Island verbracht. Dort gab es Orte, die unter besonderem Schutz standen, weil dort womöglich Feen lebten. Als sie davon erfuhren, war sofort ihre Phantasie angesprungen. Sogar eine Feenschule hatten sie besucht und dort unter anderem gelernt, dass den Naturgeistern zuliebe auch schon der eine oder andere isländische Straßenverlauf umgeplant worden war. Der Glaube an diese verborgenen Wesen war in Island weit verbreitet, rund sechzig Prozent der Bevölkerung waren fest davon überzeugt, dass es sie gab.

So war auf dieser Reise bald klar geworden, dass Konstantins nächste Gemälde das Thema »Huldufólk« abbilden würden, wie die Einheimischen diese geheimen Völker nannten. Die phantastischen Motive würden sich in der eher schlichten Gießereihalle von Frau Sperber sicherlich außerordentlich gut machen. Alternativ wäre auch eine Halle mit vielen Pflanzen toll, so etwas wie ein botanischer Garten vielleicht. Doch das würden sie zu gegebener Zeit entscheiden. Gemeinsam. Denn seinen Ausflug in die Agentur Wollschläger hatte Konstantin längst rückgängig gemacht.

»Ich bin noch nicht sehr weit. Eine sehr reale Fee hat mich von den phantastischen Exemplaren abgehalten.« Er bedachte den Beagle mit einem tadelnden Blick. »Die Kleine ist zurzeit etwas anstrengend und braucht viel Aufmerksamkeit. Wahrscheinlich hat sie uns immer noch nicht ganz verziehen, dass wir ohne sie Urlaub gemacht haben.«

Valerie musste sie die nächsten Tage wohl extra verwöhnen. Sie setzte den Rucksack ab und gab ihr daraus ein paar Leckerlis. Dann folgte sie Konstantin ins Haus.

Valerie ging direkt in sein Atelier, um die Bilder zu betrachten. Eines war bereits fertig. Es zeigte ein Steinwesen, eine Art Troll. Auf den ersten Blick wirkte es furchteinflößend, auf den zweiten erkannte man die Güte in seinen Augen.

Das zweite Bild war noch nicht sehr weit fortgeschritten. Irgendwann würde es ein zartes geflügeltes Wesen zeigen. »Das wird toll«, sagte Valerie beinahe andächtig.

Konstantin trat von hinten an sie heran und begann, leichte Küsse seitlich auf ihrem Hals zu verteilen. »Das Bild oder das Wochenende?«, fragte er zwischen seinen Liebkosungen.

Valerie drehte sich zu ihm um, und ihre Lippen trafen sich. Sie fuhr ihm mit den Fingerspitzen über die Brust. »Beides.«

Christina Wermescher
DIE TOTEN VON BAYREUTH
Broschur, 256 Seiten
ISBN 978-3-7408-1791-6

Hauptkommissarin Mira Streitberg hat es nicht leicht. Nicht nur, dass sie in ihren Chef der Kripo Bayreuth verliebt ist und sich mit einem neuen Kollegen herumschlagen muss – plötzlich liegen auch gleich zwei grausame Mordfälle auf ihrem Tisch. Beide Opfer wurden eingesperrt und zurückgelassen, bis sie qualvoll zu Tode kamen. Einziges Indiz: eine rätselhafte Botschaft, die sich an den Tatorten fand. Kann Mira sie entschlüsseln, bevor der Täter erneut zuschlägt?

»Ein faszinierender Genre-Mix aus Polizeiroman und packendem Thriller.« Kulmbacher Land

www.emons-verlag.de

Christina Wermescher
BLUTROTER MAIN
Broschur, 256 Seiten
ISBN 978-3-7408-2083-1

Dem Bayreuther Politiker Märker wird das Leben schwer gemacht: Erst vergiftet jemand in seinem Namen die Mitglieder des Stadtrats, dann wird er Opfer von Vandalismus. Haben es die Umweltschützer, mit denen er in der Vergangenheit heftig aneinandergeriet, auf ihn abgesehen? Ein Mord in Märkers Umfeld bringt ihn endgültig in Erklärungsnot, doch er beteuert seine Unschuld. Sagt er die Wahrheit, oder versucht er die Polizei hinters Licht zu führen? Hauptkommissarin Mira Streitberg muss viele Fäden in diesem undurchsichtigen Fall entwirren, um herauszufinden, wer Täter und wer Opfer ist.

www.emons-verlag.de